A Faint Cold Fear Thrills Through My Veins · William Shakespeare

Zu diesem Buch

Grijpstra seufzte, als er die Frau auf dem Fußboden liegen sah. Sie war vornüber auf den Langflorteppich gefallen. Er sah ihre langen Beine, den hochgerutschten Rock und die weiße Bluse. Nur war die Bluse nicht mehr ganz weiß. Sie hatte einen großen roten Fleck auf dem Rücken, aus dem der kupferne Griff eines Messers ragte.

Adjudant Grijpstra und Brigadier de Gier sind zu dem Hausboot geschickt worden, weil ein Nachbar trotz mehrfachen Klopfens keine Antwort erhalten und schließlich die Polizei benachrichtigt hatte.

Seine Sorge war berechtigt gewesen, stellen die beiden Beamten der Amsterdamer Polizei fest. Jemand hat die schöne vierunddreißigjährige Maria van Buren getötet. Mit Hilfe eines Wurfmessers.

Schon nach den ersten Ermittlungen stellt sich heraus, wie die Frau, die keine offiziellen Einnahmen versteuert hatte, ihren Lebensunterhalt verdiente: durch Prostitution. Sie war gleichzeitig die Geliebte von drei Männern gewesen – dem niederländischen Geschäftsmann Drachtsma, dem belgischen Diplomaten Wauters und dem amerikanischen Colonel Stewart. Und wenn sich zeigen sollte, daß einer der drei auch noch mit einem Wurfmesser umgehen konnte, dürfte der Fall geklärt sein, denken die beiden Beamten. Ein klarer Fall von Eifersucht.

Aber keiner der drei Männer scheint durch den Verlust der Frau tief getroffen zu sein. Alle geben zu, von ihrer gegenseitigen Existenz gewußt zu haben; jeder der drei hätte sich gern von der Frau gelöst, aber nicht die Kraft dazu aufgebracht. Jetzt wirken alle drei beinahe erleichtert. Sollte da tatsächlich etwas wie Zauberei im Spiel sein, wie die Pflanzen auf dem Fensterbrett des Hausboots vermuten lassen? Schließlich stammte die Tote aus Curaçao, aus einem Teil der Welt, wo Zauberei nicht als Hokuspokus verlacht wird.

Der Vorgesetzte von Adjudant Grijpstra und Brigadier de Gier, der Commissaris, fliegt nach Curaçao, um dort die Lösung des Rätsels zu finden. Wenn die drei Männer, die ihre Gunst genossen haben, nicht willens oder nicht in der Lage sind, ihm Einzelheiten über ihren Charakter zu liefern, wird ihm die Tote selbst die gewünschten Auskünfte geben müssen.

Janwillem van de Wetering, 1931 in Rotterdam geboren, reiste fünfzehn Jahre lang durch die Welt und verbrachte achtzehn Monate in einem buddhistischen Kloster – «ein entscheidendes Erlebnis in meiner Entwicklung», wie er sagt. Jetzt lebt er mit seiner Familie in den USA. In dieser Reihe liegen bereits vor: *Outsider in Amsterdam* (Nr. 2414), *Der Tote am Deich* (Nr. 2451), *Tod eines Straßenhändlers* (Nr. 2464), *Ticket nach Tokio* (Nr. 2483), *Der blonde Affe* (Nr. 2495), *Massaker in Maine* (Nr. 2503) und *Ketchup, Karate und die Folgen* (Nr. 2601). Weitere Romane des Autors sollen folgen.

Janwillem van de Wetering

Eine Tote gibt Auskunft

Deutsch von
Hubert Deymann

rororo

Rowohlt

rororo thriller
Herausgegeben von Richard K. Flesch

41.–45. Tausend Januar 1984

Deutsche Erstausgabe
Veröffentlicht im Rowohlt Taschenbuch Verlag GmbH,
Reinbek bei Hamburg, Februar 1978
Die Originalausgabe erschien bei A. W. Bruna & Zoon,
Utrecht–Antwerpen, unter dem Titel «Buitelkruid»
Redaktion Brigitte Fock
Umschlagentwurf Ulrich Mack
Umschlagtypographie Manfred Waller

Satz Aldus (Linotron 505 C)
Gesamtherstellung Clausen & Bosse, Leck
Printed in Germany
580-ISBN 3 499 42442 8

Die Hauptpersonen

Maria van Buren	stirbt eines gewaltsamen Todes, woran sie nicht ganz unschuldig war.
Ijsbrand Drachtsma Wauters Colonel Stewart	hatten eine gemeinsame Geliebte und sind nicht allzu unglücklich über ihr Ableben.
Bart de Jong	wird von einer Katze belästigt und benachrichtigt die Polizei.
Holman	kann mit einem Wurfmesser umgehen.
Shon Wancho	versteht etwas von Zauberei und noch mehr von der menschlichen Seele.
Ramón Scheffer	hört eine Sirene und flieht.
Adjudant Buisman	hätte dem niederländischen Staat die Kosten für eine weite Reise ersparen können.
Der Commissaris	fliegt nach Curaçao und begreift Zusammenhänge.
Adjudant Grijpstra Brigadier de Gier	beobachten Vögel und finden einen Mörder.

1

Adjudant Grijpstra hatte das Gefühl, daß dies nicht der beste Morgen des Jahres war. Er saß hinter seinem grauen Metallschreibtisch in dem großen Zimmer im Präsidium, dem Zimmer, das er mit Brigadier de Gier teilte. Er saß in sich zusammengesunken, den schweren Körper mit Mühe in den engen Stuhl gezwängt, und las die Fernschreiben vom Vortag, in Großbuchstaben auf billigem rosa Papier gedruckt, in einem abgewetzten Büroordner gesammelt. Er versuchte zu schlucken. Zwei Stücke Sandpapier rieben sich aneinander, direkt hinter seinem Gaumenzäpfchen.

«Hast du auch schon gemerkt, daß in Amsterdam nie etwas passiert?» Seine Stimme klang heiser, und er sprach sehr langsam. Eigentlich hatte er sich die Frage selbst gestellt. Er hatte auch ganz leise gesprochen, und de Gier hätte ihn eigentlich nicht hören sollen, denn die Fenster waren geöffnet. Und um diese Tageszeit dröhnte gewöhnlich der Verkehr durch die Marnixstraat, aber jetzt war es schon seit einigen Minuten still. Einige Häuserblöcke weiter oben waren zwei Autos zusammengestoßen, und die Marnixstraat war blockiert.

Du müßtest ins Bett, dachte de Gier, der ihn gehört hatte. «Hm?» fragte de Gier, denn er wollte seinen Vorgesetzten in seiner Einsamkeit nicht ungeschützt allein lassen.

«In Amsterdam», wiederholte Grijpstra, «passiert nie etwas.»

«Du bist krank», sagte de Gier, «du hast Grippe. Geh nach Hause und ins Bett. Nimm zwei Aspirin, und trink einen Tee. Leckeren heißen Tee mit einem Schuß Cognac und einer Zitronenscheibe. Dann schlafe. Den ganzen Tag. Augen zu und an nichts denken. Und morgen wirst du wach und liest die Zeitung. Und übermorgen liest du ein Buch. Und überübermorgen liest du noch ein Buch. Am Tag darauf ist Samstag, und dann schlenderst du ein wenig durchs Haus, nicht zuviel. Und Sonntag machst du einen kleinen Spaziergang. Und Montag kommst du wieder her.»

«Ich bin nicht krank», sagte Grijpstra. Er zündete sich eine Zigarette an und begann zu husten. Er hörte nicht auf zu husten. Schließlich zwängte er sich aus seinem Stuhl heraus und stellte sich mit krummem Rücken hin, das Gesicht zur Wand. Er hustete immer noch.

De Gier lächelte. Natürlich will er nicht nach Hause, dachte er. Er hat nur zwei winzige Etagen in einem ganz kleinen Haus an der Lijnbaansgracht. Und in den beiden winzigen Etagen stampft Mevrouw Grijpstra herum, und die drei kleinen Grijpstras und das Fernsehgerät machen noch zusätzlichen Krach.

Grijpstra hustete nicht mehr. In seinem betäubten Kopf formten sich langsam schwerfällige Gedanken, negative, ärgerliche, unangenehme. Ich will ihn gar nicht ansehen, dachte Grijpstra, er ist viel zu hübsch und viel zu gesund. Und mit diesem Maßanzug, einem Maßanzug aus Jeansstoff. Lackaffe. Und das hellblaue Oberhemd, das in der Farbe so gut dazu paßt. Und das Tuch um seinen Hals. Und die Locken. Und die Nase. Dieser Filmstar! Bah.

Aber Grijpstra korrigierte sich. Er räumte ein, daß er eifersüchtig war. Er dachte daran, daß de Gier sein Freund war. Ein guter Freund. Ein treuer, zuverlässiger und bescheidener Kollege. Er zwang sich, daran zu denken, daß de Gier mindestens zweimal sein Leben riskiert hatte, um ihn zu retten. Er zwang sich zu vergessen, daß er selbst mindestens dreimal sein Leben riskiert hatte, um de Gier zu schützen. Und dann grinste er, zwar etwas gequält, aber es war dennoch ein Grinsen.

Das Leben riskieren, dachte Grijpstra, manchmal sieht es ja so aus, aber so ist es ja nicht. Wir sind in Amsterdam, und hier drohen die Gauner wohl mal, aber sie bringen einen nicht um. Amsterdam ist eine freundliche Stadt. «In Amsterdam passiert nie etwas.»

Dies hatte er wieder laut gesagt, und de Gier beugte sich über den Ordner mit den rosa Fernschreiben.

«Was hast du nur?» fragte de Gier. «Sieh mal. Es passiert alles mögliche.»

De Gier stand neben einem kompletten Schlagzeug aus drei Trommeln, das einst auf unerklärliche Weise in ihr Zimmer gekommen war. Grijpstra hatte das Schlagzeug angeschaut und sich geweigert, zu ermitteln, wer der Eigentümer sein könnte. Und seit jenem Tag hatte er auf dem Schlagzeug gespielt. Er hatte immer eines haben wollen seit der Zeit, als er in der Schulband Drummer gewesen war. Und nach einigem Üben hatte er seine alte Technik wiedergewonnen und zu improvisieren angefangen. Und de Gier begleitete ihn auf einer Querflöte, die aus dessen Schulzeit stammte, als er einen Kirchenchor darauf begleitet hatte.

De Gier nahm einen Trommelstock. «Es passiert alles mögliche. Hier. Eine ganze Reihe von Verkehrsunfällen (bam auf der Trommel). Gestohlene Motorräder (bam), ein Auto in der Gracht (bam).»

Grijpstra hatte dreimal gestöhnt.

«Und hier! (Wirbel auf der Trommel) Sieh mal einer an. Bewaffneter Überfall. Drei Kerle, die eine alte Dame in einem Zigarrenladen überfallen haben. Und wenn sie es nicht übersteht, echter Totschlag. Warum haben wir diesen Fall nicht bekommen?»

«Weil wir nicht hier waren», sagte Grijpstra. «Wir waren um die Ecke gegangen, um Gebäck zu kaufen. Sietsema und Geurts waren hier und sind jetzt damit befaßt.»

«Sietsema ist bei der motorisierten Polizei», sagte de Gier.

«Jetzt nicht mehr. Gegenwärtig ist er bei der Kripo, das weißt du doch am besten.»

«Ja», sagte de Gier, «ich vergesse es immer. Einmal zuviel von der Guzzi gefallen, und jetzt haben *wir* ihn. Vom Elitekorps der großen Motorräder zum Abfalleimer der Plattfüße.»

De Gier legte die Trommelstöcke weg und schaute zum Fenster hinaus. Der Verkehr war wieder in Bewegung gekommen und brummte und kreischte durch die enge Marnixstraat, freigebig Auspuffgase qualmend, welche die Büros beschmutzten, in denen sich die Polizei darauf einzurichten begann, wieder einen ganzen Tag lang tatkräftig die Ordnung aufrechtzuerhalten. De Gier hatte selbst einmal den Plan gehabt, sich bei der Motorradpolizei zu bewerben, sich jedoch überreden lassen, zur Kripo zu gehen. «Du hast Verstand, de Gier», hatte der leitende Beamte gesagt, «den mußt du benutzen, de Gier.» Er hatte sich oft gefragt, ob er die richtige Wahl getroffen hatte. Er hätte jetzt Brigadier bei der Verkehrsstaffel sein können, mit demselben Gehalt, den gleichen Privilegien. Er hätte jetzt auf einer großen, glänzenden Guzzi sitzen können. Die von der Motorradstaffel hatten keine Plattfüße. De Gier hatte auch keine, aber er würde sie bekommen. Kripobeamte laufen zuviel. Sie warten auch viel, an Straßenecken und vor Schaufenstern und in Hauseingängen. Und sie steigen Treppen empor, meistens die falschen Treppen. Motorradpolizisten steigen nie Treppen empor.

«Vielleicht bauen Sietsema und Geurts Mist, dann gibt der Hoofdinspecteur den Fall an uns zurück.»

«Das tut er nicht», sagte Grijpstra und nieste.

«Soll ich dir eine gute Tasse Kaffee holen?»

«Ja», sagte Grijpstra.

De Gier ging zur Tür, öffnete sie und erstarrte.

«Meine Herren», sagte der Commissaris.

Der Commissaris lächelte. Die Zeit, da nicht im Offiziersrang stehende Beamte schon beim Anblick eines Commissaris aufsprangen und Haltung annahmen, war vorbei. Wahrscheinlich war die Zeit schon angebrochen, da man ihn bald nicht einmal mehr mit «Mijnheer» anredete. Aber einige Männer erinnerten sich noch der alten Zeit und ließen erkennen, daß sie ein gutes Gedächtnis hatten.

«Mijnheer», sagte einer dieser Männer. «Ich wollte soeben Kaffee holen. Soll ich Ihnen eine Tasse mitbringen?»

«Bitte», sagte der Commissaris.

«Eine Zigarre, Mijnheer?» fragte Grijpstra und nahm die Blechdose aus seiner Schublade, in der er die kleinen Zigarren aufbewahrte, die der Commissaris gern hatte.

«Bitte», sagte der Commissaris.

«Nehmen Sie Platz, Mijnheer», sagte Grijpstra und zeigte auf den einzigen bequemen Stuhl im Zimmer.

Der Commissaris setzte sich und rieb sein linkes Bein. Die Schmerzen in den Beinen hatten ihn in der Nacht nur wenig schlafen lassen. Grijpstra sah die Handbewegung und fragte sich, wielange der alte Mann noch in den Korridoren des Präsidiums herumspuken würde. Der Commissaris hatte noch fünf Dienstjahre vor sich, aber sein Rheuma schien immer schlimmer zu werden. Grijpstra hatte den Commissaris einige Male an einer Wand lehnen sehen, gelähmt vor Schmerzen, das Gesicht zu einer weißen Maske verzerrt.

De Gier kam zurück mit einem Plastiktablett und drei Pappbechern. Der Commissaris nahm einen vorsichtigen Schluck und sah die beiden Beamten an.

«Erinnert ihr euch an das Wohnboot auf dem Schinkel?» erkundigte er sich.

«Das Boot, das wir im Auftrag des Hoofdinspecteurs im Auge behalten sollen?» fragte Grijpstra.

«*Das* Boot», sagte der Commissaris. «Der Hoofdinspecteur ist jetzt in Urlaub, und ich weiß nicht, wieviel er euch erzählt hat. Was wißt ihr?»

«Nicht viel, Mijnheer», sagte Grijpstra. «Der Hoofdinspecteur erklärt nie sehr viel; wir wissen nur, daß wir das Boot im Auge behalten sollen.»

«Habt ihr?»

Grijpstra sah de Gier an.

De Gier setzte sich aufrecht hin. «Wir gehen dort zweimal in der Woche vorbei, Mijnheer, und haben dem Hoofdinspecteur Bericht erstattet. Aber da gibt es nur wenig zu erzählen. Es ist ein teures Boot, zweigeschossig und tadellos in Schuß. Eine Dame wohnt darin, 34 Jahre alt. Sie heißt Maria van Buren, geboren auf Curaçao. Sie ist geschieden, führt aber weiter den Namen ihres ehemaligen Mannes. Ihr Ex-Mann ist Direktor einer Textilfabrik in Friesland.»

«Erzähle etwas über die Frau», sagte der Commissaris.

«Sie ist sehr schön», sagte de Gier, «nicht ganz weiß. Sie fährt einen weißen Mercedes-Sportwagen, keinen neuen, aber er ist gut erhalten. Sie erhält regelmäßig Besuch von mindestens drei Männern, die die ganze Nacht bleiben – oder einen Teil der Nacht. Ich habe mir ihre Autonummern aufgeschrieben.»

«Weißt du, wer sie sind?»

De Gier nickte. «Einer ist ein belgischer Diplomat, der in Den Haag arbeitet. Er fährt einen schwarzen Citroën DS. Er ist 45 Jahre alt und sieht aus wie ein Tennis-Profi. Der zweite ist Colonel der amerikanischen Armee, ebenfalls 45 Jahre alt, in Deutschland stationiert. Der dritte ist Niederländer, ein großer Kerl, der allmählich kahl wird, 58 Jahre alt. Ich habe nicht allzuviel über ihn erfahren, aber er ist ein bedeutender Mann, Aufsichtsratsmitglied von allerlei Handelsunternehmen. Er hat eine hübsche Wohnung in Amsterdam, aber er wohnt eigentlich auf Schiermonnikoog, das heißt, seine Frau wohnt dort. Seine Kinder sind bereits ausgezogen. Er heißt IJsbrand Drachtsma.

«Hast du aus deinen Beobachtungen irgendwelche Schlüsse gezogen?»

De Giers Gesichtsausdruck verriet nichts. «Nein, Mijnheer.»

Der Commissaris sah Grijpstra an. «Vielleicht eine Frau, die nicht gern allein ist?»

Grijpstra nickte. «Vielleicht, aber vielleicht verdient sie sich damit auch ein wenig Taschengeld. Der Niederländer ist ein braver Bürger, aber er verdient ein Vermögen. IJsbrand Drachtsma ist reich und mächtig. Ein Industriemagnat, alle Gesellschaften, an denen er beteiligt ist, machen Riesenumsätze. Er macht in Chemikalien, Textilien und Baumaterialien. Und außerdem ist er ein Held. Im Krieg ist er nach England entwischt, während die Deutschen alle Strände bewachten. Man hat mir erzählt, er sei zusammen mit drei anderen in einem Ruderboot geflüchtet. In einem ganz kleinen Boot. Sie hatten zwar einen Motor, aber der war schon kaputt, ehe sie hundert Meter vom Strand entfernt waren. In England ist er zur Armee gegangen und dann kämpfend zurückgekommen, durch Frankreich und Belgien.»

«Weißt du auch etwas über die beiden anderen?»

«Nein, Mijnheer», sagte Grijpstra, «aber ich denke, der Hoofdinspecteur hat eine Akte über sie angelegt. Er schien sehr interessiert, als wir ihm die Namen nannten.»

«Und die Frau?»

«Nein, Mijnheer», sagte Grijpstra. «Wir haben sie auf dem Einwohnermeldeamt überprüft, aber weiter sind wir nicht gegangen. Wir hatten begriffen, daß wir diskret zu Werke gehen mußten. Aber wir könnten ein wenig herumschnüffeln, wenn Sie wollen. Dort liegen noch andere Wohnboote.»

«Ist mit der Dame etwas Besonderes, Mijnheer?» fragte de Gier, der seine Neugier nicht länger bezähmen konnte.

«Ja», sagte der Commissaris. «Wie ihr wißt, haben wir in den Niederlanden einen Geheimdienst.» Er lächelte, die beiden Beamten fingen an zu grinsen. Der Geheimdienst war ihnen bekannt, denn er hatte sein Büro in der Etage über ihnen. Zwei Zimmer, vollgestopft mit Männern in mittleren Jahren und älteren Sekretärinnen. Die Männer in mittleren Jahren wußten viel über Fußball, die älteren Sekretärinnen tippten viel. Gedichte, laut Grijpstra. Miese Gedichte, laut de Gier. Grijpstra meinte schon seit Jahren, daß die Niederlande keine Geheimnisse kennen und der Geheimdienst nur gebildet worden sei, um einen im Etat ausgewiesenen Posten auszufüllen. De Gier stimmte dem nicht zu. Er behauptete, der Geheimdienst sei eine große und mächtige Organisation, verzweigt über das ganze Land und verbunden mit dem Staatsrat, den Ministern und Bürgermeistern, dem Generalanwalt des Hohen Rats und allen Hoofdcommissarissen. Und, sagte de Gier, mit der Krone, dem allerheiligsten Zierat des Geheimnisses der Demokratie. Und vielleicht, so hatte de Gier einmal geflüstert, war der Geheimdienst mit Gott verbunden, dem niederländischen Gott, einem alten Mann, der in einem staubigen

Zimmer haust, einer sehr mächtigen Erscheinung, die in Pantoffeln schlurft und weitgehende Interessen hat, Interesse an Themen wie Deiche und Butterkühlhäuser und Ajax Amsterdam und zerstampfte Anis-körner in gelben Blechdosen und «so brennt eine gute Zigarre» und die Schrägstreifen auf den Ärmeln eines Landgendarmen und das Bijlmermeer.

«Der Geheimdienst, sagten Sie», erinnerte Grijpstra und versuchte, ein ernstes Gesicht zu machen.

«Ja», sagte der Commissaris, «sie sind an Mevrouw van Buren interessiert und haben uns gebeten, sie zu beobachten. Aus irgendeinem Grund haben sie keine eigenen Fahndungsbeamten. Die Steuerbehörde hat Fahnder und der Zoll und die Armee, aber der Geheimdienst hat keine. Sie benutzen lieber uns. Wann bist du das letzte Mal beim Wohnboot gewesen, um nachzusehen?»

«Heute ist Dienstag», sagte de Gier, «am vergangenen Donnerstag bin ich noch dort gewesen. Wissen Sie, warum der Geheimdienst an der Dame interessiert ist, Mijnheer?»

«Nein», sagte der Commissaris, «aber das werden wir noch herausfinden. Da stimmt anscheinend einiges nicht. Der Mann, der auf dem Boot neben ihrem wohnt, hat heute morgen angerufen. Er sagte, er habe sie seit Tagen nicht gesehen, und fragte, ob wir nicht mal nachsehen würden. Ihre Katze streift überall herum und versucht, auf sein Boot zu gelangen. Er will die Katze nicht und hat bei Mevrouw van Buren geklingelt, aber sie öffnet nicht. Ihr Wagen parkt wie üblich vor dem Boot.»

«Wann ist der Anruf gekommen?» fragte Grijpstra.

«Soeben erst. Vor einer Viertelstunde. Geht gleich hin. Ich werde euch einen Durchsuchungsbefehl mitgeben, dann könnt ihr, falls nötig, durch ein Fenster einsteigen.»

«Kommen Sie nicht mit, Mijnheer?» fragte Grijpstra.

«Nein. Ich treffe mich gleich mit dem Hoofdcommissaris. Aber wenn dort etwas nicht stimmt, könnt ihr mich anrufen oder über Funk erreichen.» Der Commissaris rieb sich das Bein, stand mühsam auf und ging hinaus. Er gab sich Mühe, nicht zu hinken.

Innerhalb weniger Minuten standen sie unten in der Marnixstraat vor einer roten Ampel. Alle Ampeln, denen sie auf ihrem Wege begegneten, standen auf Rot, dennoch waren sie innerhalb von zwanzig Minuten am Schinkel.

Ein Mann mit kurzem schwarzem Bart erwartete sie an der Laufplanke zum Wohnboot.

«Polizei», sagte Grijpstra, als er ausstieg, «sind Sie der Mann, der angerufen hat?»

«Ja», sagte der Mann, «ich bin Bart de Jong, ihr könnt mich Bart nennen, das tun alle. Ich wohne auf dem Boot dort.»

Grijpstra gab dem Mann die Hand und stellte sich vor. De Gier war auch gekommen. Bart sah merkwürdig aus, aber nicht merkwürdiger als andere seltsam wirkende Personen, die in Amsterdam zu jeder Tageszeit zu sehen sind. Ein untersetzter Mann, vielleicht vierzig Jahre alt. Es sah aus, als ob ihm der Bart bis zu den Augen wuchs. De Gier fielen die Augen auf. Sie ließen ihn an Korinthen denken oder an schwarze Glasperlen. Im linken Ohr hatte er einen Ring. Er trug einen schwarzen Kordanzug und schwarze, blankgeputzte, halbhohe Lederstiefel, in deren Schäften die engen Hosenbeine steckten. De Jongs dichtes, kurzgeschnittenes Haar sah aus, als sei es frisch gewaschen und gebürstet.

«Wie ist das nun mit der Katze von Mevrouw van Buren?» fragte Grijpstra.

Bart bot Zigaretten an; de Gier fiel auf, daß die Hand, die das brennende Streichholz hielt, leicht zitterte.

«O ja, die Katze. Sie fällt mir jetzt schon seit Tagen zur Last. Das tut sie übrigens öfter, an die Tür kratzen und maunzen und so, daran bin ich gewöhnt. Ich laß sie auch schon mal rein. Es ist eine schöne Katze, eine persische. Da ist sie.»

Eine große Katze kam auf langen Beinen anspaziert und schlug den Weg zu dem kleinen Wohnboot ein, auf das Bart gezeigt hatte. De Gier ging auf das Tier zu, ging in die Hocke und sprach es an. Die Katze rieb ihren schweren Kopf an de Giers Hosenbein und sah ihn aus großen gelben Augen an, durch die ein dicker schwarzer Strich lief. Die Augen schlossen sich halb vor Zufriedenheit.

«Ein hübsches Tier», sagte de Gier, «die schönsten Katzen sind die Siamesen natürlich, aber dies ist ein prächtiges Exemplar, die viele Wolle steht ihm gut.»

«Ja», sagte Bart, «aber genau das kann ich an ihr nicht leiden. Sie darf mich gern mal besuchen, und eine kleine Schüssel Milch und ein Stückchen Fleisch oder Fisch ist auch noch übrig, aber wenn sie weg ist, dann ist mein Boot voller Haare. Und verwöhnt ist sie auch. Sie kommt nicht nur, um ein bißchen zu essen. Sie verlangt alle Aufmerksamkeit und quengelt so lange, bis man sie gebürstet hat. Ich glaube, das ganze Zeug ist ihr unangenehm, das in ihrem Fell hängenbleibt, wenn sie das Unkraut und die Büsche durchstöbert; vielleicht juckt sie das. Vor einigen Tagen hat sie sich wirklich schlimm bei mir aufgeführt; ich hatte sie gebürstet, aber sie quengelte weiter, und da habe ich sie gepackt und vor die Tür gesetzt. Aber sie war gleich wieder da und hat mit der Pfote ans Fenster geklopft. Daraufhin bin ich zu Mevrouw van Buren gegangen und habe geklingelt, aber sie hat nicht geöffnet. Vorgestern und heute morgen habe ich wieder geklingelt, aber sie öffnet noch immer nicht. Sie muß zu Hause sein; ihr Auto steht übrigens auch vor der Tür. Ich glaube, ihr ist etwas passiert.»

«Dann wollen wir auch mal gehen und klingeln», sagte de Gier.

Sie klingelten, klopften und riefen. Keine Antwort.

«Seht ihr?» sagte Bart.

«Dann werden wir eben etwas kaputtmachen», sagte Grijpstra.

«Ist das erlaubt?» fragte Bart. «Das ist doch Hausfriedensbruch. Ich habe daran gedacht, ein Fenster einzuschlagen, aber ich glaube nicht, daß das erlaubt ist.»

«Die Polizei darf alles», sagte de Gier.

«Nichts da», sagte Bart, «auch die Polizei nicht. Das stand vor kurzem in der Zeitung.»

«Wir sind Sonderpolizei», sagte de Gier, «und außerdem haben wir einen Durchsuchungsbefehl.»

Sie betrachteten das Fenster neben der Tür.

«Das kannst du tun», sagte Grijpstra, «du hast lange Beine. Du mußt dich über das Geländer der Brücke beugen.»

De Gier nickte, holte seine Pistole heraus und schlug mit dem Kolben hart gegen das Fenster.

«Paß jetzt auf», sagte Grijpstra, «als du das letzte Mal durch ein zerbrochenes Fenster geklettert bist, hast du dir den ganzen Anzug mit Blut verschmiert.»

«Ich lerne täglich etwas dazu», sagte de Gier und schlug die Glasscherben aus dem Fensterrahmen. Er steckte den Arm hinein und drehte am Fenstergriff und öffnete. Grijpstra stützte ihn, als er hineinkletterte. Kurz darauf ging die Tür auf.

«Muß ich mit hinein?» fragte Bart.

«Warte hier einen Augenblick, wir sind gleich zurück. He, paß auf!»

Die Katze, die mit den drei Männern über den Laufsteg gegangen war und anscheinend ebenfalls hinein wollte, stieß ein tiefes, heiseres Knurren aus, das in einen hohen Angstschrei überging. Ihr Schwanz war steil aufgereckt und so dick wie ein Ofenrohr. Nach dem Schrei drehte das Tier sich um und lief weg; es blieb in sicherer Entfernung sitzen.

Bart schüttelte den Kopf. «Das ist nicht gut. Ihr geht wohl besser hinein. Da stimmt etwas nicht, ganz und gar nicht.»

«Ja», sagte Grijpstra und zwang seinen Körper, sich in Bewegung zu setzen. Er klopfte de Gier auf die Schulter. De Gier beobachtete immer noch die Katze.

Im unteren Deck des Boots war nichts zu finden. Die Möbel waren etwas staubig. Die Dame hatte anscheinend einen sonderbaren Geschmack, sonderbar, aber teuer. Perserteppiche und ein großer, gemauerter Kamin. De Gier bleib vor einer großen Holzplastik stehen, die drei Frauen darstellte, wobei die zweite auf den Schultern der ersten und die dritte auf den Schultern der zweiten stand. Ihre Brüste mit den übertrieben großen und spitzen Warzen standen weit vor. Die Zungen, die sie aus weit geöffneten Mündern herausstreckten, waren grellrot bemalt und die weißen, schimmernden Zähne bestanden aus kleinen Muscheln. Vielleicht eine afrikanische Fruchtbarkeitsstatue, dachte de Gier, aber ihm kam es so vor, als stelle sie mehr als Fruchtbarkeit dar. Sie strahlte Kraft aus, eine zielbewußte Kraft.

Im Zimmer standen noch mehr Plastiken. Auf einem Regal sah er ein Dutzend kleine Männer, zwischen zehn und dreißig Zentimetern hoch. Afrikanische Krieger, bewaffnet mit Speeren und anderen Gegenständen. Die Männer hatten einen aufmerksamen Gesichtsausdruck, als wüßten sie, daß ihre Beute in der Nähe ist. Die Männchen sahen grausam und bösartig aus.

Menschenjäger, dachte de Gier, und sie haben den Kerl gefunden, den sie suchen.

Er schaute noch einmal hin. Verdammt, dachte er, sie wollen *mich*. Aber warum mich? Ich kenne die Männer nicht einmal.

«Es ist schön hier», sagte Grijpstra im anderen Zimmer.

«Findest du?» fragte de Gier höflich.

«Ja», sagte Grijpstra, der sich umsah, «viel Platz. Und hübsche, bequeme Sessel. Ein gutes Zimmer, um sich gemütlich hinzusetzen, eine Zeitung zu lesen und eine Zigarre anzustecken. Sehr angenehm. Schau dir das Bild mal an.»

De Gier schaute. Es war ein friedliches, verträumtes Bild. Ein Bajazzo ging mit seiner Freundin, einem Mädchen in Schäferinnentracht, durch eine mondhelle Landschaft. Sie sind in einem bleichen Garten, in dem Sträucher und Bäume schwarz sind. Im Hintergrund reckt eine Reihe Pappeln die toten Arme in die Luft, und der Himmel ist metallblau. Einige seltsam gestaltete weiße Wolken treiben am Himmel dahin.

«Findest du das Bild schön?»

«Ja», sagte Grijpstra, «viel besser als all das rosa Fleisch, das man gegenwärtig sieht. Es ist sehr sexy, obwohl die beiden angekleidet sind. Sie halten sich nicht einmal an den Händen. Reizende Menschen.»

«Sicherlich haben sie eben miteinander geschlafen, in dem Gartenhäuschen dort hinten bei den Pappeln», sagte de Gier.

Grijpstra schaute auf das Gartenhäuschen. «Ja», sagte er langsam, «daher kommt die sexuelle Atmosphäre. Aber die Spannung ist raus, die hängt noch in der Laube.»

«Ja», sagte de Gier, «was schätzt du – wieviel ist diese Schute wert, komplett mit allem, was darinnen ist?»

Grijpstra betrachtete immer noch das Bild. «Dieser Druck ist zehn Gulden wert, es ist eine Reproduktion. Aber der Rahmen hat ein paar hundert Gulden gekostet. Der Druck ist das bis jetzt einzige Objekt, das nichts wert ist. Das Original ist übrigens von Rousseau, dem Zöllner. Eine Art von Mensch wie ich. Beamter mit niedrigem Gehalt. Ich wollte, ich könnte malen.»

«Ich wußte nicht, daß du an Kunst interessiert bist», sagte de Gier.

«Das Malen kannst du immer noch lernen; du solltest einen Abendkursus an der Volkshochschule belegen.»

«Das weiß ich. Vielleicht, wenn ich in Pension gehe. Ich weiß nichts über Kunst, aber von diesem Rousseau habe ich schon gehört. Ich habe sogar eine Ausstellung seiner Bilder gesehen. Ein primitiver Maler, sagten sie. Du wolltest wissen, wieviel diese Schute wert ist?»

«Ja», sagte de Gier.

«Viel Geld. Allein die Ledersessel sind schon einige tausend Gulden pro Stück wert. Und die Perserteppiche kommen auch nicht aus der Fabrik. Und die Schute ist die schönste, die ich je in Amsterdam gesehen habe. Das Holz ist sehr solide, und sie hat auch noch zwei Decks, zwanzig Meter lang und sechs breit. Zweihunderttausend, würde ich sagen, oder mehr. Es ist ein schwimmender Palast.»

Sie waren jetzt in der Küche. De Gier war erneut beeindruckt. Er dachte an seine eigene Küche – ein großer Schrank mit Minikühlschrank und zwei Kochplatten auf einem ganz kleinen Tisch. Wenn er kochte, mußte er die Arme eng an den Körper legen, sonst fegte er die Pfannen vom Regal.

«Eine schöne Küche, nicht wahr?» fragte er Grijpstra, der in den Kühlschrank schaute. «Und der Herd ist vollautomatisch. Du mußt mal die Tafel mit den Knöpfen sehen.»

«Es gibt doch wirklich reiche Menschen», sagte Grijpstra, «und dabei leben wir in einem sozialistischen System. Nivellierung der Einkommen und so. Ich möchte nur wissen, wie sie an dieses Zeug gekommen ist.»

«Das werden wir herausbekommen», sagte de Gier, «jedenfalls, wenn ihr etwas zugestoßen ist. Wenn sie noch irgendwo herumläuft, brauchen wir nichts herauszufinden.»

«Es könnte natürlich sein, daß sie das Geld geerbt hat», sagte Grijpstra in versöhnlichem Ton.

Sie stiegen die Treppe hinauf. Oben war nur ein großes Zimmer, das die ganze Länge und Breite des Schiffs einnahm. Die Treppe endete in einer Öffnung im Fußboden, die an drei Seiten von einem auf geschnitzten Pfeilern gestützten Geländer umgeben war und mit einer Luke verschlossen wurde.

Die Beamten gingen umher, die Hände auf dem Rücken, eine Gewohnheit, die sich sofort zeigte, wenn sie ein verdächtiges Haus betraten. Auf dem Rücken verschränkte Hände können keine Spuren verwischen und auch keine neuen machen.

Grijpstra seufzte, als er die Frau auf dem Fußboden liegen sah. Sie war vornüber auf den Langflorteppich gefallen. Sie sahen ihre langen Beine, den kurzen Rock, die weiße Bluse und das dichte schwarze Haar, das zum Teil auf dem Teppich und zum Teil auf der Bluse ausgebreitet war.

Die Bluse hatte einen großen roten Fleck, und mitten darin steckte der kupferne Griff eines Messers. Drei große blaue Schmeißfliegen summten unruhig im Zimmer herum, da sie bei ihrer Tätigkeit durch die Ankunft der Kripobeamten gestört worden waren.

2

Sie betrachteten die tote Frau und waren beeindruckt. De Gier wurde außerdem ein wenig übel. In der Luft hing ein schwerer Geruch, der ihm den Magen umdrehte. Er lief rasch zum Fenster. Es war geschlossen, und er mußte die Hand durch die Pflanzen stecken, um den Riegel zu erreichen. Das Fenster öffnete sich sofort. Er hatte sich noch rechtzeitig daran erinnert, daß er den Riegel nicht mit der bloßen Hand anfassen durfte, und deshalb ein Taschentuch genommen. Als er sich umdrehte, flogen die drei Fliegen noch immer herum, ihr Summen hatte einen bösen Unterton. Sie hatten so gut gegessen und durften jetzt nicht mehr; sie wollten wieder an die Wunde und das dickgeronnene Blut.

«Ruf du an», sagte Grijpstra und hustete. «Ich werde hier warten.»

De Gier lief die Treppe hinunter. Ihm war eingefallen, daß er unten im Wohnzimmer ein Telefon gesehen hatte. Auf dem Weg nach unten sah er die untersetzte Gestalt de Jongs auf dem Laufsteg. Er führte nur ein kurzes Telefongespräch und öffnete dann die Eingangstür.

«Und?» fragte Bart.

«Ja», sagte de Gier, «es ist tatsächlich etwas passiert. Deine Nachbarin ist tot.»

Barts schwarze Augen waren völlig ausdruckslos.

«Messer im Rücken», sagte de Gier.

«Gewalt», sagte Bart langsam, «ist nicht gut. Wir dürfen einander nichts Böses antun, nicht einmal, wenn der andere es herausfordert.»

«Hat sie es herausgefordert?» fragte de Gier. «Erzähle mir, was du über sie weißt. Schließlich bist du ihr Nachbar gewesen. Hast du sie gekannt?»

«Ja, ja, ich kannte sie. Durch die Katze. Ich brachte ihr das Tier immer zurück und konnte dann ein Täßchen Kaffee bei ihr trinken. Eine flüchtige Tasse Kaffee, wir waren keine Freunde, nur Nachbarn.»

«Hast du nie versucht, sie zu vernaschen?» fragte de Gier erstaunt. «Sie war doch eine schöne Frau.»

Bart begann zu lachen. «Nein. Das hab ich nie versucht. Bei Frauen bin ich nicht so gut. Keinen Mut, weißt du? Sie müssen *mich* darum bitten, ihre Absicht deutlich zeigen, und selbst wenn sie das tun, frage ich noch höflich, ob ich darf.»

De Gier lächelte. Er erinnerte sich an die zitternde Hand, die das Streichholz gehalten hatte. Vielleicht war Bart wirklich verlegen, vielleicht fühlte er sich unbehaglich, wenn andere sich ihm näherten.

«Wohnst du allein?» fragte er.

Bart zeigte auf sein Wohnboot. «Das ist ein ganz kleines Boot, wie du siehst. Es paßt nur ein Mensch hinein. Falls mal jemand kommt, stolpert einer über des anderen Beine.»

«Aha», sagte de Gier. «Aber wieso hat sie die Gewalt herausgefordert? Das sagtest du vorhin.»

Bart antwortete nicht.

«Willst du nicht darüber sprechen?»

«Lieber nicht», sagte Bart, «ich halte nichts davon, über andere Leute zu klatschen.»

«Sie ist tot. Ermordet. Jemand hat ihr ein Messer in den Rücken gestochen. Wir wollen wissen, wer es war. Vielleicht wird er noch jemand ermorden. Das Volk muß sich gegen die Verletzung der öffentlichen Ordnung verteidigen. Du gehörst zum Volk, ich auch.»

Bart runzelte die Augenbrauen.

«Stimmst du mir nicht zu?»

«Nein. Das ist alles dummes Zeug, das mit dem Volk. Ein Haufen von Egoisten, die für sich selbst sorgen. Insekten, die in einer Flasche eingeschlossen sind und sich gegenseitig beißen.»

De Gier dachte nach. Er nickte langsam. «Vielleicht hast du recht. Aber wir könnten versuchen, uns gegenseitig weniger zu beißen.»

«*Sie* hat Menschen gebissen», sagte Bart.

«Wie?»

«Nun ja, sie war eine Hure, weißt du. Ging mit jedem ins Bett, der Geld dafür zahlen wollte. Viel Geld. Schau dir nur das Boot an, das damit bezahlt worden ist.»

«Magst du keine Huren?» fragte de Gier.

Bart wurde gelöster; er winkte mit dem rechten Arm. «Na ja, Huren muß es natürlich geben. Die Männer müssen sich entspannen. Das kann man bei den Huren. Aber die Männer gehen nicht gern zu ihnen. Und das wissen die Huren. Sie wissen, wie schwach wir sind, wir, die Samenträger.»

«Und deshalb beißen sie uns», sagte de Gier.

«Wenn sie es schaffen können. Und sie konnte es. Sie war eine gute Hure. Ich habe oft genug gesehen, wie ihre Kunden weggingen. Sie sahen nie sehr glücklich aus. Sie hat die Kerle völlig ausgesogen. Und einer dieser Kerle war vielleicht etwas jähzornig.»

«Du bist nicht jähzornig, wie?» fragte de Gier.

«Nein. Nicht jähzornig und nicht gewalttätig. Ich will auch nichts mit Waffen zu tun haben. Deshalb habe ich auch den Wehrdienst verweigert, aber ich kann nicht gut reden und bin nicht religiös und wurde deshalb eingezogen. Ich bin einige Wochen geblieben und habe dann eine kleine Komödie aufgeführt. Mit einem Taschenmesser habe ich mir die Hände zerschnitten und bin dann auf den Kasernenhof gegangen und habe geheult.»

«Selbstverstümmelung ist auch gewalttätig.»

«Das hat mir nicht viel ausgemacht, ich habe mir nur einige Kratzer beigebracht. Nach einer Woche sah man nichts mehr davon. Aber im Prinzip hast du recht.»

De Gier spürte, daß er wütend wurde, und versuchte, sich zu beherrschen. Männer wie Bart machten ihn immer wütend. Aber er war sich bewußt, daß er nur wütend werden durfte, wenn die Ermittlungen davon profitierten.

«Wovon lebst du?»

Bart schüttelte den Kopf.

«Arbeitslosengeld?» fragte de Gier.

«Seit einem halben Jahr. Ich habe schon allerlei Stellungen gehabt, aber wenn ich ein halbes Jahr da bin, kommt der Chef meistens schon mit der Kündigung. Zuletzt war ich Fahrer eines Lieferwagens, das war eine lustige Arbeit.»

De Gier sah die Polizeiwagen, drei unauffällige Autos, langsam die enge Straße heraufkommen.

«Dort sind meine Kollegen. Ich halte es für das beste, wenn du auf dein Boot zurückgehst. Dann komme ich nachher noch einmal vorbei.»

«Bin ich jetzt festgenommen?»

«Nein, nein. Aber bleib noch auf deinem Boot, bis wir nachher vorbeikommen. Bis jetzt bist du der einzige Bekannte des Opfers, und wir werden dir noch einige Fragen stellen müssen.»

Grijpstra hatte sich in der Zwischenzeit kaum gerührt. Zuerst hatte er eine Weile dort gesessen und die tote Frau betrachtet. Ihn bedrückte die Stille im Raum. Er wollte aufstehen und die Fliegen verjagen, aber er blieb auf seinem Sessel, denn jede seiner Bewegungen hätte eine Spur des Mörders verwischen können. Das Zimmer sollte eigentlich voller Fingerzeige sein. Er betrachtete in einem Abstand von zwei Metern den Griff des Messers. Er setzte seine Brille auf und konzentrierte sich auf den Blutfleck und auf dessen glänzenden Mittelpunkt. Es sah aus, als sei der Messergriff poliert.

Ein Armeemesser, dachte er, aber warum glaube ich das? Solche Messer hatten wir nicht, als ich in der Armee war.

Aber er blieb davon überzeugt, daß es ein Armeemesser war, und er begann, geduldig in seinem Gedächtnis zu graben. Welche anderen Armeen kannte er? Die deutsche. Er konzentrierte sich und sah wieder, wie die deutschen Soldaten vor dreißig Jahren durch die Straßen von Amsterdam gingen. Die deutschen Soldaten hatten keine Messer, sie hatten Bajonette. Vielleicht die Offiziere. Er erinnerte sich, daß die deutschen Marineoffiziere Dolche hatten. Aber das waren andere Dolche gewesen, geschmückt mit Kordel und Troddel, und der Griff endete in einem Knauf mit Hakenkreuz. Also die falsche Armee. Noch andere Armeen? Die amerikanische? Die kanadische? Die englische?

Ja, sagte er zu sich selbst, die englische. Er sah die englische Kommandoeinheit wieder vor sich; sie war in der Kaserne einquartiert, die um die Ecke des Hauses lag, in dem er damals wohnte. Er war als junger Mann einige Male bei ihnen gewesen. Sie hatten ihn in ihrem Jeep mitfahren lassen und eine Tour durch het Gooi gemacht. Er hatte versucht, ihnen alles mit den wenigen englischen Wörtern zu erklären, die er gelernt hatte. Und sie hatten ihm ihre Waffen gezeigt. Einer der Soldaten hatte die Patronen aus dem Revolver genommen, und er hatte ihn sich von allen Seiten betrachtet. Und dann hatte er ein Messer in die Hand bekommen, ein Dolchmesser, ein langes Messer mit einer schmalen, tödlichen Klinge. Eine gemeine Waffe. Der Soldat hatte das Messer geworfen, und es blitzte im Sonnenlicht auf und blieb in der Rinde eines Baumes stecken, zitternd, als ob es lebte. Ein Messer mit Kupfergriff. Ein Messer, speziell angefertigt, um Menschen damit umzubringen. Aber jetzt hatte das Messer eine niederländische Frau getötet, geboren auf Curaçao, einer Insel der niederländischen Antillen.

War die Frau erstochen worden? Oder hatte jemand das Messer geworfen? Hatte der Griff gezittert, nachdem sich die Klinge in den Rücken Maria van Burens gebohrt hatte? Er sah sich um. Es konnte geworfen worden sein. Vielleicht hatte die Frau nicht gewußt, daß jemand hereingekommen war. Der Mörder konnte die Treppe heraufgeschlichen sein und oben das Messer plötzlich geworfen haben. Die Frau stand mit dem Rücken zu ihm – und swisch! In diesem Falle hatte sie ihn nicht gesehen; sie war vornüber gefallen und gestorben.

Sein Auge meldete etwas, das ungewöhnlich war, ein kleines rotes Licht an einer elektrischen Nähmaschine, die vielleicht seit Tagen eingeschaltet war. Grijpstra lief ein kalter Schauer über den Rücken. Er hatte noch ein rotes Licht entdeckt, ein blutunterlaufenes Auge, das ihn ansah. Ein noch eingeschalteter Plattenspieler. Das Radio schwieg, also mußte es der Plattenspieler sein. Also hatte sie sich eine Platte angehört und den Mörder nicht kommen hören. Vielleicht hatte sie der sanften Stimme eines Sängers gelauscht, einem Lied vom Mond und von Gänseblümchen und dem schwülen Abend und wie liebe ich dich – und dann ergreift sie der Tod von hinten.

Ein schöner Körper, dachte Grijpstra. Aber tot. Er hatte am Vortag einen toten Hund auf der Straße gesehen, von einem Bus überfahren. Er hatte den Hund gut gekannt, einen jungen, verspielten Schäferhund, der einem Nachbarn gehörte, einem Fensterreiniger. Er hatte oft mit dem Hund gespielt, aber der Kadaver war kaum mit der Erinnerung an das springende und bellende Tier zu verbinden. Der Tod ist wirklich das absolute Ende. Ein lebender Körper wird zu einem Gegenstand. Und der

Körper dieser Frau war jetzt ebenfalls ein Gegenstand. Aber ein hübsch gestalteter Gegenstand.

Eine Hure, dachte er. Eine sehr teure, aber dennoch eine Hure. Sie mußte ihre Sache gut gemacht haben. Ein amerikanischer Colonel, ein belgischer Diplomat, ein niederländischer Industriemagnat. Sie hatte vermutlich auch einen hübschen Preis verlangt. Eine gewöhnliche Hure forderte 25 Gulden, vielleicht 100, wenn der Kunde Sonderwünsche hatte. Aber wieviel hatte Mevrouw van Buren verlangt? Fünfhundert? Tausend?

Grijpstra brummte. Tausend Gulden! Ein Monatslohn. Es gibt Menschen, die acht Stunden täglich für eine solche Summe arbeiten, dreißig Tage lang. Nein, zwanzig, es gibt viele freie Tage in einem Monat. Die kann man abziehen.

Aber stimmte es, was er dachte? Vielleicht hatte dieser gute Mensch gratis gearbeitet, und vielleicht war es überhaupt keine Arbeit. Vielleicht war sie ihren Liebhabern einfach gefällig gewesen, und dies hatte sie befriedigt. Was ging es übrigens ihn an, ob sie Geld dafür verlangt hatte oder nicht. Er war Polizist und sollte nur den Mörder fangen. Der Staatsanwalt konnte sich dann weiter damit beschäftigen und der Richter und der Anwalt des Verdächtigen.

Beruhigt sah er sich noch einmal um. Ein schönes Zimmer, viel Licht, Fenster an drei Seiten. Ein Zimmer für eine Frau. Hier hatte sie ihre Kunden wohl nicht empfangen. Dies war ihr eigenes Zimmer, wo sie für sich sein und Kleider und Röcke nähen und Platten lauschen und für ihre Pflanzen sorgen konnte. Alle Fensterbänke standen voller Pflanzen. Einige kannte er. Judendorn, Gänsefuß, ein Bärenklau mit rötlichen Gewächsen an jedem Stielende, aber einige Pflanzen waren ihm fremd. Sie sahen eher wie Unkraut aus. Was wußte er über Unkräuter? Und während er darüber nachdachte, kamen die Polizeiautos und begannen vorsichtig zu manövrieren, um einen Parkplatz zu finden.

Der Commissaris war ebenfalls eingetroffen, und Grijpstra, der das Schiff den Fotografen, den Fingerabdruckleuten und dem Arzt überlassen hatte, berichtete seinem Chef, während de Gier in einem Abstand von wenigen Schritten zuhörte.

«Tot, wie?» sagte der Commissaris. «Also hat der Geheimdienst endlich einmal recht gehabt. Das letzte Mal, als sie uns brauchten, haben wir uns drei Wochen lang mit einer alten Armeeuniform befaßt, und das war auch das einzige, was zu finden war. Weißt du noch?»

«Ja, Mijnheer», sagte de Gier, der die Uniform seinerzeit gefunden hatte. Ein amerikanischer Sergeant hatte sie in den Abfallkorb seines Hotelzimmers geworfen, und sie war dann dem Geheimdienst in die Hände gefallen, der Großalarm gegeben hatte. Aber es gab nichts Greifbares, keine Geheimnisse, keine Spione, einfach gar nichts. Aber viel Arbeit, viel Herumtasten im dunkeln, denn weder Grijpstra oder de Gier, noch das halbe Dutzend anderer Polizisten, die mit der Sache befaßt waren, hatten auch nur eine Ahnung gehabt, worum es eigentlich ging. Sie hatten vage Befehle und eine Menge Adressen erhalten und waren Abend für Abend herumgelaufen, bis auf einmal jemand angerufen hatte, es sei ein falscher Alarm gewesen.

«Ja, ich weiß es noch, Mijnheer», sagte de Gier noch einmal.

«Aber jetzt haben sie uns zu einer Leiche geführt», sagte der Commissaris, «deshalb müssen wir aufhören, sie zu unterschätzen.»

«Zu einer ermordeten Leiche», sagte Grijpstra.

Der Commissaris zeigte das Lächeln eines alten Mannes. Seine Mundwinkel zuckten.

«Nun», sagte er, «dann werde ich wieder gehen. Es hat keinen Sinn, den Herren dort drinnen vor die Füße zu laufen. Ich bin nicht mit dem eigenen Wagen gekommen und werde deshalb mit eurem Auto zurückfahren. Euch werden die Experten gewiß mitnehmen. Schade, daß dem Hoofdinspecteur dies alles entgeht, aber ich werde ihn nicht zurückrufen. Ihr müßt den Fall zusammen mit mir lösen, dann kann er noch für einige Wochen in der Sonne sitzen. Guten Tag.»

«Mijnheer», sagten die beiden Beamten, dann reichte de Gier dem Commissaris die Schlüssel des Autos.

Die Ambulanz war inzwischen eingetroffen, und die beiden Helfer vom städtischen Sanitätsdienst erschienen auf dem Laufsteg, die Trage zwischen ihnen. Der Arzt ging hinter ihnen.

«Guten Morgen», sagte der Arzt zu Grijpstra, «sie ist seit mindestens zwei Tagen tot. Das Messer ist bis zum Heft eingedrungen.»

«Könnte das Messer geworfen worden sein?» fragte Grijpstra.

«Ja, das könnte sein. Es ist ein seltenes Messer. Ich habe so eines noch nie gesehen. Ich werde mal nachschauen, dann hört ihr morgen von mir.»

«Ist die Leiche wohl bewegt worden?» fragte Grijpstra.

«Nein.»

Der Arzt war schon fast bei seinem Wagen, als Grijpstra wieder an die Pflanzen dachte. Er rannte zum Auto.

«Verzeihen Sie, Doktor. Wissen Sie etwas über Pflanzen?»

Der Arzt sah erstaunt hoch. «Pflanzen?»

«Ja, Pflanzen. Beispielsweise Kräuter.»

«Ich weiß so einiges über Kräuter», sagte der Arzt. «Meint ihr, daß sie vergiftet worden ist?»

Grijpstra erläuterte, was er meinte.

«Jetzt verstehe ich», sagte der Arzt. «Dann wollen wir doch noch einmal nachschauen.»

Im oberen Zimmer beschäftigten sich der Arzt und Grijpstra eine Weile, während de Gier sprachlos herumstand.

«Ja, ja», sagte der Arzt.

Grijpstra wartete.

«Wie seid ihr darauf gekommen, die Pflanzen zu betrachten?» fragte der Arzt. «Versteht ihr was von Pflanzen?»

«Nein», sagte Grijpstra, «aber die sahen mir nicht wie gewöhnliche Zimmerpflanzen aus. Wenn ich einen Garten hätte und solche Pflanzen darin, würde ich sie ausreißen und wegwerfen.»

«Damit könntet ihr recht haben», sagte der Arzt. «Ich werde sie mitnehmen und jemandem zeigen, der etwas davon versteht, aber so würde ich sagen, sie sind alle giftig. Im Volksmund heißen sie Hexenkräuter.»

«Was habt ihr eigentlich?» fragte de Gier. «Ist dies ein Kursus über Pflanzenkunde?»

«Hast du noch nie etwas von Giftpflanzen gehört, bester Freund?» fragte der Arzt und sah de Gier gutmütig an.

«Opium?» fragte de Gier. «Sie meinen Mohn? Oder vielleicht Haschisch? Ich habe zu Hause auf meinem Balkon nur Geranien. Und in diesem Jahr habe ich von meiner Tante einen Topf mit weißen Blümchen bekommen, ich glaube, die heißen Asylum.»

«Alyssum oder Steinkraut», sagte der Arzt. «Für 50 Cent bekommt man auf dem Markt schon einen hübschen Topf. Ich habe vor kurzem welche für meine Frau gekauft, sie riechen gut, nach Honig. Aber diese Kräuter sind ganz anders. So giftig wie der schwarze Teufel. Es gibt davon drei Arten, wißt ihr. Morgen werde ich einen Freund holen, der bei der Stadtgärtnerei angestellt ist und sämtliche öffentliche Parks betreut.»

«Giftig», sagte Grijpstra zögernd.

Der Arzt zündete seine Pfeife an und betrachtete die Pflanzen noch einmal. «Giftig, da bin ich sicher. Aber vielleicht können sie auch für andere Zwecke benutzt werden. Ich glaube, Hexen machen einen Liebestrank aus Giftpflanzen, und man soll auch eine Salbe daraus herstellen können. Wenn man diese Salbe in die Achselhöhlen reibt und ein kleines bißchen davon auf die Eier und den Schwanz gibt, dann wird man allerlei interessante Erfahrungen machen.»

«O ja?» fragte de Gier.

«Vielleicht fliegst du dann durch die Luft, mein Freund, oder du setzt dich auf einen Besenstiel und hopp! weg bist du. Dann kannst du einmal sehen, wie es auf einem Hexenfest zugeht. Im Vergleich dazu scheinen die Sexclubs von heute gar nichts zu sein.»

Grijpstra legte de Gier eine schwere Hand auf die Schulter. «Das wäre mal was für dich.»

«Ja», sagte de Gier.

«Helft mir jetzt, die Töpfe zum Auto zu bringen», sagte der Arzt.

De Gier trug den größten Topf vorsichtig nach unten. Der Arzt nahm zwei kleine Töpfe und Grijpstra den Rest.

«Hexenfeste!» sagte de Gier.

«Aber zuerst mußt du arbeiten», sagte Grijpstra.

«Ja, ja», sagte de Gier, «später, meine ich. Ich werde mal etwas darüber lesen.»

«Paß nur auf», sagte der Arzt.

3

«Was ich an der Polizei so mag», sagte de Gier, «ist die Zusammenarbeit.»

Grijpstra schaute dem letzten Auto nach, das soeben abfuhr. «Du hast selbst schuld. Wer hat dir denn gesagt, daß du dem Commissaris unseren Wagen geben sollst?»

«Ha», sagte de Gier.

Zusammen gingen sie zu dem kleinen Hausboot, das ihren ersten Verdächtigen beherbergte, Bart de Jong. Sie gingen langsam.

«Hast du schon eine Idee?» fragte de Gier.

Grijpstra holte ein großes weißes Taschentuch heraus, entfaltete es und nieste hinein.

«Nies nicht. Antworte mir.»

Grijpstra nieste noch einmal. De Gier fuhr zurück. Es war ein lautes Niesen und drückte Grijpstras Verachtung für die ganze Welt aus.

«Hast du schon eine Idee?» wiederholte Grijpstra höhnisch.

«Natürlich habe ich. Ich habe einen Verstand, der funktioniert. Ob ich will oder nicht. Man hat uns gesagt, daß die Dame eine Hure war. Huren ekeln sich vor ihren Kunden, sie hassen sie sogar. Sie geben ihren Kunden die Schuld, daß sie Huren sind. Und damit haben sie recht. Alle haben immer recht, das dürfen wir nie vergessen. Das ist eine Grundwahrheit. Daher haßt die Hure ihren Kunden und läßt ihn ihre Macht spüren. Er braucht sie und kommt immer wieder. Er will nicht wiederkommen, aber er wird dazu gezwungen. Sein Verlangen ist größer als seine Willenskraft. Und die Hure sieht ihn kommen und erniedrigt ihn. Der Kunde will nicht erniedrigt werden. Der Kunde hat ebenfalls recht. Er versucht, sie auf die eine oder andere Weise zu verletzen. Und das Töten ist eine Form des Verletzens.»

Sie gingen über ein Stück verwildertes Land.

De Gier blieb stehen und betrachtete das Unkraut, das dort wuchs. «Meinst du, daß dieses Kraut gefährlich ist?»

Grijpstra schaute das Kraut an. «Nein. Als Junge habe ich in den Sommerferien gelegentlich bei einem Bauern gearbeitet. Dann mußte ich immer jäten. Die Pflanze kenne ich noch, Pfirsichkraut. Auf den Blättern sind kleine schwarze Flecken. Schau nur.»

De Gier sah auf die schwarzen Flecken. «Warum mag sie die Kräuter auf der Fensterbank gehabt haben?»

Grijpstra sah seinen Freund an und verzog das Gesicht. Er konnte gut Grimassen schneiden, denn zu Hause mußte er oft etwas vorlesen, und die beiden kleinsten Grijpstras mochten Geschichten mit bösen Gestalten. Vorlesen allein genügte ihnen nicht, er mußte auch Grimassen dabei schneiden.

Grijpstra setzte jetzt sein gemeinstes Gesicht auf, das er nur für die ganz schlimmen Gestalten gebrauchte. Er zog die Oberlippe hoch, verdrehte sie so, daß die Spitzen seines borstigen Schnurrbarts nach vorn zeigten und schloß die Augenlider.

«Sie wollte ihre Kunden verhexen», zischte Grijpstra.

«Pah», sagte de Gier, «sei nicht so ekelhaft.»

«Ich bin nicht ekelhaft», sagte Grijpstra, «ich versuche, dir etwas zu erklären.»

«Glaubst du, daß sie wirklich auf einem Besenstiel geflogen ist?» fragte de Gier.

«Ja, geflogen ist», sagte Grijpstra, «jetzt nicht mehr, weil sie tot ist.»

«Ihre Seele lebt noch», sagte de Gier und schauderte.

Grijpstra antwortete nicht. Er hatte gesehen, wie es de Gier geschaudert hatte, und er fragte sich, ob dieses Schaudern echt gewesen war. Er hatte seinen Kollegen nie ganz verstanden. Jedesmal, wenn er dachte, er könne de Gier auf Grund der einen oder anderen Reaktion in ein bestimmtes Fach einordnen und damit definieren, tat dieser wieder etwas, auf das gar nichts paßte. Vielleicht war dieses Schaudern jedoch echt gewesen. Möglich war es, denn sie hatten morgens die Leiche gefunden, und es hatte im oberen Zimmer des Hausboots ekelhaft gerochen, und die drei Fliegen hatten widerlich ausgesehen. De Gier hatte zweifellos Übelkeit empfunden. Und seitdem hatten sie noch die Hexenkräuter entdeckt.

Sie waren an der Tür des kleinen Wohnboots angekommen. Die Tür wurde in dem Augenblick geöffnet, als de Gier an der Klingel ziehen wollte.

«Es hat länger gedauert, als wir dachten», sagte de Gier.

Bart lächelte. «Das macht nichts, kommt nur herein. Der Kaffee ist fertig.»

«Kaffee . . .» sagte Grijpstra dankbar.

«Und ich habe auch frisches Brot.»

«Sehr gut», sagte Grijpstra.

Das Boot hatte anscheinend nur einen Raum. Bart schenkte den Kaffee ein.

Die Beamten musterten die Inneneinrichtung. Ein niedriger Raum, in dem nur das Notwendigste Platz gefunden hatte. Die Wände bestanden aus breiten, derben Holzbrettern, an denen nichts aufgehängt war. Es standen dort ein großer Tisch, ein Stuhl und eine Bank, auf der die Beamten nebeneinander wie in einer strengen Schule saßen. Auf dem

Tisch lagen Bücher. De Gier las die Titel. Ein Buch über moderne Malerei und eines mit Reproduktionen, beide stammten aus der städtischen Bücherei. In der anderen Ecke stand ein schmales Bett, eine Armeepritsche mit Armeematratze und Armeedecken. Dem Bett gegenüber hatte Bart eine kleine Küche eingerichtet, die aus einem alten Kühlschrank, einem zerbeulten Kocher und einem Spülstein aus Metall bestand. Außerdem stand dort noch ein kleines Tischchen, auf dem Bart jetzt das Brot schnitt.

«Eine Staffelei», sagte Grijpstra und zeigte in die andere Ecke.

«Ich habe auch noch etwas zum Brot», sagte Bart, «jungen Käse und Schinken. Und ein Fläschchen mit griechischen Oliven. Möchtet ihr Oliven zum Brot?»

«Nein, danke», sagte Grijpstra.

«Gern», sagte de Gier.

«Wenn ich gewußt hätte, daß ihr zum Essen kommt, hätte ich ein leckeres Gericht gemacht», sagte Bart. «Ich koche gern. Ich bereite mir täglich mindestens ein gutes Essen. Das ist ein gutes Hobby, wenn man allein wohnt.»

«Bist du nie verheiratet gewesen?» fragte Grijpstra.

«Doch, aber das ist schon eine Weile her.»

«Ein hübsches Boot», sagte de Gier mit vollem Mund, «aber vielleicht ein bißchen kahl.»

«Ein armer Mann hat nicht viele Sachen», sagte Bart.

De Gier schüttelte den Kopf. «Da bin ich anderer Meinung. Auch ich habe eine Zeit erlebt, als ich praktisch nichts verdiente, aber selbst damals hatte ich allerlei Sachen. Mein Zimmer stand immer voller Krempel. Ich habe nie verstanden, woher das Zeug kam, und gelegentlich warf ich die Hälfte davon weg, aber nach kurzer Zeit war alles wieder voll.»

«Aber so leer ist es hier gar nicht. Hier stehen Tisch, Stuhl, Bett, Bank und eine ganze Küche. Und ich male und benötige dafür allerlei Kram. Der Schrank dort hinten ist voll mit Farbdosen und -tuben und Gläsern mit Pinseln und Terpentinflaschen und Leinwandrollen und was ihr wollt. Und in dem Schrank daneben ist Kleidung und ein Plattenspieler und ein elektrischer Heizofen und noch allerlei Zeug.»

De Gier schüttelte immer noch den Kopf. «Du hast, was du wirklich benötigst, aber wo ist der Rest?»

Bart lachte nervös. «Wollt ihr etwa, daß ich euch meine Lebensphilosophie darlege? Die interessiert euch doch nicht die Bohne.»

«Doch», sagte de Gier, «die interessiert mich.»

«Erzähl nur», sagte Grijpstra, «er will alles über die Menschen wissen. Ich übrigens auch.»

«Weil ihr eben von der Kripo seid», sagte Bart, «Vertreter des Staates. Wißt ihr das? Wenn wir einfachen Bürger sehen, wie ihr in euren Uniformen herumlauft, dann denken wir, sieh mal, da läuft der Staat.»

«Das wissen wir», sagte Grijpstra.

«Ja», sagte Bart, «vielleicht wißt ihr es. Vielleicht seid ihr auch intelligent. Das wäre dann schade. Denn der Bürger denkt nicht nur, seht mal, da habt ihr den Staat, sondern auch, macht nichts, Trottel sind es dennoch. Aber vielleicht hat der Bürger unrecht, vielleicht sind manche Polizisten klüger, als wir meinen.»

«Erzähle uns von deiner Lebensphilosophie», sagte de Gier.

Bart schenkte noch einmal Kaffee ein. «Meine Philosophie ist einfach genug. Ich weiß, daß ich nichts tauge. Ich bin ein Versager. Ich bleibe nie lange auf einer Stelle, weil sie mich rauswerfen. Ich tue mein Bestes, aber nach einer Weile geht etwas schief, und dann stehe ich wieder auf der zugigen Straße. Und wenn ich jemals Arbeit bekomme, erreiche ich immer nur den Mindestlohn. Wenn ich dann die Stelle los bin, bekomme ich nur noch 85 Prozent davon; was ich also auch tue, Geld bekomme ich nie.»

«Und was hast du dann philosophiert?» fragte de Gier freundlich.

«Daß ich kein Geld ausgeben darf. Ich weiß das nun schon seit Jahren und habe mein Leben angepaßt. Ich mußte mich natürlich bemühen, stark zu bleiben. Ich sage immer nein. Ich kaufe mir natürlich mein Essen, gutes Essen und Tabak. Für gutes Essen und guten Tabak muß man bezahlen, was ich tue. Aber sonst kaufe ich nichts.»

«Du hast doch die Möbel gekauft», sagte Grijpstra, «und das Zeug für die Küche und Farbe und Pinsel und so.»

«Ja, aber das hat nicht viel gekostet. Das meiste habe ich gefunden.»

«Wo?»

«Am IJ ist ein Abladeplatz für Sperrmüll. Dort habe ich den Tisch gefunden und den Kühlschrank und die Kochstelle. Auch die Bretter, aus denen ich die Aufbauten dieses Schiffs gezimmert habe, kommen von dort. Nicht das Boot selbst. Das habe ich zwar auch gefunden, aber nicht am Abladeplatz. Es stammt vom Schiffsfriedhof, der ebenfalls am IJ liegt. Ich darf dort zwar nichts wegnehmen, aber wenn man einige Worte mit dem Wachpersonal wechselt, schauen sie schon mal in die andere Richtung; jedenfalls früher, jetzt sind sie strenger geworden. Eine Menge Boote verrotten dort.»

«Dies ist aber kein verrottetes Boot», sagte Grijpstra.

«Vielen Dank», sagte Bart, «es hat mich mehr als ein Jahr gekostet und einige tausend Gulden. Es entspricht nicht den Erwartungen; man benötigt noch sehr viel, und ich wollte, daß es gut wird.»

De Gier dachte an seine eigene Wohnung in einem Luxusblock in Buitenveldert. Er dachte auch an das viele Geld, das er im Laufe der Jahre verschwendet hatte. Erst am Vortag hatte er zwei gestreifte Oberhemden zu einem Phantasiepreis gekauft, obwohl er schon genug hatte.

Was soll's? dachte er und wandte sich wieder seinem Gastgeber zu.

«Aber du malst», sagte Grijpstra.

«Ja», sagte Bart, «und ich habe nie eine Möglichkeit gefunden, billig Farbe zu kaufen; ich kann nur versuchen, sparsam damit umzugehen.»

Grijpstra war an die Staffelei gegangen. «Darf ich mir die Arbeit ansehen?»

«Nur zu.»

Das Bild stellte ein Gebäude dar. Grijpstra kannte es. Er hatte nie gewußt, daß an diesem Gebäude etwas Besonderes war, etwas, das die Mühe lohnte, es zu malen. Eine häßliche Konstruktion aus Backsteinen, ein städtisches Gebäude aus dem Anfang des 20. Jahrhunderts. Aber das Gemälde war gut, sehr realistisch mit viel Aufmerksamkeit für das Detail.

«Malst du auch?» fragte Bart.

«Nein, aber ich würde gern malen.»

«Warum tust du es dann nicht?»

«Ja», sagte Grijpstra, «warum male ich nicht? Ich muß arbeiten, komme dann endlich nach Hause, lese die Zeitung, esse etwas und gehe zu Bett. Ich möchte noch mehr Dinge gern tun, aber die drei Kinder fordern ihre Zeit, die Frau sitzt vor dem Fernsehgerät, und man schaut mal eben mit zu. Manchmal gehe ich zum Fischen, aber das ist alles.»

«Das ist schade», sagte Bart.

«Ja, schade. Mir gefällt dein Bild, aber ich weiß nicht, warum.»

«Schau es dir noch einmal an», sagte Bart.

«Vielleicht der Kontrast. Das Grau und das Weiß. Du hast das Gebäude so gemalt, wie es eigentlich aussehen sollte.»

«Nein», sagte Bart, «es sieht so aus. Abends im Sommer, kurz bevor es dunkel wird. Das Gebäude hat ein Eigenleben, und ich habe versucht, es wiederzugeben. Aber das Beste muß noch dazukommen. Oben auf dem Gebäude steht eine Reihe Ventilatoren, die sich immer drehen, um drinnen für Frischluft zu sorgen. Ich will ihre Bewegung zeigen. Ich denke schon daran, kleine Spielzeugventilatoren aus Blech zu machen, Löcher in das Bild zu schneiden und sie hineinzusetzen, und dann treibe ich sie mit einem kleinen Elektromotor an.»

«Nein, nein», sagte Grijpstra, «das darfst du nicht. Dann hast du so eine Art von Pop. Damit verdirbst du eine ganze Menge.»

«Vielleicht.»

De Gier war jetzt auch gekommen, um das Bild zu betrachten. «Das wäre vielleicht keine schlechte Idee, aber auch nicht sehr originell. Ich habe vor kurzem eine Ausstellung mit solchen Bildern gesehen, mit drehenden Windmühlen und sich bewegenden Segeln von Schiffen.»

«Das macht nichts», sagte Bart, «nichts ist auf der Welt originell. Nur die Art, in der man Dinge kombiniert, ist originell. Aber es wird wohl immer einen geben, der so etwas auch schon gemacht hat. Das kann auch gar nicht anders sein, bei den vielen Menschen, die auf diesem Erdball wimmeln. Ich bin sicher, in diesem Augenblick denkt jemand daran, ob er Löcher in seine Leinwand schneiden soll, damit er darin kleine Blechventilatoren sich drehen lassen kann.»

«Das könnte sehr wohl möglich sein», sagte Grijpstra.

«Wir schwatzen hier, aber ihr wollt natürlich wissen, was ich über den Tod der Mevrouw van Buren sagen kann, nicht wahr?» fragte Bart.

«Und was du über ihr Leben weißt», sagte Grijpstra.

Bart hatte eine alte Dose geöffnet und drehte sich eine Zigarette.

«Über ihren Tod kann ich euch nichts sagen. Wann ist sie eigentlich gestorben?»

«Wir wissen nicht genau, wann es passiert ist. Das werden wir morgen vom Arzt erfahren», sagte de Gier.

«Das macht auch nichts. Ich habe sowieso kein Alibi. Ich bin hier immer allein, und es wäre eine Kleinigkeit, mal eben rüberzulaufen und die Frau zu ermorden. Es wäre für mich viel einfacher als für jeden anderen, weil ich ihr Boot durch mein Fenster sehen kann. Und wenn ich mich draußen hinsetze, weiß ich genau, wann sie allein ist. Wie ist sie eigentlich umgebracht worden?»

«Das habe ich bereits gesagt», sagte de Gier. «Jemand hat ihr ein Messer in den Rücken gestoßen.»

«Ja, das hast du gesagt. Ich würde nie ein Messer benutzen.»

«Was würdest du benutzen?»

«Nichts. Ich würde keinen umbringen. Lieber würde ich mich umbringen lassen, wenn es darauf ankommt. Vielleicht würde ich jemand töten, um mein Kind zu beschützen, aber ich habe kein Kind. Für mich selbst würde ich mir keine Mühe machen.»

«Gut», sagte de Gier, «du weißt nichts über ihren Tod. Dann erzähle uns etwas über ihr Leben.»

«Das weißt du schon alles. Wir sind nie befreundet gewesen. Wenn ich dort einen Kaffee trank, war ich nach zehn Minuten wieder zur Tür hinaus. Sie ist einmal hier gewesen. Ich habe hier Geranien, die nicht richtig gediehen. Sie hat mir dann ein Spezialmittel gegeben, das man ins Wasser schüttet. Ein gutes Mittel, denn danach sind sie gewachsen. Sie hat es mir wahrscheinlich gegeben, weil ich ihre Katze oft gefüttert und gebürstet habe.»

«Sorgst du jetzt für die Katze?» fragte de Gier.

«Machst du dir deswegen Sorgen?»

«Ja, ich habe selbst eine. Katzen sind ganz besondere Tiere, für die man gut sorgen muß.»

«Nun, das geht in Ordnung. Sie bringt zwar viel Scherereien wegen der Haare, aber daran werde ich mich wohl gewöhnen müssen. Sie ist ein drolliges Biest und obendrein noch klug.»

«Gut», sagte de Gier.

«Was glaubst du wohl, wer sie umgebracht hat?» fragte Grijpstra.

«Einer ihrer Kunden, meine ich.»

«Kennst du ihre Kunden?»

Bart überlegte beinahe eine halbe Minute lang. Die Beamten schwiegen.

«Nein, ich kenne sie nicht. Aber ich kann ihre Wagen beschreiben, wenn ihr wollt. Ein neuer schwarzer Citroën DS mit belgischer Nummer und einem CD-Schild. Ein großer Buick mit amerikanischer Nummer, einem grünen Schild, wie es die in Deutschland stationierte Armee hat, glaube ich. Und noch ein teurer Citroën, ein sehr schöner, mit extra viel Chrom und innen mit echten Lederbezügen und silberfarbig; das muß der teuerste Citroën sein, der jemals aus Frankreich gekommen ist. Die Nummern weiß ich nicht, aber es waren immer dieselben Wagen. Ich habe schon mal gedacht, was wohl passieren würde, wenn alle gleichzeitig kämen, aber das kam nie vor. Ich denke, sie hat sie nur auf Verabredung empfangen.»

«Hast du auch jemand anders hineingehen sehen?»

Bart überlegte wieder. «Ja, den Kerl mit der roten Weste. Der kam immer am Sonntagmorgen. Ein dicker Mann mit einem teigigen Gesicht, fast ohne Ausdruck. Aber er fiel mir auf, weil er immer dieselbe rote Lederweste trug, die mit einer schweren goldenen Uhrkette drapiert war. Was er genau bei der Nachbarin zu suchen hatte, habe ich nie erfahren. Meistens kam er mit einem kleinen Jungen von höchstens fünf Jahren, immer am Sonntagmorgen.»

«Kam er auch mal ohne den Jungen?»

«Ja», sagte Bart, «aber ich glaube, nur einmal.»

«Kam er mit dem Auto?»

«Nein, er war immer zu Fuß.»

«Ein kleiner Mann?»

«Vielleicht einsfünfundsiebzig. Ziemlich dick. Etwa vierzig Jahre alt. Er wird ein wenig kahl. Ich kann eine Zeichnung von ihm machen, wenn ihr wollt.»

Bart fertigte eine Skizze an. Es dauerte nur wenige Minuten. Er benutzte Holzkohle.

«Wunderbar», sagte Grijpstra. «Kannst du auch noch den Jungen zeichnen?»

Bart zeichnete einen Jungen.

«Er hat einen Ball unter dem Arm», sagte de Gier.

«Ja, das stimmt. Er hatte immer einen Ball bei sich.»

«Gab es noch mehr Besucher?» fragte de Gier.

«Nein, ich glaube nicht. Wenn es welche gab, dann kann ich mich nicht an sie erinnern. Jedenfalls keine Kunden. Ab und zu ein Botenjunge und natürlich die Zeugen Jehovas, die hier regelmäßig die Gegend abklappern, und ein Mann, der Eier verkauft, und Kerle, die an der Tür herumlungern, und Leute, die sich verlaufen haben.»

«Und du», sagte de Gier.

«Und ich.»

Bart sah entspannt aus.

«Wir sollten dich nicht länger belästigen», sagte Grijpstra. «Vielen Dank für den Lunch. Wie kommen wir zur nächsten Straßenbahnhaltestelle?»

Bart lachte. «Seid ihr euren Wagen losgeworden? Geht diesen Weg ganz hinunter bis zum Ende, dann nach links zum Stadion. Dort hält eine Straßenbahn. Und falls ihr es euch erlauben könnt, dort sind auch Taxis.»

«Mijnheer belieben zu scherzen», sagte de Gier.

«Du hast vergessen zu fragen, ob er sie mal auf einem Besenstiel hat reiten sehen», sagte Grijpstra, als sie zusammen den langen Weg hinuntergingen.

4

«Herein», rief der Commissaris mit seiner freundlichsten Stimme. Die vier Männer traten ein und lächelten. Sie schüttelten einander die Hand. Sie akzeptierten Zigarren. Sie gaben sich gegenseitig Feuer. Aber alle vier waren gespannt.

«Ich bin froh, daß Sie alle so schnell kommen konnten», sagte der Commissaris und setzte sich, während er einladend auf die vier bequemen Stühle zeigte. Der Commissaris hatte eines der schönsten Zimmer im Präsidium. Es gab zwar noch vier andere Commissarissen im Haus, aber er war der älteste – über ihm thronte nur noch der Hoofdcommissaris –, und er hatte auf seine Krone und die zwei Sterne gepocht. Das war zu sehen, denn es lag ein extra dicker Teppich auf dem Boden, an der Wand hing ein antikes, prächtig ausgeführtes Bild von einer Seeschlacht, eine andere Wand war durch tropisch anmutende Pflanzen unsichtbar geworden, in einem Schrank stand eine Kaffeemaschine, die mit jedem Knopfdruck eine frische Tasse lieferte, und unter der Kaffeemaschine befand sich ein Kühlschrank voller Leckerbissen.

«Wir haben gestern über Telex mit dem Colonel Kontakt aufgenommen», sagte der Mann von der amerikanischen Botschaft.

Der Mann, der dem Commissaris direkt gegenübersaß, blickte verstört auf. Er erinnerte den Commissaris an einen großen Bär, an einen Grisly, von denen er einmal ein ausgestopftes Exemplar in einem zoologischen Museum gesehen hatte. Der Colonel sah freundlich aus, aber gefährlich. Der dicke Tweedanzug, für diesen warmen Tag nicht gerade geeignet, verstärkte diesen Eindruck.

«Sie haben nicht mit *mir* Kontakt aufgenommen», sagte der Colonel zu dem Mann von der Botschaft. Er sprach laut, etwas zu laut, dachte der Commissaris. «Sie haben Kontakt zur Militärpolizei aufgenommen, und *die* hat sich mit mir in Verbindung gesetzt und mich auch gleich mitgenommen.»

Die beiden Männer sagten nichts.

«Stimmt's oder nicht?» fragte der Colonel die schweigenden Männer.

«Nicht so ganz», sagte der jüngere der beiden, «wir haben Sie eingeladen, mit uns zu kommen.»

Der Commissaris lächelte. Ihm begann es Spaß zu machen. Polizisten haben überall die gleiche Technik. Er hätte das gleiche gesagt.

«Wir werden Sie nicht länger belästigen, als unbedingt erforderlich», sagte der Commissaris sanft, «aber lassen Sie mich Ihnen erklären, warum wir Sie hierher gebeten haben.»

Der Colonel lehnte sich auf seinem Stuhl zurück. Der Commissaris hatte einen guten Eindruck auf ihn gemacht.

«Ich weiß, warum ich hier bin», sagte der Colonel, «Ihre Kollegen haben es mir gesagt. Maria van Buren ist tot. Jemand hat sie ermordet. Ich war mit ihr befreundet.»

«Ja», sagte der Commissaris, «sie war Ihre Freundin. Wir haben sie mit einem Messer im Rücken gefunden. Eigentlich war es ein Dolch. Ein Militärdolch. Sie muß, unserem Arzt zufolge, am vergangenen Samstag zwischen 20 und 24 Uhr gestorben sein.»

Der Colonel dachte nach. Eine Minute lang war alles still. Dann brach er in ein breites Grinsen aus. «Am vergangenen Samstag war ich in Düsseldorf, wo ich auch die Nacht verbrachte. Ich war an dem Tag nicht für eine Minute allein, und in der Nacht auch nicht. Ich kann es leicht beweisen.»

«Ausgezeichnet», sagte der Commissaris, «aber wir haben Sie nicht hergebeten, damit Sie beweisen können, daß Sie kein Mörder sind. Wir sind noch mit der Voruntersuchung dieses Falles befaßt und wollen im Augenblick nur Informationen. Wir wissen so gut wie nichts über die tote Frau. Aber Sie haben sie gut gekannt. Vielleicht haben Sie nichts dagegen, etwas über sie zu erzählen.»

«Ja», sagte der Mann von der Botschaft, «vielleicht sollten Sie das tun, Colonel.»

Der Commissaris betrachtete den Mann von der Botschaft. Ein netter junger Mann, dachte er. Sehr hilfreich.

«Okay, okay», sagte der Colonel, «nehmen Sie es mir nicht übel, daß ich mich soeben über die beiden Herren lustig gemacht habe, aber seit sie mich geholt haben, bin ich ständig angespannt gewesen. Ich glaube, sie haben mich sogar noch überwacht, als ich im Flugzeug zur Toilette ging. Sie dachten gewiß, ich würde aus dem Fenster springen.»

Die Offiziere der Militärpolizei lachten höflich und hörten gleichzeitig mit dem Lachen auf.

«Gut, ich werde sehen, wie ich Ihnen helfen kann. Ich kannte Maria natürlich gut, intim, wie man heutzutage sagt. Ich kenne sie schon seit etwa drei Jahren. Ich komme mindestens einmal jeden Monat nach Amsterdam. Für mich ist es nicht weit, weil ich unmittelbar hinter der Grenze stationiert bin. Es tut mir leid, daß sie tot ist.»

«Verzeihen Sie», sagte der Commissaris, «aber ich habe den Eindruck, daß es Ihnen nicht allzu leid tut.»

Der Colonel kratzte sich am Knie. «Was meinen Sie denn, was mit mir ist?»

«Ja», sagte der Commissaris zögernd, «ja, es ist verrückt, es zu sagen, aber mir scheint, als ob Sie sich erleichtert fühlen.»

«Erleichtert», sagte der Colonel, «ja, vielleicht. Ich fühle mich erleichtert, weil die Polizei mich nicht mehr für den Mörder hält.»

«So», sagte der Commissaris.

«Gut, gut», sagte der Colonel, «vielleicht bin ich auch erleichtert, weil ich sie nicht mehr besuchen muß.»

«Haben Sie der Dame etwas gezahlt?» fragte der jüngere Offizier der Militärpolizei.

«Ja, ich habe ihr etwas gezahlt.»

«Viel Geld?» fragte der Commissaris.

«Sie war nicht billig.»

«Wieviel haben Sie ihr gezahlt?»

«Okay», sagte der Colonel, «sie war eine Hure, aber das wußten Sie wahrscheinlich schon. Eine erstklassige Hure. Sie verlangte pro Nacht 500 Gulden im voraus. Bar auf die Hand, oder man konnte wieder gehen. Aber wenn man blieb, bekam man, was man haben wollte.»

«Sagten Sie Gulden oder Dollar?» fragte der Militärpolizist.

«Gulden. Aber 500 Gulden ist eine Menge. Und dazu noch allerlei Extras. Parfum, ein Ring, ein Kleid. Und ein Pelzmantel. Der hat mich 2000 Dollar gekostet, aber da wollte ich sie unbedingt haben.»

Das Gesicht des älteren Militärpolizisten belebte sich. Plötzlich schoß er eine Frage ab.

«Hat sie sich jemals für Ihre Arbeit interessiert?»

«Nein», schnaubte der Colonel, «sie hat mich nie über Atomwaffen ausgefragt.»

«Diese Fragen müssen Sie sehr langweilen», sagte der Commissaris, «und wir werden Ihnen nicht mehr viele stellen, aber ich habe soeben ein wenig gerechnet. Wenn Sie die Dame seit drei Jahren gekannt haben und sie Ihnen pro Besuch 500 Gulden berechnet hat und wenn Sie sie mindestens einmal im Monat besucht und ihr auch noch teure Geschenke gemacht haben, dann müssen Sie etwa 10000 Dollar für sie ausgegeben haben.»

«Das stimmt ungefähr», sagte der Colonel, «ich habe es im Flugzeug ausgerechnet. Zehntausend.»

«Das ist ein hübscher Betrag», sagte der Commissaris. «Würden Sie uns sagen, wo und wie Sie sie kennengelernt haben?»

«Auf einer Party. Schon ehe ich Maria kannte, bin ich oft nach Amsterdam gefahren. Amsterdam ist eine reizende Stadt. Deutschland kannte ich schon. Die Atmosphäre ist hier besser. Meistens kam ich mit einigen Freunden, und wir kannten hier ziemlich viele Menschen. An der Leidsegracht steht ein schönes Giebelhaus, das einem reichen Niederländer gehört. Drachtsma heißt er. Ich glaube, sein Vorname ist IJs oder so ähnlich. Ein treffender Name für ihn, Eis, denn er ist ein kühler Mann. Er gibt viele Parties, zu denen er auch Berühmtheiten einlädt, Musiker und Maler, bekannte Geschäftsleute und Professoren. Und natürlich Ausländer. Maria kam auch immer. Sie war die bei weitem schönste Frau, nach der sich alle Männer umsahen, aber sie waren natürlich vorsichtig, weil sie die Freundin des Gastgebers war.»

«Ja?» fragte der Commissaris.

Der Colonel lächelte. «Aber sie wollte mich. Sie kam einfach auf mich zu und erzählte mir eine Geschichte. Und dann habe ich meine Chance wahrgenommen. Aber bezahlen mußte ich dennoch. Man denkt, man hat Eindruck auf sie gemacht, und dann muß man gleich 500 Gulden auf den Nachttisch legen.»

«Ja, das muß schlimm sein», sagte der Commissaris, «aber Sie kamen, wie Sie sagten, immer wieder, obwohl Sie es eigentlich nicht wollten. Das verstehe ich nicht ganz.»

«Ich kann es nicht erklären. Es war keine Liebe. Es war eindeutig Sex. Und den konnte ich auch in Deutschland haben.»

«Kennen Sie noch andere Männer, die Marias Gunst genossen?»

«Jeder hätte das gern gewollt», sagte der Colonel, «auch Sie wären daran interessiert gewesen.»

«Ich bin ein alter Mann», sagte der Commissaris. «Und ich habe Rheuma.»

«Von dem hätte Maria Sie schon befreit.»

«Vielleicht, aber jetzt ist es zu spät. Sie ist tot.»

«Andere Männer», sagte der Colonel nachdenklich, «nun, dieser IJs natürlich. Ein großer Kerl mit Kahlkopf. Ein sehr dynamischer Mann. Sie muß seine Freundin gewesen sein; vielleicht brauchte er nicht zu zahlen.»

«War das nicht schwierig, daß Sie sie mit anderen teilen mußten? Ärgerte Sie das nicht?»

«Nein. Unangenehm war nur, daß ich mich vorher bei ihr anmelden mußte und nicht einfach zu ihr gehen konnte. Aber ich gewöhnte mich daran.»

«Sind Sie mal ohne Verabredung zu ihr gegangen?»

«Einmal, aber sie hat nicht geöffnet. Vor ihrem Boot stand ein schwarzer Citroën mit belgischer Nummer und einem CD-Schild. Auf dem Boot brannte Licht, also war sie dort.»

«Waren Sie eifersüchtig?»

«Nein», sagte der Colonel, «ich fühlte mich lächerlich.»

«Hat sie Ihnen häufiger das Gefühl der Lächerlichkeit vermittelt?»

«Ja», sagte der Colonel, «das hat sie getan. Ich habe mich oft lächerlich gefühlt, wenn ich bei ihr war.»

Der Commissaris stand auf. «Vielen Dank, daß Sie gekommen sind», sagte er. «Hier ist meine Karte. Sollte Ihnen noch etwas einfallen, können Sie mich jederzeit anrufen. Jeder Hinweis hilft.»

Sie gaben sich die Hand. Der Colonel ging mit dem Mann von der Botschaft hinaus.

«Interessant», sagte der Commissaris zu den beiden Offizieren der Militärpolizei.

«Sehr interessant», sagte der ältere, «Sie werden Ihren Mann schon finden. Eine einfache Angelegenheit, würde ich sagen. Einer ihrer Kunden hat sie ermordet, meinen Sie nicht auch? Oder vielleicht hat einer ihrer Kunden einen Berufskiller angeheuert. Das müßte sogar in Amsterdam möglich sein.»

«Was meinen Sie damit», fragte der Commissaris, «*sogar* in Amsterdam?»

«Es ist eine angenehm ruhige Stadt. Ich habe gehört, daß Sie hier nicht einmal eine Mordkommission haben. Sie bilden eine Kommission, wenn ein Mord geschehen ist. Sie haben jährlich nur eine Handvoll Morde. Ich komme aus New York, dort ist es ganz anders.»

«Ja», sagte der Commissaris, «vielleicht ist dies ein einfacher Fall, aber bis jetzt haben wir noch keine Fingerabdrücke gefunden, und das Tatwerkzeug ist eine Profiwaffe. Das Messer einer britischen Kommandoeinheit. Der Arzt vermutet, daß es geworfen wurde. Und ich glaube nicht, daß es viele Amsterdamer gibt, die ein solches Messer werfen können.»

«Dennoch hätte ich lieber Ihren Fall als unseren», sagte der jüngere Offizier.

«Sie haben einen Fall?»

«Sie kennen die Arbeit des Colonel. Er hat es gesagt.»

«Sie meinen die Atomkriegsführung?»

«Ja. Wir verdächtigen den Colonel schon seit langem. Wir wußten, daß er hier eine kostspielige Freundin hat und haben unseren Geheimdienst benachrichtigt.»

«Aha», sagte der Commissaris, «so ist das?»

«Genau», sagte der Offizier, «der Colonel kennt alle Neuheiten in unserem Arsenal, und Mevrouw van Buren konnte ihn um den kleinen Finger wickeln.»

«Was werden Sie jetzt tun?» fragte der Commissaris.

«Ihn gründlich beobachten», sagte der jüngere Offizier. «Wenn er

10000 Dollar für eine Liebschaft ausgibt, ist er nicht der beste Wahrer von Geheimnissen.»

«Wer ist das schon?» fragte der Commissaris.

«Der ist es nicht gewesen», sagte Grijpstra.

«Nein», sagte de Gier.

Sie waren schon lange unterwegs, drei Stunden Fahrt nach Norden und fast drei Stunden nach Süden und beinahe wieder in Amsterdam.

«Die Fahrt war vergeblich», sagte de Gier trübselig. Er wollte gerade einen großen Lastzug überholen, dessen Anhänger auf der Straße schleuderte.

«Entweder schläft der Fahrer, oder er ist gerade im Begriff des Einschlafens», sagte Grijpstra. «Hupe mal.»

De Gier hupte. Aus der Fahrerkabine kam eine Hand, die ihnen winkte zu überholen.

«Wir haben ihm das Leben gerettet», sagte Grijpstra. «Der Kerl ist länger als die erlaubten acht Stunden gefahren. Wir könnten ihn stoppen und sein Fahrtenbuch verlangen.»

«Das können wir nicht», sagte de Gier, «wir sitzen in einem Zivilwagen. Du hast viel zu lange Uniform getragen.»

«Fassen wir zusammen, was wir wissen», sagte Grijpstra. «Wir sind beim Ex-Ehemann Maria van Burens gewesen. Sie haben vor zehn Jahren auf Curaçao geheiratet, als sie 24 Jahre alt war. Sie blieben ein Jahr auf der Insel und kamen dann hierher. Er nahm sie mit nach Friesland, wo er Direktor einer Textilfabrik wurde. Sie langweilte sich. Sie beschäftigte sich im Garten und ging segeln. Sie war oft mit dem Boot fort, nicht nur auf den Binnenseen, sondern auch auf dem Wattenmeer. Er hatte keine Zeit, sie zu begleiten. Anfangs kam sie abends immer zurück, aber später blieb sie auf dem Boot, wenn es möglich war. Manchmal fuhr sie über das Wochenende nach Amsterdam. Er erhob Einwände. Sie wurden geschieden. Sie hat nie ein Kind gehabt. Er ist seit sechs Jahren wiederverheiratet und glücklich. Er hat eine liebe Frau, wir haben sie kennengelernt. Wir haben die beiden Kinder gesehen, ein Kleinkind und einen Säugling. Anfangs zahlte er Maria noch Alimente, aber sie schrieb ihm, es sei nicht mehr nötig, und schickte die bereits bezahlten Beträge zurück. Das war vor drei Jahren. Und am allerwichtigsten ist, er hat ein Alibi. Er kann weder am Freitag oder Samstag in Amsterdam gewesen sein. Er hatte keinen einzigen Grund, sie zu ermorden. Und es schien ihm wirklich leid zu tun, daß sie tot ist. Ich habe ihm geglaubt. Und du?»

«Sicher», sagte de Gier, «ich glaube ihm.»

«Was hat er uns noch erzählt?» fragte Grijpstra.

«Daß sie aus guter Familie ist. Aus einer auf Curaçao angesehenen Familie. Ihr Vater ist ein großer Geschäftsmann. Er lebt noch, ihre Mutter ebenfalls. Sie hat noch einige Schwestern, alle ebenso schön. Sie wurde in die Niederlande geschickt, damit sie studiert . . . holländische Literatur. Sie blieb einige Jahre. Wir könnten uns bei der Polizei von Curaçao erkundigen, was man von ihr weiß. Das ist einfach genug. Über Telex bekommt man sofort Verbindung, man kann auf die Antwort warten. Man kann auch anrufen und wird direkt verbunden.»

«Was wissen wir noch?»

«Mehr nicht. Ein verlorener Tag.»

«Man kann einen Tag nicht verlieren. Man fängt immer etwas damit an, selbst wenn man ihn verschläft.»

«Wir hätten zu Hause bleiben können», sagte de Gier. «Es war ein schöner Tag, um zu Hause zu bleiben. Ich hätte mit meiner Katze sprechen und auf dem Balkon ein Buch lesen können. Außerdem hätte ich in die Gärtnerei gehen können, ich habe dort eine Staude für meinen Balkon gesehen.»

«Eine Pflanze. Ich habe den Arzt noch angerufen, ehe wir gegangen sind, wegen der Pflanzen. Weißt du, welche Pflanzen das waren?»

«Nein, du weißt, daß ich nicht weiß, welche Pflanzen das waren.»

«Die eine war eine Belladonna, die zweite ein anderes Nachtschattengewächs, die anderen waren Stechäpfel.»

«Soso.»

«Ja, soso. Alle giftig, alle Zauberpflanzen, alle werden von Zauberern verwendet.»

«Botaniker», sagte de Gier. «Botaniker werden wir.»

«Keine Botaniker. Wir müssen Zauberer werden.»

5

Am selben Abend fuhr gegen Mitternacht eine große schwarze Limousine nach Amsterdam. Sie kam aus Den Haag, wo sie einige Stunden vor der belgischen Botschaft geparkt hatte.

Der Commissaris war auf dem Rücksitz eingeschlafen, sein magerer Körper war gegen Grijpstras Seite gesunken. Grijpstra war wach und schaute zum Fenster hinaus auf die schwarzen vorbeiflitzenden Äcker. Er dachte an die lange, fruchtlose Unterhaltung dieses Abends. De Gier und der uniformierte Beamte am Steuer flüsterten miteinander.

«Ich kann meine Augen nicht offenhalten», flüsterte der Beamte de Gier zu. «Es ist hoffnungslos, weißt du, ich tauge nicht zum Fahrer. Ich habe schon viermal um Versetzung gebeten, aber sie wird mir immer verweigert, weil mich der Commissaris gern behalten möchte. Ich habe ihn und seine Fahrgäste einige Male fast umgebracht, abgesehen von den Menschen in den anderen Wagen, mit denen ich beinahe zusammengeknallt wäre. Ich bin bestimmt schon sechsmal von der Straße abgekommen, vor Verkehrsampeln eingeschlafen, aber er gibt nicht auf. Er sagt, ich werde mich daran gewöhnen, aber das wird nie geschehen. Sobald ich ein Motorengeräusch höre, werde ich müde. Ich werde schon müde, wenn ich den Zündschlüssel drehe. Und jetzt bin ich auch schläfrig.»

«Soll ich dir einen Klaps zum Aufmuntern geben?» fragte de Gier.

«Das hilft nichts. Ich werde für einen Augenblick hellwach, dann geht es wieder los. Nein, mir hilft nur, wenn man mir eine Geschichte erzählt.»

«Du bist mir ein schöner Fahrer», sagte de Gier.

«Ich habe ja gesagt, daß ich nicht zum Fahrer tauge. Erzählst du mir jetzt eine Geschichte, oder ist es dir lieber, wenn ich diese Mühle gegen die Leitplanke setze? Wir fahren jetzt genau hundert. Wenn ich die Leitplanke gut treffe, werden wir uns mehrmals überschlagen. Der Mann auf dem Beifahrersitz ist dann meistens tot, die anderen erleiden nur Quetschungen.»

«Warum hast du nicht im Wagen gepennt, als wir in der Botschaft waren?»

«Ich habe es versucht, aber ich kann nur schlafen, wenn der Motor läuft. Schau mal meine Lider, sie sind schon halb geschlossen.»

De Gier seufzte. «Es war vor etwa zehn Jahren, drei Jahre, nachdem ich zur uniformierten Polizei gekommen war, als wir in der Innenstadt einen Mord hatten.»

«Danke», sagte der Beamte, «mach weiter. Ich höre zu.»

«Wir suchten und suchten, fanden aber nicht heraus, wer der Mörder sein konnte. Wir fanden nur seine Spuren. Es gab Zeugen, und mit viel Mühe gewannen wir ein vages Bild, wie der Kerl aussehen mußte, aber ganz genau wußten wir es nicht. Auch nicht, als er wieder mordete. Er griff sich seine Opfer spät in der Nacht und immer in engen Gassen, in denen niemand wohnt. Die Gassen leben nur tagsüber, wenn die Kaufleute in ihren Lagerhäusern beschäftigt sind. Nachts geht dort außer billigen Huren und ihren Kunden niemand hin. Die wenigen Menschen, die behaupteten, sie hätten den Mörder gesehen, gaben die seltsamsten Beschreibungen. Er soll keine Zähne wie du und ich gehabt haben, sondern Hauer. Er ging nicht, sondern er sprang mit langen, federnden Schritten. Und er hatte langes schwarzes Haar, einen lockigen Bart und kleine, blutunterlaufene Augen. Und er trug immer einen langen schwarzen Dufflecoat, die Kapuze auf dem Kopf. Hörst du mir zu?»

«Gewiß», sagte der Beamte am Steuer, «mach weiter, Brigadier.»

«Er mordete nur Frauen. Und morgens fanden wir die Leichen. Er hatte sie in Stücke gerissen. Überall sah man Arme und Beine liegen. Schließlich stellten wir fest, daß er an den Fassaden der Lagerhäuser hochkletterte und sich auf eine Fensterbank stellte und flach an die Wand preßte, so daß er nur ein schwarzer Fleck war. Dann wartete er, bis eine Frau unter ihm vorbeiging, und sprang sie von oben an. Einige erdrosselte er, aber wir fanden auch Leichen mit durchgebissener Kehle, wobei er die Muskeln und Adern mit seinen Zähnen zerriß.»

«Jesus», murmelte der Polizist.

«Ja», flüsterte de Gier langsam und deutlich, wobei er die Worte fast herauszischte, «damals hatten wir noch wirkliche Verbrechen. Aber zuletzt wurde es zu schlimm, als er in einer Nacht zwei Frauen umbrachte und der Commissaris eine Großaktion einleiten mußte.»

«Du sagtest, daß ihr seine Spuren gefunden habt», flüsterte der Polizist am Steuer. «Aber was habt ihr gefunden? Fußabdrücke? Fingerabdrücke?»

«Der Kerl trug Handschuhe», sagte de Gier, «aber wir fanden seine Fußabdrücke, wo er in Blut getreten war. An den Fußabdrücken konnte man erkennen, daß er ein Riese von Kerl gewesen sein muß, bestimmt zwei Meter groß und kräftig gebaut. Und überall, wo er gewesen war, lagen Erdnußschalen.»

«Erdnußschalen?»

«Ja. Wir fanden auch die leeren Papiertüten. Es sah so aus, als ob er von Erdnüssen lebte, denn manchmal fanden wir sechs Tüten an einer Stelle. Wir stellten fest, daß die Tüten aus dem Chinesenviertel kamen, wo es damals viele Arbeitslose gab. Die Chinesen kauften die Erdnüsse in großen Mengen ein, rösteten sie und verkauften sie dann auf der Straße in Tüten zu 5 oder 10 Cent.»

«Der Commissaris wollte ihn also fangen, wie?» fragte der Beamte. «Welcher Commissaris? Unserer?»

«Unser Commissaris», sagte de Gier und drehte sich um. Der Commissaris schnarchte leise und lag jetzt mit dem Kopf auf Grijpstras Schulter.

«Was unternahm der Commissaris?»

«Er mobilisierte die gesamte Polizei. In der Nacht müssen bestimmt 600 Mann in der Innenstadt gewesen sein. Alle wurden dazu aufgerufen, sogar nutzlose Leute wie Schreiber, Adjunct-Inspecteurs und Fahrer. Wir wurden für diese Aktion angemessen bewaffnet. Alle Polizisten hatten Karabiner. Die Brigadiers und Adjudanten hatten Maschinenpistolen und Handgranaten. Ich hatte drei Mann unter mir, die mit Flammenwerfern umgehen konnten. Die berittene Polizei war ebenfalls dabei. Man hörte ihre Pferde in den Höfen schnauben. Hinter uns fuhr die Motorradpolizei, die damals noch die Harley Davidson hatte. Ihre Motoren brummten im ersten Gang überall um uns herum. Sie hatten sogar die gepanzerten Mannschaftswagen der Militärpolizei dazugeholt. Die Funken sprühten auf dem Kopfsteinpflaster, wenn sie auf ihren Ketten um die Ecke kamen. Das waren schöne Panzerwagen, komplett mit den kleinen Schnellfeuergeschützen. Es war Vollmond, die Helme der Fahrer blitzten in dem weißen Licht. Wir hatten einen allgemeinen Hausdurchsuchungsbefehl mit und die Schlüssel zu den Lagerhäusern, die von den Kriminalbeamten eines nach dem andern durchsucht wurden. Die Boote der Wasserpolizei waren ausgefahren und hatten sich quer in die Grachten gelegt, um den Mörder zu fangen, falls er ins Wasser flüchten sollte. Wir hörten ihre Diesel tuckern. Aber uns hörte keiner, denn Gummisohlen machen kein Geräusch auf dem Straßenpflaster. Es war eine gespenstische Nacht.»

«Und dann?» flüsterte der Polizist am Steuer.

«Eine so große Aktion habe ich nie wieder mitgemacht», sagte de Gier. «Sie dauerte die ganze Nacht, aber wir haben nicht einmal ein Fünkchen von ihm gesehen. Ich glaube, er hat die ganze Nacht auf seinem Dachboden gesessen und die Hauer mit einer Feile geschärft.»

«Junge, Junge», sagte der Beamte am Steuer laut.

«Psst, du weckst den Commissaris», flüsterte de Gier. «Ich bin noch nicht fertig. Der Commissaris war selbstverständlich nicht zufrieden und gab nicht auf. Er gibt nie auf. Er schloß sich für zwei Tage in seinem Zimmer ein, wo ihn niemand stören durfte. Nicht einmal sein bester Mann, ein Stümper von einem Fahrer, den er immer in seiner Nähe hatte. Und nach zwei Tagen hatte er einen Plan.»

«Einen Plan», wiederholte der Polizist am Steuer.

«Einen psychologischen Plan. Er ließ Grijpstra und mich sowie noch fünf andere Polizisten kommen und befahl, Grijpstra müsse in dieser Nacht ganz allein in die Innenstadt gehen. Grijpstra ging, aber wir folgten ihm natürlich in gehörigem Abstand, der jedoch nicht zu groß war, damit wir gleich bei ihm sein konnten, wenn es sich als notwendig erweisen sollte. Grijpstra hatte, ebenso wie wir, eine große Tüte mit Erdnüssen bekommen. Der Commissaris hatte zu Grijpstra gesagt, er müsse immerzu Erdnüsse essen, während er herumschlendere. Und er müsse auch laut zu sich selbst sprechen und sagen, ‹verdammig, wie lecker diese Erdnüsse sind› und ‹mmmm, das sind wirklich mal frische Erdnüsse, frisch geröstet› und ‹Junge, in meinem ganzen Leben habe ich noch nie so köstliche Erdnüsse gegessen›.»

«Erdnüsse», sagte der Polizeibeamte am Steuer.

«Erdnüsse. Grijpstra hatte die vierte Tüte leer und hatte die fünfte angefangen, als ihn der Mörder anfiel. Wir sahen nur einen schwarzen Schatten von der Fassade herunterfallen. Er versuchte, Grijpstra am Nacken zu ergreifen, aber der war darauf vorbereitet und trat rechtzeitig zur Seite und stellte dem Mörder ein Bein. Das war unser Glück, denn jetzt konnten wir auf ihn springen und in das Netz einwickeln, das der Commissaris bei einer Firma gekauft hatte, die an Berufsfischer liefert. Ein sehr schweres Netz zum Fang von Haien. Selbst mit diesem Netz hatten wir noch viel Arbeit, denn der Mörder war äußerst stark. Manchmal sah es so aus, als würde er uns entkommen, aber wir schafften es dank Grijpstra, der, obwohl er unter einem leichten Schock stand und mit Erdnüssen vollgestopft war, mit anpackte, um den Mörder zu überwältigen.»

«Was für ein Kerl war dieser Mörder?» fragte der Polizist am Steuer.

«Das erzähle ich dir ein andermal», sagte de Gier laut. «Du kannst mich hier absetzen, ich wohne in dieser Straße. Du hast es geschafft, mit heiler Haut nach Amsterdam zu kommen. Herzlichen Glückwunsch!»

Der Wagen hielt, der Commissaris erwachte. «Steigst du hier aus, de Gier?» fragte er.

«Ja, Mijnheer, ich wohne hier.»

«Warum kommt ihr, du und Grijpstra, nicht noch kurz mit zu mir rauf? Ich wohne nicht weit von hier. Grijpstra kann sich dann ein Taxi nehmen. Ich habe noch einen Cognac. Wir müssen noch besprechen, was wir morgen unternehmen wollen.»

«Mijnheer . . .» sagte de Gier und schloß die Tür wieder.

De Giers Laune wurde beträchtlich besser, als der Commissaris sein Glas hob. Der Cognac war gut, das reife, reiche Aroma stieg ihm in die Nase. Der Commissaris war sehr freundlich. Er hatte sich bereits zweimal entschuldigt, weil er die beiden Kriminalisten noch zu so später Stunde festhalte, und er hatte ihnen geschmeichelt, indem er sagte, er schätze sich glücklich, mit ihnen in diesem Fall zusammenzuarbeiten. Der Commissaris hatte aus der Küche zwei Schüsseln mit Kartoffelchips geholt und Grijpstra den besten Lehnsessel angeboten.

«So», sagte der Commissaris, «dann wollen wir mal sehen. Wir haben heute abend nicht viel erreicht. Es war eindeutig, daß Mijnheer Wauters, unser belgischer Diplomatenfreund, nicht bereit war, mehr zu sagen, als er mußte. Eindeutig war auch, daß er kein Alibi hatte.»

De Gier nahm noch ein Schlückchen und ließ den Cognac über die Zunge rollen. Er sah das nichtssagende Gesicht des Diplomaten wieder vor sich. Dieser war sehr höflich gewesen. Er hatte gesagt, er sei am Samstagabend in seiner Wohnung gewesen. In seiner Junggesellenwohnung. Allein. Er habe ein wenig ferngesehen und sei früh zu Bett gegangen. Er habe die Wohnung nicht verlassen, sei nicht nach Amsterdam gefahren und habe Mevrouw van Buren nicht umgebracht.

«Er räumte ein, daß Maria van Buren seine Freundin war», sagte der Commissaris, «und er gab zu, ihr monatlich einen bestimmten Betrag gezahlt zu haben. Wieviel, das wollte er nicht sagen. Er sagte, er habe gewußt, daß sie andere Freunde hatte, aber immer vorgegeben, es nicht zu wissen. Das sei ein Arrangement zwischen ihr und ihm gewesen. Sehr bequem. Leben und leben lassen. Ein diplomatischer Mann.»

«Es schien, als sei er durch den Tod der Mevrouw van Buren erleichtert», sagte de Gier.

«Das ist wirklich eine wichtige Beobachtung», sagte der Commissaris. «Den gleichen Eindruck hatte ich heute morgen, als ich den amerikanischen Colonel verhörte. Der war auch ganz froh. Ebenso wie Mijnheer Wauters. Beide besuchten die Frau regelmäßig und gaben ihr Geld, viel

Geld, denn auch Mijnheer Wauters mußte gewiß tüchtig blechen, aber beide waren erleichtert, als sie hörten, daß sie nicht mehr zu ihr zu gehen brauchten.»

«Seltsam», sagte Grijpstra.

«Eine Hexe», sagte de Gier.

«Wie bitte?» fragte der Commissaris.

«Eine Hexe, Mijnheer. Sie hatte seltene Pflanzen auf der Fensterbank ihres Wohnboots. Ich habe es in meinem Bericht geschrieben. Der Arzt hat bestätigt, daß es Giftpflanzen waren. Belladonna, Nachtschatten und noch eine, deren Namen ich vergessen habe.»

«Ah, ja», sagte der Commissaris, «ich habe den Bericht gelesen. Die dritte Pflanze war ein Stechapfel. Kräuter sind gegenwärtig in Mode, jedermann versucht sie anzubauen, sogar auf dem Balkon. Meistens handelt es sich jedoch um eßbare Kräuter. Ich kann mir eigentlich nicht vorstellen, daß jemand einem Topf mit Giftpflanzen Wasser gibt.»

«Aber genau das hat Mevrouw van Buren getan», sagte Grijpstra.

«Sollte sie etwas Schlimmes zusammengebraut haben?» fragte der Commissaris. «Wie die Hexen in den Märchen? Ein Gebräu, das sie ihren Opfern gab, um sie willenlos zu machen, damit sie immer wiederkommen mußten?»

De Gier sagte nichts.

«Es könnte sein», sagte der Commissaris. «Aber dennoch bin ich nicht bereit, zu glauben, daß Mevrouw van Buren eine Hexe war. Sie kann auch andere Gründe gehabt haben, die Pflanzen zu halten. Sie fand sie vielleicht schön. Sie hatte auch noch andere Pflanzen. Sie hatte den Colonel in ihrer Gewalt, und ich bin überzeugt, daß auch Mijnheer Wauters nicht mehr viel Freiheit hatte. Sie war eine schöne, attraktive Frau. So eine Frau hat Macht von sich aus, eine passive Macht. Ein Augenaufschlag, eine kleine Mundbewegung, schon kommen die Männer gelaufen. Männer haben es nicht gern, manipuliert zu werden, aber sie werden es nun mal, durch ihre Frauen und ihre eigenen unerfüllten Wünsche.»

«Und Ängste», sagte Grijpstra.

«Und Ängste. Vielleicht sind der Colonel und Freund Wauters jetzt so erleichtert, weil sie nicht mehr erpreßt werden können.»

«Und sie sich etwas Neues suchen können», sagte de Gier.

«Das kommt noch dazu. Und es gibt noch die Möglichkeit der Erpressung. Sie wollten zwar beide nicht zugeben, daß sie erpreßt worden sind, aber das ist verständlich. Mevrouw van Buren ist tot und nimmt die Geheimnisse – falls es welche gibt – mit ins Grab. Drei Leute von der Kripo haben heute das Boot durchsucht. Morgen werden wir hören, was sie gefunden haben. Vom Boot kann niemand etwas weggenommen haben, weil ich es habe bewachen lassen. Vielleicht finden wir noch etwas.»

«Was haben Sie eigentlich von dem Colonel gehalten?» fragte Grijpstra.

«Er ist ein intelligenter Mann», sagte der Commissaris, «er hat viel zugegeben. Das ist eine gute Strategie, wenn man etwas zu verbergen hat. Er gab beispielsweise gleich zu, daß er ihr viel Geld gegeben hat. Aber ein amerikanischer Colonel verdient auch viel Geld. Und sein Alibi wird gut sein. Die amerikanische Militärpolizei wird es überprüfen, und das sind tüchtige Männer. Die Amerikaner darf man nie unterschätzen. Übrigens sagte der Colonel etwas, das deine Theorie stützt, de Gier.»

«Sagte er, daß sie eine Hexe war?» fragte de Gier.

Der Commissaris lächelte. «Nein, aber er sagte, daß sie sehr attraktiv war und ich mich auch für sie interessiert hätte, wenn sie mir begegnet wäre. Ich sagte, daß ich schon ein alter Mann bin und obendrein Rheuma habe. Und dann sagte der Colonel, davon würde sie mich schon befreit haben. Rheumatismus ist kaum zu heilen, das habe ich allmählich gelernt.»

«Haben Sie ihn gefragt, ob sich Mevrouw van Buren viel mit Pflanzen beschäftigt hat?» fragte de Gier.

«Nein, daran habe ich nicht gedacht. Ich habe über seine Bemerkung über das Rheuma nachgedacht.»

«Sie könnten die amerikanische Militärpolizei anrufen», sagte Grijpstra.

«Ich könnte. Ich könnte es aber auch bleiben lassen.»

«Meinen Sie, daß es nicht wichtig ist?» fragte de Gier.

«Vielleicht ist es unwichtig. Sie wurde durch einen Mann umgebracht, der etwas gegen sie hatte. Er hatte etwas gegen sie, weil sie ihn erpreßt oder erniedrigt hat. Sie kann auch ermordet worden sein, weil sie etwas gewußt hat. Der Geheimdienst ist bereits seit langem an ihr interessiert. Es könnte sein, daß eine Botschaft einem Berufskiller einen Scheck in die Hand gedrückt hat. Die Tatsache, daß sie eine Hexe ist, falls es eine Tatsache ist, hat vielleicht nichts damit zu tun. Vielleicht war die Zauberei nur ihr Zeitvertreib.»

Der Commissaris stand auf. «Es ist spät, Herrschaften. Ihr müßt ins Bett. Morgen ist wieder ein Tag, und wir werden sehen, was er uns bringen wird. Ich werde Mijnheer IJsbrand Drachtsma anrufen und für morgen nachmittag eine Verabredung treffen. Sie sollten ebenfalls dabei sein. Dann können wir alle Fragen stellen, die wir wollen, ohne daß Leute von der Militärpolizei oder Diplomaten um uns herumlungern. Ruft mich morgen um eins an, dann werde ich euch sagen, wenn Drachtsma kommt. Und morgen früh könnt ihr versuchen, den Mann mit dem Teiggesicht und der roten Weste ausfindig zu machen, der einen ballspielenden Sohn hat. Ihr könnt die Zeichnung mitnehmen und alle Wohnboote am Schinkel abklappern. Und während ihr die rote Weste sucht, werde ich Curaçao anrufen und sehen, ob ich etwas über Maria van

Burens Vergangenheit erfahren kann. Gute Nacht.»

«Schlafen Sie gut, Mijnheer», sagte de Gier.

«Wartet», sagte der Commissaris, «ich muß noch wegen des Taxis für Grijpstra anrufen.»

«Lassen Sie nur, Mijnheer», sagte Grijpstra. «Ich gehe zum Taxistand und lasse mir an diesem schönen Abend noch etwas frische Luft um die Nase wehen.»

«Wie du willst.» Der Commissaris begleitete sie bis zur Haustür und machte ein sehr freundliches Gesicht.

«Ich hoffe, daß es nicht der Belgier gewesen ist», sagte de Gier unterwegs.

«Warum nicht?»

«Er ist Diplomat, wir können ihn nicht verhaften.»

«Du willst jemand bestrafen?» fragte Grijpstra. «Ich dachte, du glaubst nicht an so etwas. Noch vor kurzem hast du gesagt, es würde dir viel mehr Spaß machen, Verbrecher zu fangen, wenn du wüßtest, daß sie in eine angenehme Umgebung gebracht werden. In ein Landhaus mit Park. Gutes Essen, ein wenig Sport, dann würden sie wieder gesund. Verbrecher seien alle krank.»

«Ja», sagte de Gier, «Verbrecher sind krank und werden im Gefängnis nicht geheilt. Aber es gibt Ausnahmen. Unser Vogel hat eine schöne Frau umgebracht, und schöne Frauen sind selten. Und Mevrouw van Buren war dazu noch eine Hexe. Ich hätte sie gern kennengelernt.»

«Ach», sagte Grijpstra.

«Bist du nicht meiner Meinung?»

«Doch, doch», sagte Grijpstra und klopfte de Gier auf die Schulter. «Du gehst jetzt nach Hause und zu Bett und träumst schön.»

«Das Leben ist ein Traum», sagte de Gier.

«Genug jetzt. Schlaf gut.»

Die Tür des Taxis schlug zu, der Wagen fuhr davon.

De Gier winkte, aber Grijpstra sah sich nicht um.

6

Es war zehn Uhr morgens, es regnete.

De Gier hatte an die Tür eines Wohnboots geklopft und wartete, daß sie geöffnet wurde. Er hatte den Kragen seines modischen Regenmantels hochgeschlagen und murmelte eine Reihe von Flüchen und Verwünschungen. Er verfluchte vor allem sich, weil er den Mantel ausgesucht hatte. Er verfluchte auch den Fabrikanten, der vergessen hatte, den Mantel wasserdicht zu machen.

Die Tür ging auf. Eine dicke Frau in zerschlissenem Morgenrock und

mit langem, strähnigem Haar sah ihn aus blutunterlaufenen Augen an.
«Nein, danke», sagte die Frau und warf die Tür zu.
De Gier klopfte noch einmal.
«Geh weg!» kreischte die Frau hinter der geschlossenen Tür. «Was du auch zu verkaufen hast, ich brauche es nicht.»
De Gier klopfte noch einmal.
«Hau ab», kreischte die Frau, «oder ich rufe die Polizei an!»
«Ich *bin* die Polizei», schrie de Gier.
Die Tür wurde geöffnet.
«Zeig mir deinen Ausweis», sagte die Frau und zog ihm die Karte aus der Hand. Sie studierte das Dokument in der Plastikhülle mit ausgestrecktem Arm und las laut.
«Städtische Polizei Amsterdam. R. de Gier. Brigadier. Das reimt sich. Was wünschen Sie von mir, Brigadier?»
«Darf ich kurz hereinkommen?»
Die Frau trat zur Seite. De Gier zeigte ihr eine Fotokopie der Zeichnung, die Bart de Jong von dem Mann mit der roten Weste und dessen Sohn mit dem Ball angefertigt hatte.
«Haben Sie diesen Mann schon einmal gesehen, Mevrouw?»
«Ich muß mal eben meine Brille holen.»
Die dicke Frau fand ihre Brille, putzte die Gläser und setzte sie auf. «Ich habe ihn gesehen», sagte sie, «er kommt hier manchmal vorbei. Sonntags morgens. Mit seinem Kind. Hier kommen viele Leute vorbei, an deren Gesichter ich mich nicht erinnere, aber diesen Mann kenne ich. Er trägt immer so eine seltsame rote Weste. Und eine Uhrkette hat er auch. Mein Großvater hatte auch eine.»
«Wissen Sie, wie er heißt?»
«Nein», sagte die Frau, «warum sollte ich das wissen? Ich habe nie mit ihm gesprochen. Was wollen Sie von ihm?»
«Wir wollen ihm einige Fragen stellen», sagte de Gier und schaute sich um. Das Boot sah innen blitzsauber aus. Alle Möbel standen an ihrem Platz und sahen aus, als seien sie soeben erst poliert worden. Die Fenster waren so klar, daß er zweimal hinsehen mußte, um sich zu vergewissern, daß sich Glas in den Rahmen befand. Typisch, dachte de Gier und zwang sich, die Frau anzuschauen, die ihn mißtrauisch durch ihre dicken Brillengläser musterte.
Häßliche Frau, dachte de Gier, wenn sie Diät halten und täglich eine Stunde für sich aufwenden würde, könnte sie ganz hübsch aussehen. Sie ist noch keine dreißig Jahre alt.
«Was für ein schönes Boot Sie haben», sagte er mit seiner freundlichsten Stimme. «Man könnte neidisch werden. Es ist gewiß herrlich, auf dem Wasser zu wohnen.»
«Ich hätte lieber eine hübsche Wohnung», sagte die Frau, aber sie lächelte.

«Haben Sie zufällig gesehen, ob dieser Mann hier mit dem Wagen kam?»

Die Frau überlegte und sah dabei ein wenig besser aus. «Ja. Er wird wohl mit dem Wagen gekommen sein. Es ist ein weiter Weg von der Stadt, und er hatte das Kind immer bei sich. Ich denke, er hat das Auto hier irgendwo in der Nähe abgestellt und ist dann zu Fuß gegangen. Aber ich habe sein Auto nie gesehen.»

«Ich danke Ihnen sehr», sagte de Gier.

«Möchten Sie eine Tasse Kaffee?»

«Nein, vielen Dank, Mevrouw. Ich habe heute morgen noch viel zu tun.»

De Gier ging. Die Dicke war die siebzehnte Hausfrau, die er an diesem Morgen aufgesucht hatte. Er mußte an weitere drei Türen klopfen, ehe er eine Antwort erhielt. Dann ging er zum Polizeiwagen, in dem Grijpstra auf ihn wartete. Grijpstra rauchte eine Zigarre.

«Wo bleibst du bloß?» fragte Grijpstra. «Ich warte hier schon fast eine Stunde. Ich habe dich gesucht, aber du hattest inzwischen gewiß eine hübsche Frau gefunden.»

De Gier holte tief Atem.

«Nun?»

«Nein», sagte de Gier, «ich habe keine hübsche Frau gefunden.»

«Unser Mann kam immer in einem roten Rover», sagte Grijpstra. «Das wollte ich dir sagen.»

De Gier holte noch einmal tief Atem. Er versuchte bereits seit einiger Zeit, sich in geistiger Disziplin zu üben, und hatte sich gute Vorsätze gesetzt, an die er sich halten mußte. Nicht zu rauchen, beispielsweise. In Gegenwart anderer nicht zu fluchen. Bei gelber Ampel zu stoppen. Bescheiden zu sein. Meistens gelang es ihm nicht. Jetzt auch nicht.

«Das weiß ich», sagte er.

«Was weißt du?» fragte Grijpstra schnaubend.

«Daß der Mann in einem roten Rover herumfährt.»

«Warum hast du mir das nicht gesagt?» fragte Grijpstra.

«Warum hast du mich dann hier herumrennen lassen, um alten Frauen mit Lockenwicklern zu begegnen? Du hättest mir ja pfeifen können. Hast du denn keine Flöte?»

«Nein», sagte Grijpstra, «die ist verschwunden. Die Kinder haben sie wahrscheinlich. Aber erzähle. Sag mir jedoch zuerst, warum du so lange fortgeblieben bist.»

«Weil ich soeben erst Glück gehabt habe. Ich weiß nicht nur von dem roten Rover, sondern kenne auch die Buchstaben auf dem Nummernschild. Ich bin soeben in einem Hausboot gewesen, auf dem zwei Studentinnen wohnen. Die eine studiert Englisch und die andere Medizin.»

«Ja», sagte Grijpstra, «und die standen gerade unter der Dusche, und du mußtest ihnen den Rücken abtrocknen. Und dann kamen sie nicht umhin, dir eine Tasse Kaffee anzubieten. Und es wäre unhöflich gewesen, gleich wieder zu gehen. Immer dasselbe Lied.»

«Quatsch nicht, Mann. Kein Lied. Keine Rücken. Aber ich weiß, was auf dem Zulassungsschild stand, nämlich VD. Die Nummer wußten sie nicht, aber die Buchstaben reichen. VD!»

Grijpstra stieg aus und klopfte de Gier auf die Schulter. «Ausgezeichnet! Gute Arbeit! Du bist ein Kerl! Die Buchstaben genügen den Angestellten im Präsidium. Du hast unseren Mann gefunden!»

De Gier hatte den ersten freundlichen Gedanken an diesem Tag und dankte seinen Sternen. Das Schicksal war ihm günstig gesonnen. Er hatte schon viele Adjudanten kennengelernt, aber Grijpstra war der einzige, der auch einmal zurückstecken konnte. De Gier dankte ebenso dem Commissaris, der ihn an die Seite Grijpstras gestellt hatte.

«Ich bin klatschnaß», sagte Grijpstra, «und du auch. Laß uns gehen. Ich würde vorschlagen, zuerst zu deiner Wohnung, wo wir uns einen Kaffee machen und du dich umziehst. Dann könnten wir noch kurz bei mir vorbeifahren, denn ich möchte ebenfalls trockene Sachen anziehen. Und dann rufen wir von dort aus den Commissaris an.»

«Gut», sagte de Gier.

«Gut», sagte der Commissaris am Telefon zu Grijpstra. «IJsbrand Drachtsma kommt um zwei Uhr. Seid eine Stunde vorher da. Die Beamten haben Mevrouw van Burens Boot durchsucht, und ich möchte den Bericht kurz mit euch durchgehen.»

Die beiden aßen eine Kleinigkeit in einem Imbiß direkt neben dem Präsidium. Sie gönnten sich nicht viel Zeit und eilten, noch an den Resten des letzten Brötchens kauend, in das oberste Stockwerk des Polizeigebäudes in ein Zimmer, in dem zwei Männer in Hemdsärmeln beim Kartenspiel saßen.

«Würdet ihr uns einen kleinen Gefallen tun?» fragte de Gier höflich.

«Nein», sagten die Männer.

«Gut. Ein roter Rover, letztes Modell. Wir wissen zwar die Buchstaben des Kennzeichens, nämlich VD, aber nicht die Nummer. Wer ist der Eigentümer?»

«Interessante Frage», sagte der eine.

«Wie lange braucht ihr?»

«Ein paar Minuten oder einige Stunden. Manchmal haben wir Glück.»

«Meistens haben wir kein Glück», sagte der andere Mann. «Es ist doch nicht etwa dringend?»

«Nein, nein», sagte de Gier, «aber wir wüßten gern den Namen und die Adresse des Mannes, und zwar gern innerhalb von zehn Minuten. Und falls ihr außerdem etwas tun wollt, könntet ihr zugleich feststellen, ob dieser Mann einer unserer Bekannten ist.»

Die Männer warfen die Karten auf den Tisch.

«Ah», sagte der Commissaris, «ihr seid schon da. Habt ihr den Mann mit der roten Weste gefunden?»

«Wir wissen, wer er ist, Mijnheer», sagte Grijpstra. «Er heißt Holman und wohnt in der Stadt. Er hat eine kleine Firma, die mit Nüssen handelt.»

«Nüsse?»

«Mit Cashewnüssen, Walnüssen, Erdnüssen, mit allerlei Nüssen. Er importiert sie und verkauft an Großhändler und Supermärkte. Wir haben sein Büro angerufen. Er wird heute nachmittag um fünf ins Präsidium kommen. Er benahm sich ziemlich nervös.»

«Habt ihr ihm gesagt, um was es geht?»

«Nein, Mijnheer.»

«Gut», sagte der Commissaris und öffnete eine Akte, die auf seinem Schreibtisch lag. «Ich habe hier den Bericht von der Hausdurchsuchung. Die Beamten haben ihn auch noch mündlich erläutert, aber es ist besser, es schwarz auf weiß zu haben. Setzt euch irgendwo. Ich werde euch sagen, was sie gefunden haben.»

Die beiden ließen sich in die Lehnstühle des Commissaris sinken. De Gier rieb sich die Hände. Die Sache war in Gang gekommen. Die Verdächtigen würden kommen, einer nach dem andern, wie es sich gehört. Aber irgend etwas störte ihn, etwas, das er vergessen hatte. Er versuchte sich zu erinnern. Ihm fiel der Begriff ein: bezahlter Mörder. Vielleicht gab es in diesem Fall einen bezahlten Mörder. Er hatte noch nie mit einem zu tun gehabt, mit einem Berufskiller ohne Motiv. Sie tun es für einen gefüllten braunen Briefumschlag. Sie kennen das Opfer nicht. Ruhige Männer, ganz kühl. Sie gehen nur einmal zum Haus desjenigen, der umgebracht werden soll. Wie schnell kann so ein Mann ein Messer werfen? Und wie fängt ein Kriminalbeamter einen Mann, der keine Spuren hinterläßt? Vielleicht ein Ausländer, der kurz mal eingeflogen wird, um die Angelegenheit zu erledigen. Ein Mann, der sein Opfer nicht einmal kennt, der es nach einem Foto identifiziert, das er anschließend verbrennt.

«Warum siehst du so besorgt aus?» fragte der Commissaris.

De Gier erzählte ihm von seinen Gedanken.

«Ja», sagte der Commissaris, «daran habe ich auch schon gedacht. In Amsterdam gibt es nicht viele Messerwerfer. Bei der Armee werden Spezialeinheiten dafür ausgebildet. Aber vielleicht ist sie mit dem Messer erstochen worden. Der Arzt *meinte* nur, das Messer sei geworfen worden. Aber wir wollen uns nicht vorzeitig verrückt machen lassen. Sorgen zu haben ist Zeitvergeudung. Die Frau ist umgebracht worden, und jemand hat es getan. Wir haben Regeln gelernt und werden uns genau daran halten. Zuerst die Verdächtigen verhören. Verdächtige sagen immer etwas. Und wir haben das Boot durchsucht. Die meisten Informationen sind bis jetzt negativ. Keine Fingerabdrücke. Der Türknopf war innen und außen abgewischt. Es ist nicht eingebrochen worden. Der Mann hatte entweder einen Schlüssel, oder Maria van Buren hat ihn eingelassen. Alle Fenster waren geschlossen, bis auf zwei kleine Lüftungsöffnungen, durch die niemand einsteigen kann. Das Treppengeländer war ebenfalls abgewischt, also trug er keine Handschuhe. Im Bücherschrank wurden eine Kassette mit 1000 Gulden in bar und Kontoauszüge gefunden. Sie hatte 30 Mille auf der Bank. In ihrer Steuererklärung gab sie ein Jahreseinkommen von 25 Mille an. Sie bezeichnete sich als Hostess. Wir wissen jetzt auch, daß das Boot Mijnheer Drachtsma gehört und sie keine Miete zahlte.»

«Tja», sagte Grijpstra, «das wissen wir also. Es ist nicht viel, aber immerhin etwas.»

«Ja. Und dann habe ich dies noch. Schaut mal.» Der Commissaris legte etwas auf seinen Schreibtisch. «Wer weiß, was dies ist?»

«Das sind Wurzeln», sagte de Gier, «getrocknete Pflanzenwurzeln.»

Grijpstra starrte die Wurzeln erstaunt an. Es waren zwei, jede etwa fünfzehn Zentimeter lang. Sie glichen ausgetrockneten kleinen Männern mit langen, hageren Beinen und langem, spitzem Penis. Die Gesichter besaßen Augen, Nase und Mund.

«Kleine Männer», sagte Grijpstra.

«Ja, nicht wahr? Es sind Alraunen.»

De Gier schaute auf. «Commissaris», sagte er leise, «diese Wurzelmännchen sehen böse aus, ekelhaft. Sind das Dinge, die Hexen verwenden?»

«Ja. Der Arzt hat sie sich angesehen und gleich erkannt. Er hat mir noch eine seltsame Geschichte erzählt. Alraunen sind das stärkste Zaubermittel, das bekannt ist. Im Mittelalter suchten die Hexen die Alraunen am Fuße eines Galgens. Sie glaubten, die Pflanze wachse aus menschlichem Samen, aus dem Sperma, das der Gehenkte im Augenblick des Todes ausstößt.»

«Bah», sagte Grijpstra.

«Grijpstra», sagte der Commissaris in beinahe mahnendem Ton, «du bist schon sehr lange bei der Polizei und solltest an solche Gespräche gewöhnt sein. Die Spuren, die wir finden, kommen häufig aus dem menschlichen Körper. Ebenso wie die Kinderreime, die man auf dem Spielplatz hört. Scheiße und Pisse und Blut und Sperma und Schleim und Kotze und Eiter und Rotz und Schweiß.»

«Ja», sagte Grijpstra, «tut mir leid, Mijnheer.»

«Du brauchst dich nicht zu entschuldigen. Und natürlich hast du recht. Es war etwas dreckig, was ich erzählt habe, aber so soll die Pflanze entstanden sein. Der kräftigste Teil einer Pflanze ist die Wurzel, nach der die Hexen dann auch suchten. Aber sie meinten, die Wurzel sei so gefährlich, daß Menschen sie besser nicht ausgraben sollten, weil sie bei der ersten Berührung daran sterben könnten. Vielleicht vor Angst. Wie ihr seht, sehen die Wurzeln menschlich aus. Die Hexen sagten, sie seien auch menschlich. Sie würden einen hohen, gellenden Schrei ausstoßen, wenn sie aus der Erde kommen, und wenn man ihn höre, könne man sterben. Deshalb gruben sie vorsichtig um die Wurzel herum, banden eine Schnur daran und an das andere Ende einen Hund. Dann steckten sie sich Wachs in die Ohren und riefen den Hund, der die Wurzel dann aus der Erde zog.»

De Gier betrachtete die Alraunen immer noch. «Aber wo genau sitzt die Kraft dieser Wurzeln? Und was für eine Kraft ist es?»

«Der Arzt wußte es nicht genau. Er meinte, die Hexen trugen sie als Amulett am Hals. Und dann würden die Hexen die Macht haben, jeden zu beeinflussen, der in ihre Nähe kam. Man kann jedoch auch einen Brei daraus machen. Dann muß man sie zermahlen und mit anderen Pflanzenstoffen und getrockneten Pilzen mischen. Ich nehme an, man kann auch ein Gebräu daraus herstellen.»

«Mir scheint, die Dame war wirklich eine Hexe», sagte Grijpstra.

Der Commissaris wollte etwas sagen, aber das Telefon läutete.

«Mijnheer Drachtsma soll hereinkommen», sagte er und fegte die Alraunen in die oberste Schublade seines Schreibtischs.

IJsbrand Drachtsma setzte sich auf den angebotenen Stuhl und sah den Commissaris an. Alles blieb still, aber Drachtsma schien es nicht zu stören.

Ein besonderer Mann, dachte Grijpstra, der die Waffe des Schweigens oft benutzt hatte. Verdächtige mögen die Stille nicht. Wenn die Beamten bei einem Verhör lange genug schweigen, fängt der Verdächtige plötzlich an zu quatschen. Es ist ihm einerlei, was er sagt, notfalls die Wahrheit, wenn nur die Stille aufhört.

Ein großer Geschäftsmann soll er Berichten zufolge sein, dachte der Commissaris. Und reich. Aufsichtsratsmitglied und Generaldirektor großer Gesellschaften. Ein mächtiger Mann, vielleicht mächtiger als ein Minister. Arbeitgeber für viele tausend einfältige und manipulierbare Seelen. Wenn Drachtsma sich die Mühe macht, in ein Telefon zu sprechen, beginnen sich Schiffe in Bewegung zu setzen und Aktienkurse zu fallen oder zu steigen. Aber, so dachte der Commissaris weiter, wenn ein einfacher Polizist das Telefon in die Hand nimmt, dann kommt Drachtsma, sehr gehorsam und pünktlich.

«Ich bin froh, daß Sie es möglich machen konnten», sagte der Commissaris munter. IJsbrand Drachtsma nickte leicht mit seinem kahlen Kopf, um zu zeigen, daß er die Worte der Begrüßung gehört hatte. De Gier schätzte den Mann auf über sechzig, aber er strahlte eine Kraft aus, die für dieses Alter ungewöhnlich war. Drachtsmas blaue Augen glänzten, als erwarte er sich viel von dem kommenden Gespräch. Er hatte sich eine Zigarre aus der Kiste des Commissaris genommen und zündete sie an Grijpstras zerbeultem Feuerzeug an, das erst nach mehreren Versuchen funktionierte. Die Zigarre ging wieder aus, diesmal benutzte Drachtsma sein eigenes goldenes Feuerzeug, das auf Anhieb aufflammte.

«Nur einige Fragen», sagte der Commissaris. «Wir werden Sie nicht länger aufhalten als unbedingt nötig.»

Drachtsma nickte wieder. Die dünnen Haarfransen, die den glänzenden Schädel umgaben, waren noch nicht ganz ergraut.

«Samstag abend?» sagte Drachtsma. «Da war ich bei meiner Frau auf Schiermonnikoog. Die Wochenenden verbringe ich meistens auf der Insel. Wir hatten Gäste, Geschäftsfreunde aus Deutschland. Nachmittags bin ich mit ihnen segeln gegangen, abends haben wir Platten gehört. Wenn Sie wollen, kann ich Ihnen die Namen und Adressen geben.»

«Bitte», sagte der Commissaris.

Drachtsma holte ein ledergebundenes Notizbuch heraus und blätterte darin. Er schrieb etwas auf eine Seite, riß sie heraus und gab sie dem Commissaris.

«Würden Sie uns sagen, wie Ihre Beziehungen zu Mevrouw van Buren waren?»

«Sie war meine Geliebte», sagte Drachtsma.

«Richtig. Könnten Sie uns Einzelheiten über ihr Leben geben? Jemand hat sie ermordet und muß einen guten Grund dafür gehabt haben. Wenn wir die Dame etwas besser kennenlernen würden, wüßten wir vielleicht auch etwas mehr über ihren Mörder.»

«Ja», sagte Drachtsma. «Ich will ebenfalls wissen, wer sie ermordet hat. Meinen Sie, daß sie noch gelitten hat?»

«Ich glaube nicht. Sie hat ein Messer in den Rücken bekommen und wußte höchstwahrscheinlich nicht, was geschah. Sie muß sofort tot gewesen sein.»

«Das ist gut», sagte Drachtsma.

Es wurde still im Zimmer.

«Könnten Sie uns etwas über sie erzählen?» fragte der Commissaris noch einmal.

«Oh, verzeihen Sie. Ich habe an Maria gedacht. Was kann ich Ihnen sagen? Ich kannte sie schon, als sie noch verheiratet war. Ihr Ex-Mann ist Direktor einer Textilfabrik, die ein Teil der Organisation ist, deren Chef ich bin. Ich habe sie auf einer Party kennengelernt und mich in sie verliebt. Sie hatte damals ein eigenes Segelboot, wir trafen uns auf den Binnenseen und auf dem Wattenmeer. Einige Monate nach unserer ersten Begegnung hat sie ihren Mann verlassen, und ein Jahr später hatte sie die Scheidung.»

«Es tut mir leid, Mijnheer Drachtsma», sagte der Commissaris, «aber wir müssen Ihnen einige persönliche Fragen stellen. Ich hoffe, Sie haben für die Anwesenheit meiner beiden Assistenten Verständnis. Sie müssen diesen Fall lösen, und ich halte es für gut, wenn sie bei den verschiedenen Stadien der Ermittlung anwesend sind.»

«Aber natürlich», sagte Drachtsma und lächelte die beiden Kriminalisten an. Es war ein offenes und angenehmes Lächeln. Drachtsma wußte, wie er mit kleinen Autoritätsträgern umgehen mußte.

«Warum haben Sie Maria van Buren nicht geheiratet?» fragte der Commissaris.

«Ich wollte sie nicht heiraten. Außerdem war ich bereits verheiratet. Ich habe Sohn und Tochter, die ihre Mutter gern haben. Ich selbst mag meine Frau auch. Darüber hinaus glaube ich nicht, daß Maria *mich* geheiratet haben würde. Sie liebte ihre Freiheit. Ich habe ihr das Wohnboot gekauft, weil sie sich auf dem Wasser glücklich fühlte. Damals war dieses Hausboot das einzige in jenem Teil des Schinkel, heute ist es zwischen andere gezwängt. Ich habe ihr mehrmals einen anderen Liegeplatz vorgeschlagen, aber sie hatte sich an diesen gewöhnt.»

«Wenn sie Ihre Freundin war und auf Ihrem Hausboot wohnte, dann dürfen wir annehmen, daß Sie auch für ihren Unterhalt aufkamen.»

«Ja», sagte Drachtsma, «ich gab ihr jeden Monat Geld.»

«Wußten Sie, daß sie andere Liebhaber hatte?»

«Ja. Es kümmerte mich wenig. Ich habe mich immer telefonisch mit ihr verabredet. Oft hat sie auch mich im Büro angerufen.»

«Ich hoffe, Sie nehmen es mir nicht übel, daß ich es sage, aber ihr Tod scheint Sie nicht sehr zu beeindrucken», sagte der Commissaris.

Drachtsma gab keine Antwort.

«Finden Sie es nicht schlimm, daß sie tot ist?»

«Ist ihr Tod nicht eine Tatsache?» fragte Drachtsma. «Tatsachen, die man nicht ändern kann, muß man akzeptieren. Alles geht einmal zu Ende.»

Dem Commissaris verschlug es den Atem. Es dauerte eine halbe Minute, bis er die nächste Frage formulieren konnte.

«Das Messer», sagte der Commissaris, «ich muß immerzu an das Messer denken. Hier ist es.»

Drachtsma balancierte das Messer in der offenen Hand. «Ein Kampfmesser», sagte er langsam.

«Kennen Sie diese Art von Messer?» fragte Grijpstra plötzlich.

Drachtsma drehte sich um und sah Grijpstra in die Augen. «Gewiß. Das ist ein Messer der britischen Kommandoeinheiten.»

«Es soll nicht viele Menschen geben, die mit einem solchen Messer werfen können», sagte der Commissaris zögernd.

«Ich denke, ich kann damit werfen», sagte Drachtsma. «Wir haben es damals in England oft genug geübt. Ich habe eines gehabt und damit

Es ist nicht verdächtig . . .

. . . wenn ein Mann einer Frau Geld gibt. Es ist, juristisch gesehen, auch dann nicht verdächtig, wenn die Frau nicht seine eigene ist. Aber ein Messer im Rücken ändert die Lage erheblich.

Aber es ist nur ausnahmsweise beunruhigend, etwas im Rücken zu haben.

einen deutschen Wachtposten getötet, das war noch in Frankreich.»

«Kennen Sie jemand, der mit so einem Messer umgehen kann und der Mevrouw van Buren kannte?»

«Nein», sagte Drachtsma, «es sei denn, Sie meinen mich.»

«Kennen Sie jemand, der Mevrouw van Buren umbringen wollte?»

«Nein», sagte Drachtsma, «sie hatte, soweit ich weiß, keine Feinde, und ihre Liebhaber waren nicht eifersüchtig. Ich glaube, sie hatte nur drei, mich mitgerechnet. Den einen kenne ich persönlich, ein amerikanischer Colonel namens Stewart. Der andere ist ein Belgier, dem ich einmal flüchtig begegnet bin. Er schien mir ein angesehener, guterzogener Mann zu sein, nicht einer, der einer Frau ein Messer in den Rücken stößt.»

«Wir haben die fraglichen Herren bereits verhört», sagte der Commissaris.

«Dann werden sie wohl gute Alibis gehabt haben.»

Der Commissaris ging auf die Bemerkung nicht ein. «Noch eine Frage. Würden Sie uns sagen, wieviel Sie Mevrouw van Buren monatlich zahlten?»

«Fünfundzwanzigtausend jährlich», sagte Drachtsma. «Und ich hatte vor, ihr wegen der Inflation etwas mehr zu geben. Sie hat nie um Geld gebeten.»

«Gab es noch Extras?»

«Ja, Juwelen und Kleider und zweimal jährlich eine Rückflugkarte nach Curaçao. Ihre Eltern wohnen dort bei Willemstad.»

«Haben Sie sie jemals nach dort begleitet?»

«Ich habe nicht viel Zeit», sagte Drachtsma, «und ich bin schon genug gereist. Schiermonnikoog ist die schönste Insel, die ich kenne.»

«Vielen Dank», sagte der Commissaris und rieb sich energisch die Hände. «Die allerletzte Frage: Wir haben festgestellt, daß Mevrouw van Buren sehr an Pflanzen interessiert war. Wissen Sie vielleicht . . .»

«Pflanzen», sagte Drachtsma und begann zu lachen, «ja, da weiß ich Bescheid. Wenn wir uns in der Stadt trafen, mußte ich immer mit zum Markt oder zu einem der kleinen Läden, wo es nach ausgestopften Menschen riecht. Sie war vor allem an Arzneikräutern interessiert. Und wenn ich nicht aufpaßte, redete sie die ganze Nacht darüber, und ich besuchte sie nicht, um etwas über Blütenstaubgefäße und Stempel zu hören! Wir hatten gelegentlich Streit deswegen. Ich drohte ihr, nie mehr zu kommen, es sei denn, sie verspräche, sich nicht wie eine Hexe aufzuführen, aber ich konnte ihr nicht wirklich drohen. Ich glaube, ich hatte sie nötiger als sie mich. Ein anderer hätte meinen Platz sofort eingenommen.»

«Ein starker Charakter», sagte der Commissaris.

«Ja, sie war eine starke Frau.»

«Aber jemand hat die starke Frau getötet», sagte der Commissaris.

«Vielen Dank, Mijnheer Drachtsma. Ich hoffe, wir brauchen Sie nicht mehr zu belästigen.»

«Den bringt man nicht so leicht in Verwirrung», sagte Grijpstra, nachdem der Commissaris die Tür hinter dem breiten Kreuz von Drachtsma geschlossen hatte.

«Das werden wir ja sehen», sagte der Commissaris. «Er ist ein Friese, und das sind Dickköpfe. Aber es gibt noch mehr Friesen auf der Welt. Kommst du nicht auch von dort, Grijpstra?»

«Aus Harlingen», sagte Grijpstra.

«Ich komme aus Franeker», sagte der Commissaris.

«Man soll Menschen aus der Provinz niemals unterschätzen», sagte de Gier.

7

«Also los», sagte Grijpstra, «schlag zu!»

De Gier ging einen Schritt zurück, kniff die Augen halb zu und sprang nach vorn. Seine Faust traf ins Ziel. Er rieb sich die Knöchel, während die Kaffeemaschine gehorsam einen Pappbecher freigab. Der Becher, der trotz Grijpstras Stochern minutenlang im geheimnisvollen Innern der Maschine festgesessen hatte, begann sich mit einer dunkelbraunen, sirupartigen Flüssigkeit zu füllen.

«Jetzt ist wieder nicht genug Wasser dabei», sagte Grijpstra klagend. «Was ist nur aus unserer alten Kantine geworden und aus dem netten grauhaarigen Brigadier, der meistens vergaß, Geld zu verlangen?»

«Nette Brigadiers gibt es nicht mehr», sagte de Gier.

Grijpstra ließ den halbvollen Becher in einen Abfallbehälter aus Plastik fallen und begann in seinen Taschen zu suchen. «Ich habe keine Zigaretten mehr.»

«Dort steht noch ein Automat», sagte de Gier. «Wirf zwei Gulden ein und drück auf den Knopf deiner Wahl.»

Grijpstra sah den Automaten mißgelaunt an. «Nein. Gestern hat das Aas meine zwei Gulden gefressen und nichts ausgespuckt.»

«Dann mußt du den Mann suchen, der den Schlüssel hat.»

«Den Mann», sagte Grijpstra, «welchen Mann?»

«So einen mäuseartigen Kerl im grauen Kittel. Der läuft hier immer auf den Korridoren herum.»

«Nie gesehen. Ich werde jetzt zum Tabakladen gehen. Was werden wir jetzt eigentlich tun? Dieser Mijnheer Holman kommt erst in über einer Stunde.»

De Gier kämmte seine Locken und betrachtete sich im Spiegel.

«Bildschöner Mann», sagte Grijpstra, «ich rede mit dir. Ich habe dich sogar etwas gefragt.»

«Über eine Stunde», sagte de Gier, «eine Stunde voller Möglichkeiten. Eine Stunde, in der wir endlich wirklich etwas tun können. Es ist nicht so sehr eine Stunde, weißt du, sondern eine Stunde des *heutigen* Tages, und heute ist der herrlichste Tag unseres Lebens.»

«Hä?»

«Heute», sagte de Gier, «verstehst du?»

«Nein.»

«Mein Gott!» sagte de Gier.

«Dann erkläre es mir.»

«Gestern ist vorbei, und morgen kommt vielleicht nicht. Verstehst du?»

Grijpstras Gesicht wurde rot. «Hippiesprache! Pennbrudergerede! Küchengeschwätz!»

«Aber es stimmt», sagte de Gier freundlich.

«Und was werden wir tun?» schrie Grijpstra. «Was werden wir *jetzt* tun? Was ist denn das Besondere, großer Denker, das du vorschlägst, um diese herrliche Zeitspanne auszufüllen?»

«Willst du eine Zigarette?» fragte de Gier sanft und hielt Grijpstra ein offenes Päckchen hin.

«Danke», sagte Grijpstra. Er erhielt auch Feuer. Die Röte in seinem Gesicht verschwand. De Gier richtete sein Haar noch mit der Hand und zog das bunte Halstuch ein wenig hoch.

«So», sagte de Gier. «Wir könnten in meine Wohnung gehen. Mit dem Wagen sind es nur zehn Minuten. Dann mache ich dir einen Kaffee, und wir könnten eine Platte hören. Die habe ich vor kurzem im Ausverkauf für 6 Gulden bekommen. Kirchenmusik. Blockflöte. Gerade richtig für dich.»

«Moderne Kirchenmusik?» fragte Grijpstra. «Mit Trommel?»

«Nein, alte», sagte de Gier, «aber sehr schön.»

Grijpstra dachte über den Vorschlag nach. Er schüttelte den schweren Kopf. «Nein. Die Zeit reicht nicht. Aber das müssen wir nachholen. Wenn wir ein paar Stunden haben, dann können wir uns ein wenig konzentrieren. Außerdem will ich deine Katze heute nicht mehr sehen. Sie hat mich heute morgen wieder erwischt, als du unter der Dusche warst. Warum gibst du das Biest nicht weg?»

De Gier sprang auf, als sei er in einen Nagel getreten. «Warum gibst du deine Frau nicht weg?» sagte er mit sich überschlagender Stimme.

«Wer würde die haben wollen?» fragte Grijpstra. «Aber den Kater würdest du im Nu los sein. Ein selten schönes Biest. Du brauchst ja nicht zu sagen, daß er ein falsches Luder ist. Ich hätte ihm heute morgen am liebsten den Hals umgedreht. Weißt du, was er getan hat?»

«Ich hoffe, er hat dich gekratzt und gebissen.»

«Nein, dazu ist er viel zu spitzfindig. Zuerst ist er auf meinen Schoß gesprungen und hat gemauzt. Da ich nicht wußte, was das Mauzen bedeutet, und er viele Krallen und Zähne hat, habe ich nichts getan. Dann hat er seine Nase in meine Achselhöhle gesteckt und geschnüffelt, vielleicht wohl eine Minute lang. Das ist ein seltsames Gefühl, so eine schnüffelnde Nase in der Achselhöhle.»

«Ha», sagte de Gier, «und du hast dich gefragt, wie es ist, wenn man in die Achselhöhle gebissen wird.»

«Genau. Das wollte er natürlich auch. Das Biest denkt nach. Warum hast du ihn Olivier genannt?»

«So heißt er eben», sagte de Gier, «Olivier Kwong mit Stammbaum und allem. Sein Vater kam aus Thailand.»

«Kwong», sagte Grijpstra, «das hätte ich wissen können. Der alte Kwong gehörte natürlich einem Räuberhauptmann, der seine Feinde lebend kochen ließ. Und sein Feind war jeder, der nicht niederkniete, wenn er des Weges kam.»

«Was hat er noch getan?» fragte de Gier.

«Er ist auf meine Schulter geklettert und von dort aus ins Bücherregal gesprungen. Dann habe ich ihn nicht mehr gesehen. Ich habe die Zeitung gelesen und kriegte plötzlich einen ganzen Stapel Bücher auf den Kopf.»

«Ja», sagte de Gier, «das tut er bei mir auch. Er windet sich durch eine Lücke, bis er hinter den Büchern ist; dort streckt er sich aus und schiebt. Wenn er es gut macht, wirft er gleichzeitig zwanzig Bücher herunter. Dann schaut er einen an und grinst.»

«Du solltest ihm einen Klaps geben, wenn er das tut.»

«Nein», sagte de Gier, «ich habe ihn noch nie geschlagen. Es ist schön, wenn man ein so kluges Tier um sich hat. Ich habe noch keine Katzen gesehen, die einem Bücher auf den Kopf werfen. Hat er noch etwas getan?»

«Er ist auf deinem antiken Schrank hin und her gelaufen und hat mir die Zähne gezeigt, aber das habe ich ihm abgewöhnt.»

«Was hast du getan?» fragte de Gier.

«Ich bin plötzlich aufgesprungen und habe ‹Buh› gerufen. Da ist er weggelaufen und ward nicht mehr gesehen.»

«Das arme Tierchen so zu ängstigen», sagte de Gier bitter. «Ich würde mich vorsehen. Das nächste Mal beißt er dich.»

«Wenn er das tut», sagte Grijpstra feierlich und klopfte auf den Kolben seiner großen, automatischen Pistole unter seiner Jacke, «dann erschieße ich ihn, genau zwischen die Augen.»

«Wenn du das tust», sagte de Gier feierlich und klopfte auf den Kolben der kleinen automatischen Pistole unter seiner Achselhöhle, «erschieße ich dich, direkt ins Herz.»

«O ja», sagte Grijpstra, «das mußt du tun. Dann können Sietsema und Geurts den Fall übernehmen.»

«Die finden mich nicht», sagte de Gier.

«Nein. Würde ich dich finden?»

«Du bist tot.»

«Ja», sagte Grijpstra, «das hab' ich vergessen. Und warum würden die dich nicht finden?»

«Das sage ich nicht», sagte de Gier.

Sie waren in ihr Zimmer zurückgegangen, wo Grijpstra die Trommelstöcke in die Hand genommen hatte. De Gier begleitete ihn auf der Querflöte. Die Komposition, die so entstand, war in Moll. De Gier besang seine Einsamkeit nach dem Tod seines Freundes. Grijpstra spielte den Rhythmus des Todes und suchte sich in einer dunklen Ecke des Jenseits.

Ein Anruf des Commissaris machte ihrem Spiel ein vorzeitiges Ende. Im Zimmer des Commissaris wartete Holman auf sie. Er saß auf einem niedrigen Stuhl und sprang auf, als sie kamen. Die Hand, die er ihnen gab, war feucht, aber er bemühte sich, den Händedruck kräftig und zuverlässig erscheinen zu lassen. Er versuchte auch zu lächeln. «Ich habe in der Zeitung gelesen, daß Mevrouw van Buren ermordet worden ist», sagte Holman. «Es tut mir sehr leid, daß sie tot ist. Ich mochte sie gern.»

De Gier erinnerte sich daran, was er vormittags über Holman in einer Fotokopie aus dem Polizeiarchiv gelesen hatte. Zwei Verurteilungen. Eine vor fünf Jahren wegen Unterschlagung. Mijnheer Holman hatte vergessen, seinem Chef 5000 Gulden zu übergeben, die er von einem Kunden eingenommen hatte. Der Richter hatte Vorsätzlichkeit als erwiesen angesehen. Drei Monate, davon zwei zur Bewährung ausgesetzt. Die zweite Verurteilung war wegen schwerer Körperverletzung. Ein Nachbarsjunge war in Holmans Garten über ein Rosenbeet gerannt. Holman hatte den Jungen erwischt und ihm einen Schlag versetzt. Der Junge war mit dem Kopf gegen einen Baum gefallen. Schädelbasisbruch. Drei Monate Gefängnis.

Ein unzuverlässiger, gewalttätiger Kerl, dachte de Gier, aber auf den Mann, der ihm jetzt gegenübersaß, schien diese Definition nicht zu passen. Holman sah freundlich aus, sogar sympathisch.

Was für ein netter Mann, dachte der Commissaris, schade, daß er so nervös ist.

Grijpstra hatte ebenfalls überlegt. Ihm war eingefallen, daß Holman mit Nüssen handelte. Grijpstra mochte Nüsse und kaufte regelmäßig welche, knusprig, frisch geröstet. Wenn ich jetzt korrupt wäre, dachte er, würde ich ihm einen ganzen Jutesack voll gemischte Nüsse abknöpfen, die er mir auch noch ins Haus bringen müßte, und ich würde sie alle auf einmal essen.

«Erzählen Sie uns doch mal etwas über Ihre Beziehung zu Mevrouw van Buren», sagte der Commissaris. «Wir interessieren uns sehr dafür. Die Frau ist tot. Wenn wir etwas mehr über sie erfahren würden, dann könnten wir ihren Mörder fassen. Dabei werden Sie uns doch wohl helfen wollen, denke ich.»

«Gewiß», sagte Holman, «aber natürlich will ich das. Ich war mit Mevrouw befreundet. Allerdings nicht sehr eng befreundet. Es kam übrigens durch meinen kleinen Jungen und seinen Ball dazu.»

«Ball?» fragte der Commissaris.

«Ja, den hatte er in den Schinkel fallen lassen. Er will immer, daß wir einen Spaziergang machen, und dann gehen wir sonntags morgens zum Schinkel. Wir parken den Wagen und gehen ein Stück zu Fuß. Manchmal spielen wir mit dem Ball. Ich spiele nicht gern Ball, deshalb wirft er ihn meistens selbst weg und holt ihn wieder. Aber einmal fiel der Ball ins Wasser. Der Junge ist erst vier Jahre alt und begann zu weinen. Ich habe noch gesagt, ich würde ihm einen neuen Ball kaufen, aber er wollte unbedingt *diesen* zurück haben. Ich konnte den Ball nicht erreichen und habe deshalb bei Mevrouw van Buren geklingelt, weil ich dachte, ich könnte ihn von ihrem Boot aus greifen. Damals kannte ich sie noch nicht.»

«Und sie hat gesagt, Sie könnten kommen?»

«Ja, sie war sehr nett und hilfreich.» Mijnheer Holman begann zu kichern. «Wir haben den Ball auch wiederbekommen, aber mein Sohn hat es geschafft, aus dem Fenster ins Wasser zu fallen.»

«Das muß ein netter Morgen gewesen sein», sagte Grijpstra und dachte an die vielen Sonntage, die er zusammen mit seiner Familie verbracht hatte. Seine Kinder fielen auch überall hinein.

«Ein sehr komplizierter Morgen», sagte Holman. «Wir mußten ihm seine Sachen ausziehen und trocknen. Es hat lange gedauert, bis ich wieder draußen war.»

«Fanden Sie das schlimm?» fragte der Commissaris.

«Haben Sie Mevrouw van Buren je gesehen?» fragte Holman.

«Nur ihre Leiche.»

«Ihre Leiche. Tja, das war vielleicht nicht so angenehm. Aber lebend war sie schön, ganz besonders schön.»

«Haben Sie sie gut kennengelernt?» fragte de Gier.

Mijnheer Holman begann zu schwitzen. Er nahm ein großes Taschentuch und trocknete sein Gesicht. «Nein, nicht auf die Weise, die Sie meinen.»

«Woher wollen Sie wissen, was ich meine?»

«Ich weiß, was Sie meinen. Aber so war es überhaupt nicht. Ich habe sie sonntag morgens immer nur besucht, und mein Junge war immer dabei. Ich bekam eine Tasse Kaffee und er ein Glas Limonade. Wir sind nie länger als eine Stunde geblieben.»

«Und Sie haben nur mit ihr gesprochen?» fragte der Commissaris.

Mijnheer Holman sagte nichts.

«Keine intime Freundschaft?»

«Nein, Mijnheer.»

«Wußte Ihre Frau, daß Sie immer zu Mevrouw van Buren gingen?» fragte der Commissaris.

Mijnheer Holman kicherte wieder. «Ja, das wußte sie. Mein Junge erzählte ihr immer von der ‹lieben Dame›. Meine Frau wollte die liebe Dame dann auch kennenlernen.»

«Und hat sie sie kennengelernt?»

«Natürlich nicht», sagte Holman.

«Sie starb am Samstagabend», sagte Grijpstra.

«Samstagabend», sagte Holman, «ja, das weiß ich. Das ist nicht so gut für mich.»

Die Polizisten warteten.

«An dem Abend war ich allein in meinem Büro. Ich bin gegen elf heimgegangen. Ich arbeite gern abends, weil man dann etwas schaffen kann. Niemand stört einen, kein Telefon.»

«Sind Sie in der Armee gewesen?»

«Nein, ich habe einen angeknacksten Rückenwirbel.»

«Und betreiben Sie Sport?» fragte der Commissaris.

«Ich halte nichts davon, hinter einem Ball herzurennen, aber einen Sport betreibe ich, in dem ich sogar gut bin. Vor einiger Zeit wäre ich beinahe Meister von Amsterdam geworden.»

«Billard?» fragte de Gier.

«Nein, Darts. Sie wissen, in England ist es sehr populär. Man wirft mit kleinen Pfeilen auf eine Scheibe. Ich habe einen Club gegründet und bin dessen Vorsitzender.»

«Ein Wurfspiel, wie?» fragte Grijpstra. «Können Sie dies auch werfen?» Ein aufgeklapptes Taschenmesser glänzte in Grijpstras Hand.

«Ja. Wohin soll ich damit werfen?»

«Auf diese Zigarrenkiste», sagte der Commissaris, «aber warten Sie, ich werde sie zuerst leeren.»

Der Commissaris stellte die Zigarrenkiste auf sein Bücherregal. «Sie können.»

Mijnheer Holman hatte sich erhoben und stand breitbeinig vier Meter von der Kiste entfernt. Es war totenstill im Zimmer.

«Da», sagte Holman.

Die Bewegung war so schnell gewesen, daß keiner sie gesehen hatte. Grijpstras Messer hatte das hölzerne Kistchen genau in der Mitte getroffen und war auf dem Regal liegengeblieben. Die Kiste war in zwei Teile gespalten.

Aber Holman freute sich nicht über seine Leistung. Er hatte begriffen. «Meinen Sie, das Messer ist geworfen worden?» fragte er flüsternd.

«Welches Messer meinen Sie?» fragte der Commissaris.

«Das Messer, das Maria getötet hat.»

«Oh, das Messer», sagte der Commissaris, «ja, das wurde geworfen.»

Es war wieder still im Zimmer. Mijnheer Holman war gegangen, laut in sein Taschentuch schnaubend. Er hatte mehrmals versichert, daß er Maria van Buren nicht ermordet habe. Das Verhör hatte länger als eine Stunde gedauert.

«Und was halten die Herren davon?» fragte der Commissaris.

Grijpstra und de Gier starrten ihn an.

«Nun?»

«Schwer zu sagen», sagte Grijpstra.

Der Commissaris suchte sich eine Zigarre aus dem Haufen auf seinem Schreibtisch aus. «Ich muß mir eine neue Kiste suchen», murmelte er. «Und du mußt das Messer verschwinden lassen, Grijpstra. Kennst du das Waffengesetz nicht?»

«Ja, Mijnheer», sagte Grijpstra und steckte das Messer ein.

«Kein Motiv», sagte de Gier. «Der Mann hatte kein Motiv. Warum sollte er eine Frau ermorden, die nur schön war und ihm Kaffee anbot? Er gehörte nicht zu ihren Kunden, was auch schwierig gewesen wäre, wenn sein Sohn dabei ist und Limonade durch einen Strohhalm schlürft. Sie konnte ihn also auch nicht erpressen.»

«Wenn es stimmt, was er sagt», sagte Grijpstra.

«Ein Verdächtiger redet sich immer etwas ein», sagte der Commissaris.

«Vielleicht hatte er etwas mit ihr», sagte Grijpstra, «brauchte aber nicht dafür zu zahlen. Liebe. Das gibt es.»

«Dieser Klops?» fragte de Gier.

«Frauen suchen nicht immer männliche Schönheit», sagte der Commissaris, «sondern ganz andere Eigenschaften. Zuverlässigkeit, Bereitschaft, ihren Geschichten zuzuhören, Komplimente, Sicherheit.»

De Gier machte ein unzufriedenes Gesicht. Grijpstra warf ihm einen aufmunternden Blick zu.

«Es könnte sein», sagte der Commissaris, «daß er ihr wirklicher Liebhaber und eifersüchtig war.»

«Ja», sagte de Gier, «er brachte Rosen und Bonbonnieren mit, sagte Gedichte auf und warf ihr ein Messer in den Rücken.»

«Wir werden mit ihm weitermachen», sagte der Commissaris. «Ruft ihn morgen an, daß er um drei Uhr nachmittags bei mir sein soll.» Er stand auf und öffnete die Tür.

8

Das Wetter war umgeschlagen. Am kalten, strömenden Regen war nicht zu merken, daß Frühling war. Der Commissaris, in einer glänzenden, ledernen Polizeijoppe, lief weit vornübergebeugt gegen den Sturm an. Das schlechte Wetter hatte sein Rheuma verschlimmert, so daß er jetzt erkennbar hinkte. Er zwang sich, möglichst langsam zu atmen. Er wußte aus Erfahrung, daß langsames Atmen die Schmerzen verringerte. Er zwang sich auch zu anderen Gedanken. Er dachte an den Geheimdienst, was ihn so belustigte, daß die Grimasse des Schmerzes in ein Lächeln überging. Er fragte sich, wie viele Menschen wußten, daß der Geheimdienst neben den drei Zimmern im Polizeipräsidium noch ein Büro hatte, eine Art Hauptquartier. Er fragte sich auch, wie viele Menschen sich für die Tätigkeit des Geheimdienstes interessierten.

Vormittags hatte er den Hoofdcommissaris aufgesucht, damit der ihm Zutritt beim örtlichen Chef des Geheimdienstes verschaffte. Ein Telefongespräch hatte die Sache geregelt. Und jetzt befand er sich auf dem Weg dahin. Er kannte die Adresse bereits seit Jahren, aber er hatte nie einen Grund gehabt, in diese Höhle der Geheimnisse einzudringen.

Er wollte, er hätte diesen Besuch umgehen können, mußte sich aber eingestehen, daß dies nicht möglich war. Der Geheimdienst hatte die Polizei eingeschaltet, eine Tatsache, die er nicht negieren konnte. Der Geheimdienst hatte herausgefunden, daß Maria van Buren nicht die brave, einsame Hausfrau war, die sie vorgab zu sein.

Der Commissaris schüttelte den Kopf und murmelte etwas vor sich hin. Sie wußten noch immer nicht viel über die tote Frau.

Er war bei der Adresse angekommen, stand still und betrachtete den verwahrlosten Giebel. Die Nummer stimmte. Er lächelte. Er kannte das Haus. Er lächelte noch einmal. Das Haus war sehr bekannt. Er war einige Male dort gewesen, aber vor langer Zeit. Vor 35 Jahren, lange vor dem Krieg. Damals hatte das Haus viel besser ausgesehen: ein vornehmes Haus, für die Nichteingeweihten eine Patrizierwohnung. Aber wer drinnen gewesen war, wußte es besser. Dicke rote Samtvorhänge, Gardinen aus bester belgischer Spitze und zierliche viktorianische Möbel im Überfluß. Ein Haus, speziell eingerichtet, um die Gelüste der reichsten Männer der Stadt zu befriedigen. Sein plötzlich aktiviertes Gedächtnis produzierte eine Serie bunter Bilder. Er sah des Gesicht der Madame wieder vor sich und das javanische Mädchen Mimi, die sich einem Gast nie länger als eine halbe Stunde widmen konnte. Und dann mußte der Gast außer viel Geld auch noch Glück im Spiel haben, denn der Gewinner hatte auch die Wahl der schönsten Frau. Mimi hatte ihr eigenes Zimmer, das Spiegelzimmer in der ersten Etage. Der Commissaris, damals noch einfacher Inspecteur, war für einige Stunden in dem Zimmer gewesen, irritiert durch sein Spiegelbild, das ihm aus allen möglichen Ecken entgegenblickte. Das war an dem Abend gewesen, als der alte Herr de V. tot in dem Zimmer gelegen hatte. Und der alte Herr de V. war kein schöner Anblick gewesen, da alle Lampen brannten. Ein Herzanfall, aber der Arzt hatte ein Verbrechen vermutet und die Polizei gebeten, sich das anzusehen. Ein langer Abend, der auf den noch unerfahrenen Geist des damaligen Inspecteur einen tiefen Eindruck gemacht hatte.

Madame hatte ihn an dem Abend angelacht. Der Mijnheer Inspecteur sei immer willkommen, hatte Madame gesagt. Wenn er am nächsten Dienstag etwa um zehn Uhr abends noch einmal vorbeikommen wolle, dann werde sie es ihm etwas gemütlicher machen. Er war an dem Abend hingegangen. Madame hatte ihn verwöhnt. Die Wahl unter den vier schönsten Mädchen, das Spiegelzimmer, Champagner gratis. Die zweite Flasche hatte er selbst bezahlt, aber sie war für ihn viel billiger gewesen.

Der alte Mann in der ledernen Polizeijoppe richtete sich auf, als sein Gedächtnis von den Erinnerungen an damals überflutet wurde. Es war ein schöner Abend gewesen. Ein französisches Mädchen, eine echte Französin, die über die bizarren Satzkonstruktionen gekichert hatte, in denen er seine Komplimente verpackte. Sie hatte seine Fehler verbessert und seine Hände gestreichelt, als die Spannung vorüber war.

Später war er noch einmal in dem Haus gewesen, offiziell, in Uniform. Ein Kunde, glücklicherweise ein Ausländer, hatte eines der Mädchen mit einer silbernen Gabel verletzt. Die Verletzung war zwar nicht schwer, aber der Kunde wurde festgenommen und abgeführt. Er und das Mädchen hatten Kaviar auf Toast gegessen, als der Streit entstand. Die kleinen schwarzen Fischeier hatten sich mit Blut vermengt, eine Zeichnung aus warmem Rot und tiefem Schwarz auf dem alabasterweißen Körper der Frau. Ein gruseliges Kunstwerk, aber dennoch attraktiv.

Und jetzt suchte er das Haus zum viertenmal auf. Er klingelte. Würden die gegenwärtigen Bewohner die Geschichte des Hauses kennen? Wahrscheinlich nicht, dachte der Commissaris. Und je länger er wartete, desto sicherer war sich der Commissaris, daß sie sie nicht kannten.

Ein langsames, schlurfendes Geräusch näherte sich, die Tür ging ächzend auf. Ein alter Mann in der Dienstuniform der Stadt, am Kragen der Jacke die drei kleinen Kreuze von Amsterdam, sah den Commissaris an. Dem Commissaris schauderte. Der Mann hatte kein Gesicht, sondern eine Maske. Aus Kitt, dachte der Commissaris, aus altem, ausgetrocknetem Fensterkitt.

Die Maske dieses neuen Portiers war so ausdruckslos, daß der Commissaris sich fragte, warum er überhaupt geklingelt hatte. «Ich habe eine Verabredung mit Ihrem Direktor», sagte er schließlich und nannte seinen Namen.

Der Portier verbeugte sich leicht und richtete sich dann wieder auf. Dann trat er zur Seite.

Vielleicht war der Alte taubstumm, aber die Verbeugung hatte Dienstbarkeit ausgedrückt, und der Commissaris war zufrieden, daß seine Autorität zumindest anerkannt wurde.

Die Tür schloß sich hinter ihm. Er wurde die Treppe hinaufgeführt. Das Ziel war anscheinend das Spiegelzimmer. Der Commissaris lachte laut auf und erwartete, daß der Portier stehenbleiben und um eine Erklärung für die plötzliche Fröhlichkeit bitten würde.

Die Tür wurde geöffnet.

Die Spiegel waren fort.

Aber die Sessel mit breit auslaufendem Rücken und geschwungenen Seitenlehnen standen noch dort. Der Commissaris fühlte sich enttäuscht. Einst hatte er auf demselben Sessel gesessen, den ihm sein Gastgeber anbot, nachdem er ihm beim Ablegen der Joppe geholfen hatte. Damals war er aufgeregt gewesen, jetzt nur noch gelangweilt. Seine Joppe hing an einem Kleiderständer, gekrönt vom tropfenden Hut.

«Schlechtes Wetter», bemerkte sein Gastgeber.

«Ja, wirklich», bestätigte der Commissaris und fragte sich, wie er den Mann anreden mußte, einen Konteradmiral der Königlichen Marine. Einfach Konteradmiral? Das klang nicht sehr gut. Also mit Mijnheer. Das wird also aus den alten Marineoffizieren, dachte der Commissaris. Die Schiffe binden sie irgendwo fest und gehen von Zeit zu Zeit mit dem Farbpinsel darüber; die Männer kommen im Regierungslabyrinth in ein Büro und die ältesten zum Geheimdienst.

Der Konteradmiral war alt, reif für die Pensionierung. Seine Füße steckten in Pantoffeln. Der linke hatte ein Loch, aus dem ein mit grauer Wolle bekleideter Zeh sah. Der Konteradmiral hatte einen Schildkrötenkopf, vertrocknet mit geduldigen Augen, die zwischen Hautfalten versteckt waren. Der Commissaris mochte Schildkröten und hielt eine in seinem Garten. Sie hatte keinen Namen, aber er beschloß, sie «Konteradmiral» zu nennen, dann konnte er sie rufen, wenn er ihr ein Salatblatt brachte. Aber sie würde dennoch nicht kommen, denn ihr war alles gleichgültig. Er nickte beifällig. Gleichgültigkeit war eine menschliche Eigenschaft, die er an anderen bewunderte und sich selbst gern angeeignet hätte.

«Ja», sagte der Konteradmiral, «der Fall van Buren. Die arme Frau ist ermordet worden, nicht wahr?»

«Ermordet», sagte der Commissaris.

«Traurig.»

«Ja», sagte der Commissaris und nickte anteilnehmend.

Die beiden sahen einander nicht an. Der Konteradmiral hatte seine Augen hinter den Hautfalten versteckt und der Commissaris seine geschlossen. Seine Beine schmerzten wieder. Er benötigte seine ganze Willenskraft, um seinen Atem zu regulieren. Eine Uhr tickte langsam. Die Tür ging auf und wieder zu. Auf dem Schreibtisch des Konteradmirals wurde ein Kaffeeservice abgestellt, Kanne, Zuckertopf und Sahnekännchen sowie zwei Tassen und Untertassen, alles aus den Tagen des Bordells. Der Commissaris sah es, aber er hatte den Zusammenfluß von Vergangenheit und Gegenwart akzeptiert und war weder erstaunt noch amüsiert.

Der Konteradmiral holte tief Atem, wartete kurz und sagte dann: «Wir würden der Polizei gern behilflich sein.»

Der Commissaris atmete ruhig und zählte beim Einatmen bis vier und beim Ausatmen bis sechs.

«Aber ich fürchte, wir können nicht viel für Sie tun.»

Die Schmerzen hatten nachgelassen. Der Commissaris suchte in seinen Taschen.

«Eine Zigarre?»

«Ja, bitte.»

Die Zigarren brannten.

«Sehen Sie, wir wissen nicht viel», sagte der Konteradmiral.

Der Commissaris zog an seiner Zigarre.

«Mevrouw van Buren hatte offenbar mehrere Liebhaber. Der amerikanische Geheimdienst schickte uns ein Fernschreiben, daß sie mit einem Colonel befreundet sei, der ein Experte für die atomare Kriegführung ist. Ob wir die Dame im Auge behalten wollten.»

«Ja», sagte der Commissaris.

«Aber wir werden um so vieles gebeten und kommen nicht immer dazu.»

«Nein.»

«Aber dann fingen auch die Belgier an. Eine gewisse Mevrouw van Buren habe eine Bekanntschaft mit einem ihrer Diplomaten angeknüpft. Und dieser Mann sei für Fragen der Sicherheit des Staates verantwortlich.»

«Also haben Sie gedacht, daß wirklich etwas daran ist?»

«Wir denken nicht viel», sagte der Konteradmiral.

«Nein?»

«Nein. Schlüsse zu ziehen ist eine Kunst. Wir haben die Nachricht an die Polizei weitergegeben.»

«Stimmt», sagte der Commissaris.

Es war das letzte Wort. Nach einer Minute stand er auf. Er hatte seine zweite Tasse Kaffee getrunken und die Zigarre in einem silbernen Aschbecher ausgedrückt. Er bekam noch einen Händedruck. Die Hand des Konteradmirals war kräftig und trocken.

«Seit wann haben Sie Ihr Büro schon in diesem Haus?» fragte er an der Tür.

«Seit zehn Jahren», sagte der Konteradmiral.

«Staatseigentum?»

«Natürlich», sagte der Konteradmiral. «Wieso?»

«Nur so», sagte der Commissaris. «Ich habe mich nur gefragt, wie der Staat an dieses Haus gekommen ist.»

«Gekauft, glaube ich», sagte der Konteradmiral freundlich.

Wir erhalten von allen Seiten Informationen, überlegte der Commissaris, als er zum Präsidium zurückging, aber alle sind negativ. So kommen wir wieder dort an, wo wir bereits waren, nirgendwo.

Diese Folgerung erheiterte ihn. «Ein schwieriger Fall», sagte er leise, «nirgendwo ein Ansatzpunkt.»

In zehn Tagen würde der Hoofdinspecteur zurück sein. Er hatte keine Lust, seinem Untergebenen zu sagen, daß er noch nichts wisse. Er zuckte mit den Achseln. Er würde nichts übereilen, sondern nach Vorschrift arbeiten. Keine Hast. «Hast ist ein fundamentaler Fehler», sagte er laut und fragte sich, woher er diese Weisheit hatte. Ihm fiel es wieder ein. Aus einer chinesischen Novelle, die er vor einigen Wochen gelesen hatte. Er las viele chinesische Erzählungen. Auch Philosophie, am liebsten im Bad, vor allem wenn er Schmerzen hatte. Chinesische Weise waren wirklich weise, fand der Commissaris. Sie ließen sich nicht hetzen, machten sich keine Sorgen und wurden nie böse. Zumindest in den Büchern. Und sie waren schon zu lange tot, so konnte man nicht mehr kontrollieren, ob sie ihre Weisheiten auch im täglichen Leben praktizierten. Und das war nur gut. Er wurde allmählich zu alt, um eine Enttäuschung zu erleben. An irgend etwas muß man sich festhalten können. Oder nicht?

Aber sein Grübeln führte zu weit. Er dachte wieder an den Abend im Bordell, als er noch leicht beeinflußbar gewesen war. Ein Septemberabend im Jahre 1938, ein junger, gesunder und starker Mann, frisch gebadet, ein Mädchen mit schmalen Hüften und großen, stehenden Brüsten, Spiegel und Champagner.

«Morgen, Mijnheer», sagte ein uniformierter Brigadier in der Halle des Präsidiums. «Wie geht's heute morgen?»

«Ausgezeichnet, Brigadier. Schönes Wetter heute.»

«Für Frösche», sagte der Brigadier, «und für höhere Vorgesetzte», fügte er leise hinzu.

«Ruf die Polizei in Curaçao noch mal an», sagte der Commissaris zu seiner Sekretärin, «Hoofdinspecteur da Silva in Willemstad.»

Der Anruf kam innerhalb von zehn Minuten durch.

Die Verbindung war schlecht, so daß der Commissaris seine Worte immerzu wiederholen mußte. Der Hoofdinspecteur war sehr gefällig. Ja, er habe sich der Sache angenommen. Mevrouw van Buren war die Tochter von Mijnheer de Sousa aus Curaçao. Ja, Mijnheer de Sousa sei ein wichtiger Mann. Nein, er habe nichts gefunden, was eine Verbindung zwischen Maria van Buren und ihrem vorzeitigen Tod herstelle. Es tue ihm leid, aber dem könne er nichts hinzufügen.

Der Commissaris seufzte und wählte auf der Drehscheibe eine zweistellige Nummer. «Den Hoofdcommissaris bitte», sagte er höflich.

Er wartete. «Morgen, Mijnheer. Der Geheimdienst wußte nichts.»

«Die wissen nie etwas», sagte der Hoofdcommissaris.

«Ich glaube, ich müßte mal nach Curaçao.»

Das Telefon schwieg. Der Commissaris starrte konzentriert auf die Wand vor ihm.

«Wenn Sie es für nötig halten . . .»

«Vielen Dank», sagte der Commissaris, «ich fliege morgen früh.»

9

«Knöpf dein Hemd zu», sagte Grijpstra, «dein Unterhemd ist zu sehen, ein orangefarbenes Unterhemd.»

Er klang erstaunt.

«Hast du noch nie ein orangefarbenes Unterhemd gesehen?» fragte de Gier.

«Nein. Und ich will auch keines sehen.»

De Gier fummelte an seinem Hemd herum.

«Der Knopf ist ab», sagte Grijpstra und beugte sich vor. «Ha!»

«Was heißt hier ‹ha›?» fragte de Gier.

«Du wirst dick», sagte Grijpstra triumphierend.

De Gier sprang auf und lief hinaus. Grijpstra lief ihm nach. De Gier blieb vor dem großen Spiegel im Korridor stehen, den ein Hoofdcommissaris hatte anbringen lassen, der wollte, daß seine Männer ordentlich aussahen.

«Stell dich normal hin», sagte Grijpstra, «atme ein! Du wirst ersticken, wenn du immerzu nur ausatmest.»

«Dick», sagte de Gier.

«Ein kleines bißchen dick», sagte Grijpstra, «das ist ganz normal in deinem Alter. Die Muskeln verlieren ihre Elastizität, der Magen springt etwas vor. Deswegen brauchst du dir keine Sorgen zu machen.»

«Nein.»

«Aber es kann natürlich schlimmer werden. Ich hatte einen Onkel, der hatte eine Figur wie du. Zuletzt mußte er ein Korsett tragen. Aber was kümmert dich mein Onkel? Hast du die Notiz vom Commissaris gelesen, die auf meinem Schreibtisch liegt?»

«Ja», sagte de Gier, «ich lese alle Papiere auf deinem Schreibtisch. Er ist nach Curaçao geflogen und wird wohl einige Tage fortbleiben, und inzwischen können wir mit den Ermittlungen weitermachen.»

Grijpstra nickte.

«Und was hast du vor?» fragte de Gier.

«Komm mit.»

De Gier ging mit und landete mit Grijpstra am Kaffeeautomaten. Grijpstra wartete, bis de Gier die passenden Münzen gefunden hatte. Der Automat funktionierte.

«Ich bin mitgegangen», sagte de Gier. «Und jetzt?»

«Keine Ahnung», sagte Grijpstra. «Wir könnten Mijnheer Holman noch einmal anrufen und ihn bitten, hierher zu kommen.»

«Das haben wir bereits gestern getan.»

«Und vorgestern.»

«Und wenn er kommt, wird er wieder weinen.»

«Er hat es nicht getan», sagte de Gier.

Grijpstra lehnte an der geweißten Wand und trank einen Schluck Kaffee.

«Und warum soll er es nicht getan haben? Er gab zu, daß er Mevrouw van Buren auch ohne seinen Sohn besucht hat. Zuerst behauptete er immer, das Kind sei jedesmal mitgegangen, aber später räumte er ein, er sei auch allein auf dem Schiff gewesen.»

«Nur am Sonntagmorgen.»

«Ja, das sagt er, aber warum sollte er nicht am Sonntagmorgen mit ihr geschlafen haben? Sonntag ist ein schöner Tag für die Liebe.»

«Der kleine dicke Kerl?»

«Hör doch auf», sagte Grijpstra. «So dick ist er gar nicht, nicht dicker, als du in einigen Jahren sein wirst. Und er hat ein nettes Äußeres, ist höflich, freundlich, vielleicht sogar liebenswürdig. Ein liebenswürdiger Mann, der ihr ein Gefühl von Sicherheit gab. Vielleicht ließ sie sich von ihm hätscheln, oder er sich von ihr. Ihre zahlenden Kunden hätten so etwas nie erwogen. Die wollten gleich zur Sache kommen. Denn dafür zahlten sie ja auch. Der Colonel, der Diplomat und unser Freund Drachtsma sind alle große Kerle mit breiten Schultern, hübsch und dynamisch. Vielleicht hatte sie die Nase voll von ihren interessanten Köpfen und dicken Muskeln. Und dann kommt der liebenswürdige, gutgelaunte, sanfte Mijnheer Holman und wird ihr wirklicher Liebhaber. Sonntag morgens.»

«Ja», sagte de Gier, «herrlich. Romantisch. Dann tranken sie zusammen eine Tasse Kaffee oder Milchschokolade oder so ein ekelhaftes Gemisch, das man in Dosen kaufen kann und gut für die Nerven sein soll. Danach haben sie einander ein wenig gehätschelt, er stieß einen kleinen Seufzer des Glücks aus, zog seinen Anzug wieder an und ging munter nach Hause.»

«Genau. Aber er wurde es leid und wollte sie verlassen, aber sie wollte nicht und drohte, sie würde alles seiner Frau erzählen. Und dann ist er für einige Tage ins Schwitzen geraten, bis er auf die Idee kam, als er wieder einmal Darts spielte, etwas Drastisches zu unternehmen. Dann sah er zufällig im Schaufenster eines Gebrauchtwarengeschäfts das schöne

Messer, kaufte den Dolch, nahm ihn mit nach Hause und übte damit. Am Samstagabend ging er auf das Boot und warf ihr das Messer in den Rücken. Swisch. Plop.»

«Nein», sagte de Gier.

«Warum nicht? Gewalttätig genug ist er. Ein kleiner Junge tritt unglücklicherweise auf einen frisch gepflanzten Strauch in seinem Garten, und Holman versetzt ihm einen solchen Schlag, daß er mit einem Schädelbasisbruch ins Krankenhaus kommt. Und unzuverlässig ist er auch. Sein Chef hat ihm vertraut, und er hat einige tausend Gulden geklaut, als er dachte, niemand achte auf ihn. Du hast seine Akte gelesen, nicht wahr?»

«Ja.»

«Nun?»

De Gier ging zum Fenster und schaute hinunter auf den Innenhof, wo vier gestohlene Autos, die nachts von Kripobeamten gefunden worden waren, auf ihre rechtmäßigen Besitzer warteten. Er kratzte sich nachdenklich die linke Hinterbacke.

«Ja», sagte de Gier, «es könnte sein. Aber ich glaube es nicht. Du könntest jedoch recht haben. Seine Nerven sind hin von den wenigen Verhören, obwohl wir ihm gegenüber noch nicht einmal unangenehm geworden sind. Wenn wir ihn etwas fragen, trocknet er gleich sein Gesicht mit einem großen Taschentuch, kriegt Tränen in die Augen und fängt an zu weinen. Und er hat kein Alibi. Aber er hat dein Messer ohne Bedenken auf die Zigarrenkiste des Commissaris geworfen. Da stimmt etwas nicht. Warum mußte er uns zeigen, wie gut er mit dem Messer werfen kann?»

«Ja», sagte Grijpstra, «das war etwas dumm von ihm. Oder auch sehr schlau. Er wußte, wir würden erfahren, daß er der örtliche Dartsmeister ist.»

«Ein genialer Mann», sagte de Gier, «und dazu der ideale Liebhaber. Meinst du, wir sollten ihn festnehmen?»

«Nein», sagte Grijpstra, «dazu reicht unser Beweismaterial nicht aus.»

«Nein», sagte de Gier, «aber wenn du willst, könnten wir noch eine Weile so weitermachen. Ihn jeden Tag herbestellen und weiternörgeln. Und hin und wieder bei ihm zu Hause anrufen und eine gemeine Frage stellen.»

Grijpstra antwortete nicht.

«Aber das gefällt mir nicht», sagte de Gier, «dieses Scheißspiel. Als wir es das letzte Mal gespielt haben, bekam der arme Kerl einen Nervenzusammenbruch. Später hörte ich, daß seine Frau ihm davongelaufen wäre.»

«Sie ist zu ihm zurückgekommen.»

«Und der Mann hatte es nicht getan», sagte de Gier.

«Eine unangenehme Sache», sagte Grijpstra.

«Wir haben frei», sagte de Gier und sprang auf, «und wir sitzen hier nur herum. Wir haben keinen Chef und keine Pläne. Komm mit.»

«Wohin? Es regnet.»

«Zu meiner Wohnung», sagte de Gier.

Eine Viertelstunde später waren sie im van Nijenrodeweg, wo de Gier eine Platte auflegte.

«Möchtest du einen Pfannkuchen?»

«Ja», sagte Grijpstra, «aber nimm die Katze mit in die Küche und schließ die Tür, ich möchte mir in Ruhe die Platte anhören.»

«Komm mit, Olivier», sagte de Gier, «du kannst ihn dir später vornehmen. Laß ihn ruhig der Musik zuhören, dann entspannen sich seine Muskeln, und du kannst gut hineinbeißen.

Pfannkuchen», sagte er eine Viertelstunde danach, «die du so gerne magst. Sechs dicke Pfannkuchen. Drei für dich. Du kannst Honig oder Sirup oder Heidelbeermarmelade dazu haben.»

«Marmelade», sagte Grijpstra, «und den Kaffee kannst du hier absetzen. Sind Zigarren in der Kiste?»

«Bediene dich», sagte de Gier.

«Paß auf die Katze auf, sie schaut mich an.»

Olivier reckte sich und begann seine Krallen an der Seite des Bücherschranks zu schärfen, während er Grijpstra anstarrte.

«Scheißkatze», sagte Grijpstra, «was ist nur mit dir, daß du die Katze behalten willst? Ich würde gern die Ergebnisse deines psychologischen Tests sehen.»

«Ja, nicht wahr?» sagte de Gier. «Und ich war sehr intelligent und überhaupt nicht aggressiv. Geeignet für die Kripo. Und das Tier heißt Olivier, nicht Scheißkatze. Und er schläft in meinem Arm.»

«Bah», sagte Grijpstra. Er aß seine Pfannkuchen, rülpste und zündete seine Zigarre an.

De Gier legte eine andere Platte auf. Gemeinsam lauschten sie der Kirchenmusik, einer Orgel, die Bach spielte. Olivier sprang auf Grijpstras Schoß, schnurrte und schlief ein. De Gier lag auf dem Fußboden, den Kopf auf die Arme gelegt. Die Platte war zu Ende.

«Herrlich», sagte de Gier und öffnete die Augen. Er kraulte Olivier hinter den Ohren. Der Kater erwachte und begann zu schnurren.

«Siehst du?» fragte de Gier.

«Vielleicht.»

«Wäre der Commissaris von Holmans Schuld überzeugt gewesen, dann wäre er nicht nach Curaçao geflogen.»

«Warum nicht?» fragte Grijpstra. «Curaçao ist eine tropische Insel. Der Commissaris hat immer Schmerzen in den Beinen. Rheuma ist bei warmer Witterung weniger schmerzhaft. Jetzt sitzt er noch im Flugzeug, aber bald wird er auf der Terrasse eines Hotels im Liegestuhl liegen. Und neben ihm sitzt ein Inspecteur und erzählt ihm, was man dort über Maria van Buren weiß. Er muß ihre Vergangenheit untersuchen. Wenn man das Opfer kennt, dann kennt man den Mörder. Das war die erste Weisheit, die ich bei der Kripoausbildung gelernt habe.»

«Was kostet ein Flug nach Curaçao und zurück?» fragte de Gier.

«Weiß ich nicht. Vielleicht 1500 Gulden. Der Staat bezahlt, und zwar mit Recht.»

«Wir können den Fall nicht lösen, während der Commissaris in Curaçao ist», sagte de Gier, «das wäre unhöflich. Aber wir können weitermachen.»

«Sie hat den Diplomaten nicht erpreßt», sagte Grijpstra.

«Warum nicht?»

«Der Mann ist nicht einmal verheiratet.»

De Gier setzte sich aufrecht hin. «Du vergißt den Geheimdienst. Der sitzt ebenfalls in dieser Sache drin. Vielleicht hat sie dem Diplomaten Geheimnisse entlockt, der deswegen besorgt war.»

«Ha», sagte Grijpstra, «Geheimnisse! Was für Geheimnisse? Belgien führt keinen Krieg. Die Leute sind wie wir. Ein kleines, vollgefressenes Land, das seine Zeit benutzt, um Dinge herzustellen und zu verkaufen. Mit Gewinn.»

«Genau», sagte de Gier, «Handels- oder Produktionsgeheimnisse. Erfindungen. Geheimnisse, die eine Wirtschaft zerrütten können, wenn sie keine mehr sind. Es gibt Länder –» er sprach leiser – «die nichts schöner finden, als die Wirtschaft anderer Länder zu ruinieren. Vielleicht hat es mit der Europäischen Gemeinschaft zu tun. Diplomaten wissen immer zuviel, und schöne Frauen lauern auf sie, um sie auf ihre Hausboote zu locken. Und dort prahlen die Diplomaten gewaltig, während das Tonbandgerät läuft.»

«Ach, nein», sagte Grijpstra unzufrieden, «nicht unser Diplomat. Das ist ganz und gar kein Prahler. Der Mann verschwendet seine Zeit nicht. Er ging zu ihr, um mit ihr zu schlafen. Er spielte mit ihr oder ließ sie mit sich spielen. Und dann zog er seinen Anzug wieder an, stieg in seinen blanken schwarzen Citroën und fuhr nach Hause.»

«Verdächtigst du den Mann wirklich nicht?»

«Nein», sagte Grijpstra.

«Und den Colonel?»

Grijpstra zögerte.

«Nein?»

«Der Colonel lebt von seiner Frau getrennt. Sie wird sehr wohl verstehen, daß er nicht allein schläft.»

«Gut», sagte de Gier, «deswegen also keine Erpressung. Aber dann wegen Atomwaffen?»

«Ja, aber das ist nicht unsere Angelegenheit. Der Colonel wird jetzt durch die amerikanische Militärpolizei ausgequetscht. Und wir können nichts tun. Sein Alibi ist in Ordnung.»

«Und ein bezahlter Mörder?» fragte de Gier. «Amerikaner erschießen einander für einen Kaugummi. Mir scheint, ein Colonel sollte keine Schwierigkeiten haben, einen Mann in einer Kommandoeinheit oder einen Ranger zu finden oder einen Spezialagenten, oder wie sie ihre Mörder nennen, und ihn mal kurz nach Amsterdam zu schicken.»

«Das meinst du?» fragte Grijpstra freundlich.

«Nein», sagte de Gier.

«Und warum nicht?»

«Weil der Commissaris es nicht glaubt. Er hat den Colonel verhört.»

«Tja», sagte Grijpstra, «sehr gut ist dieses Argument natürlich nicht, aber ich bin deiner Meinung.»

«Nun», sagte de Gier, «dann bleibt nur noch unser Freund übrig.»

«IJsbrand Drachtsma» sagte Grijpstra, dem die beiden Worte wie Steine aus dem Mund fielen.

«Er hat ein Alibi.»

«Und er ist auch sehr reich», sagte Grijpstra.

«Sollte er die deutschen Geschäftsleute bestochen haben?»

Grijpstra schüttelte den Kopf. «Nein. Wenn die drei Herren sagen, sie seien an dem Abend bei Drachtsma zu Hause auf Schiermonnikoog gewesen, dann wird es schon so gewesen sein. Ich dachte an etwas anderes. Schiermonnikoog ist mit dem Festland durch eine Fähre verbunden, die zweimal täglich verkehrt. Aber er kann ein anderes Verkehrsmittel benutzt haben.»

«Ein Motorboot und ein Auto?»

«Nein, das hätte zu lange gedauert.»

«Was denn? Ein Flugzeug? Ein Hubschrauber?»

«Sein Flugzeug stand in Hilversum, das haben wir überprüft.»

«Ein Charterflugzeug, das am Strand starten kann?»

«Ja, das dachte ich», sagte Grijpstra. «Aber es ist unwahrscheinlich. In den Niederlanden wohnen 13 Millionen Menschen, und einer von ihnen hätte es gesehen.»

«Schade», sagte de Gier, «Drachtsma kann ich nämlich nicht ausstehen. Der Diplomat war ein kalter Frosch, aber ich mochte ihn dennoch. Und mit dem Colonel würde ich auch auskommen, aber Drachtsma macht mich schaudern.»

«Wirklich?»

«Ja. Der Kerl ist 1943 nach England entkommen, als die Deutschen jeden Zentimeter Strand beobachteten. Mit einem Ruderboot, dessen Außenbordmotor nach kurzer Zeit streikte. Kannst du dir das vorstellen? Vor sich zwanzig oder dreißig Stunden und hinter sich am Strand tausend stechende Blicke. Deutsche Augen, die unter dem Rand des Stahlhelms hervorspähen. Und überall Maschinengewehre und Kanonen sowie Jagdflugzeuge in der Luft, und man sitzt da und bastelt an einem nicht funktionierenden Motor herum, während die Gefährten rudern und vor Nervosität die Riemen ins Wasser fallen lassen.»

«Ich würde es lustig finden», sagte Grijpstra.

«Vielleicht. Ich hätte dabei gern mitgemacht, aber ich war damals noch ein kleiner Junge. Wo warst du?»

«Auf einem Bauernhof untergetaucht. Ich habe damals versucht, ein altes Motorrad zu reparieren, ein Wrack, das im Speicher stand. Ich habe vierhundert Abende daran gearbeitet, aber als der Krieg vorbei war, lief es noch immer nicht.»

«Wird dir von Drachtsma nicht speiübel?» fragte de Gier.

«Warum? Ich habe nichts zu verlieren. Aber er irritiert mich. Man hat ihn aufs hohe Pferd gesetzt. Er hat sein Leben lang immer gewonnen und glaubt jetzt, er sei Gott.»

«Hast du denn so viel verloren?»

«Nein», sagte Grijpstra, «oder vielleicht doch. Aber das spielt keine Rolle. Erinnerst du dich, wie er sich uns gegenüber benahm? Das arrogante Lächeln auf seiner reichen Kaufmannsvisage?»

«Er lachte auf uns herab.»

«Natürlich. Es sah zwar ganz freundlich aus, aber wir hätten auf der Stelle verrecken können, wenn es nach ihm gegangen wäre.»

«Aber er hat es nicht getan», sagte de Gier, «weil er nicht dort war. Dieser boshafte Kerl. Ich hatte den jungen Cardozo im Korridor postiert, du weißt schon, den neuen Kripobeamten, der immer die braune Jacke aus imitiertem Pelz trägt, der mit den langen Haaren. Er sieht ein wenig wie ein Musiker aus.»

«Ja?»

«Es ist immer interessant, zu sehen, wie sich ein Verdächtiger nach einem Verhör benimmt. Cardozo ist zusammen mit ihm nach unten gegangen bis zum Beamten vom Dienst, und zwar so, als müsse er ebenfalls in diese Richtung. Der Beamte hat auf den Knopf gedrückt, mit dem sich das Schloß der Eingangstür öffnet. Die Tür geht nach außen auf. Weißt du, wie Drachtsma hinausging?»

«Nein.»

«Er trat mit seinem großen, schwerfälligen Fuß gegen die Tür und ließ einen fahren. Einen knatternden Furz.»

«He», sagte Grijpstra.

«Aber warum mußte Maria van Buren sterben?» fragte de Gier.

«Erpressung», sagte Grijpstra, «was sonst? Drachtsma ist verheiratet. Er hat ein Haus in Schiermonnikoog, eines in Amsterdam, Flugzeug, Yacht, Autos und so weiter. Und natürlich einen Batzen Geld auf der Bank. Und davon wollte Maria etwas haben. Sie wurde ja auch nicht jünger und hat die Sache auf die Spitze getrieben.»

«Dann müssen wir mit Mevrouw Drachtsma reden.»

«Hoho», sagte Grijpstra, «wir müssen überhaupt nicht reden. Wir müssen herumschnüffeln. Und ich möchte mal wieder nach Schiermonnikoog. Ja.»

Er stand auf, vergaß jedoch Olivier, der plötzlich erwachte und seine Krallen in Grijpstras Fleisch schlug. Grijpstra schrie, aber Olivier hielt fest. Grijpstra ging zurück bis an den Bücherschrank. Eine Vase fiel herunter und zerbrach. Olivier bekam einen Wasserspritzer ins Auge, ließ los, rannte geduckt davon und sprang de Gier an. Es dauerte eine Weile, ehe wieder Ruhe herrschte.

«Was für ein Biest», sagte Grijpstra. «Eigentlich sollten alle so eine Katze haben. Hat man ein solches Raubtier in seiner Umgebung, ist man immer auf der Hut. Sprich deswegen mal mit dem Hoofdcommissaris, vielleicht stehen wir mit Katze immer bereit.»

«Vielen Dank. Ich bin froh, daß du Olivier akzeptierst. Schiermonnikoog sagtest du. Wann?»

«Morgen», sagte Grijpstra, «mit der ersten Fähre. Aber wir wollen nichts übereilen. Es ist eine schöne Insel. Ich bin in den Ferien einmal mit meiner Familie dort gewesen. Damals habe ich auch den örtlichen Polizeichef kennengelernt, einen Adjudant, der Vögel gern hat. Wir können als Touristen gehen und uns umsehen. Und warum auch nicht? Der Commissaris stöbert ebenfalls auf einer Insel herum.»

«Gut», sagte de Gier. «Und was wirst du heute nachmittag tun?»

«Ich gehe zum Pistolenschießen in den Keller und dann zur Waffenkammer, wo ich so lange quengeln werde, bis man mir einen Karabiner gibt. Anschließend suche ich jemand, der mir das Messerwerfen beibringt. Und wenn ich etwas mit dem Messer getroffen habe, gehe ich nach Hause.»

«Das wird dann wohl morgen früh sein, wenn sie dein Messer nicht vorher beschlagnahmen.»

Grijpstra nahm das Telefon und wählte eine Nummer. «Die Fähre geht morgen früh um zehn Uhr.»

«Drei Stunden Fahrt», sagte de Gier, «ich werde dich um sieben abholen.»

«Nichts da. Autos dürfen nicht auf die Insel. Wir fahren mit dem Zug, der um sechs geht. Wir treffen uns um zwanzig vor sechs auf dem Bahnhof.»

9

Die KLM-Maschine setzte zur Landung auf den Flughafen Plesman an, als der Commissaris erwachte. Sein kleines, verwelktes Gesicht zeigte einen fast begierigen Ausdruck, und er gestand sich seine Aufregung gutmütig ein. Er hatte immer gern reisen wollen, war aber nie dazu gekommen. Außer an die Südküste von Frankreich, wohin er regelmäßig im Urlaub fuhr. Früher in billige Hotels, später in ein gemietetes Ferienhaus. Sonst kannte er die Welt nur aus Büchern, die er sammelte und auf dem Straßenmarkt im Oudemanhuispoort in der Innenstadt von Amsterdam mit großem Vergnügen kaufte. Gleich nachdem er nach Hause gekommen war und seiner Frau gesagt hatte, daß er am nächsten Morgen fliegen werde, hatte er sich die Bücher über Curaçao noch einmal angesehen. Und während seine Frau nervös Schranktüren öffnete und schloß und das Bett mit Kleidungsstücken bedeckte, suchte er seinen Paß, die Fläschchen und Tuben mit schmerzstillenden Mitteln und blätterte in einem dünnen Gedichtband. Der Dichter hatte auf der Insel gelebt. Er las einige Zeilen laut und wiederholte mehrere Worte. «Cunucu», sagte der Commissaris.

«Ja, Schatz?» fragte seine Frau.

«Cunucu, das ist die Landschaft von Curaçao.»

«Landschaft?»

«Die Felder», sagte der Commissaris, «auf denen nichts wächst. Hier und dort gibt es Kakteen und vielleicht einige Ziegen, denke ich. Früher waren dort Wälder und Indianer.»

«Ah», sagte seine Frau, die ein Oberhemd zusammenlegte. «Wie viele Krawatten willst du mitnehmen?»

«Zwei genügen. Ich frage mich, wer die Wälder gefällt hat. Ich hoffe, es waren die Spanier. Die hatten die Insel vor uns. Wußtest du das?»

«Indianer?» fragte seine Frau.

«Die gibt es nicht mehr.»

«Wohin sind sie gegangen?» fragte seine Frau, die einige Paar Socken in die Ecken des Koffers stopfte.

«Wir werden sie ermordet haben. Oder vielleicht die Spanier.»

«Ah», sagte seine Frau.

«Ein Land der Heuschrecken und Propheten», las der Commissaris aus dem dünnen Büchlein vor. «Was soll das heißen? Es hört sich biblisch an. Hat Curaçao etwas mit der Bibel zu tun?»

Er sah seine Frau an, aber die hörte nicht mehr zu.

Und jetzt lag die Cunucu unter ihm, eine trockene braune Fläche, die sich kilometerweit erstreckte. Er hatte seine Nase an das kleine, runde Fenster gedrückt. Es schien, als seien die Dornensträucher und sanftgrünen Kakteen unordentlich in der Gegend verstreut worden. Eine häßliche Landschaft, aber als er die Küstenlinie sah, änderte er sein Urteil. Das Meer brach sich an rauhen Klippen und warf hohe Gischtwolken rhythmisch über das brüchige Gestein, sonnendurchtränkte, sanftgrüne Vorhänge, durchsichtig und kühl. Sehr schön», dachte der Commissaris und rieb sich die trockenen Hände, das muß ich mir anschauen. Ich miete mir ein Auto und fahre allein hin.

Er sah jetzt auch die Straße, einen schmalen Asphaltstreifen entlang der Küste. Es gab nur wenige Autos. Das Flugzeug hatte die Landebahn schon fast erreicht und war jetzt niedrig genug, um Einzelheiten zu erkennen. Ein alter Neger ritt auf einem Esel. Er sah auch den Flugplatz und eine Reihe alter Maschinen, Bomber eines Typs, den er unmittelbar nach dem Krieg gesehen hatte. Grau mit den Farben Hollands an den Seiten und auf den Tragflächen. Niederländische Bomber auf einer Insel in der Karibik. Er schüttelte den Kopf. Aber er war immer noch aufgeregt. Es würde viel zu sehen geben, viel, an das er später denken könnte, wenn er wieder in seinem Garten in Amsterdam war und mit den Schmerzen in seinen Beinen zu kämpfen hatte. Er merkte, daß seine Beine nicht schmerzten. Er hatte überhaupt keine Schmerzen mehr, sogar das leichte Ziehen in Hüften und Schenkeln, das er in den vergangenen fünf Jahren immer gespürt hatte, war verschwunden. Die Entdeckung erschreckte ihn beinahe. Keine Schmerzen. Er sah sich auf dieser Insel wohnen, in einem kleinen Häuschen oder einer Hütte aus getrocknetem Lehm, von denen er soeben einige auf der Cunucu gesehen hatte. Er würde im Schatten eines Baums auf einem Schemel sitzen, eine Zigarre rauchen und keine Schmerzen haben. Aber dann spürte er das Ziehen wieder und zuckte mit den Achseln.

«Da Silva», sagte der Mann mit dem braungebrannten Gesicht und gab dem Commissaris vorsichtig die Hand. «Ihr Besuch ehrt uns. Es ist schon lange her, seit ich einen niederländischen Polizeibeamten auf der Insel begrüßt habe. Hatten Sie einen guten Flug?»

Der Commissaris lächelte und murmelte einige höfliche Worte.

«Genever?» fragte da Silva. «Oder Rum? Rum ist hier das Getränk.»

«Wird der Rum hier hergestellt?»

«Zwei Daiquiri», sagte da Silva zu dem Neger hinter der Bar. «Nein, hier nicht. Der Rum kommt aus Jamaika in Fässern, Rumpudding. Wir fügen hier nur in einer kleinen Fabrik Wasser hinzu, füllen ihn in Flaschen und kleben Etiketts darauf. Prost!»

Der Commissaris nahm einen Schluck. Lecker, dachte er. Sehr lecker. Kalt. Entspannend. Er schmatzte beifällig. Das Ziehen in seinem Oberschenkel war wieder verschwunden. Er überlegte, ob er da Silva erzählen sollte, daß er jetzt keine Schmerzen in den Beinen hatte. Er empfand plötzlich freundschaftliche Gefühle. Da Silva war ein netter Mann und der schwarze Mann hinter der Bar ebenfalls.

«Da Silva, ist das ein portugiesischer Name?» fragte er.

Da Silva nickte. «Auf der Insel gibt es viele portugiesische Namen und spanische und englische. Aber ich bin Holländer. Ich bin hier geboren, habe aber in den Niederlanden studiert und bin zurückgekommen. Die meisten kommen nicht zurück.»

«Sie mögen Ihre Insel, wie?» fragte der Commissaris.

«Ja, ich habe diese Insel gern. Es ist natürlich nur ein kahler Felsen.»

Der Commissaris nippte an seinem Rum und musterte den großen, gesund aussehenden Mann. Er versuchte, ihn in eine Kategorie einzuordnen, aber keines der Merkmale in seinem Gedächtnis schien zu passen. Anscheinend gehörte er zu einer ganz anderen Art von Menschen, trotz der blauen Augen und des dunkelblonden Haars. Er hatte schon mehr gesunde, kräftige, blauäugige, dunkelblonde Männer gesehen, aber dennoch. Ein Polizist, zweifellos. Das war eindeutig. Er würde da Silva überall als Polizisten eingestuft haben, aber als er versuchte, den Grund dafür zu finden, zögerte er wieder. Er gab es auf. Das hatte Zeit.

«Ein kahler Felsen?» fragte er. «Aber Sie haben Strände und überall das Meer in der Nähe.»

«Das Meer ist da», sagte da Silva. «Es ist immer da und frißt an unserem Fundament. Der Felsen hat die Form eines Pilzes, der auf einem dünnen Stiel steht, und das Meer frißt an dem Stiel. Und eines Tages wird er brechen. Dann gehen wir alle unter mit allem, was wir haben und sind, und das Meer wird sich wieder schließen. Und der Felsen ist kahl. Er trägt einige Hotels und die Ölraffinerie. Die Touristen und Ölleute geben ihr Geld aus, während wir hier herumsitzen, ein Gläschen trinken, ein Spielchen machen und über andere klatschen. Und morgen ist wieder ein Tag.»

Der Commissaris lachte. «Das hört sich gut an.»

Da Silva strahlte, er hielt den Commissaris am Oberarm fest. «Ich dachte, Holländer hielten nichts von Trägheit. Oder vielleicht ist es keine Trägheit, sondern Gelassenheit. Aber davon halten die Holländer auch nichts, oder?»

«Warum nicht?» fragte der Commissaris. «Und Sie sind doch ebenfalls Holländer.»

«Ich bin von dieser Insel, das ist etwas ganz anderes.»

Ein uniformierter Polizist brachte den Koffer des Commissaris, der die blaue Jacke und die blankgeputzten Knöpfe anstarrte.

«Aber das ist ja die gleiche Uniform wie bei uns», sagte er erstaunt, «genau die gleiche. Ich dachte, Sie hätten khakifarbene und Lederriemen quer über die Brust.»

«Ich habe auch eine blaue Uniform zu Hause», sagte da Silva.

«Ich ebenfalls», sagte der Commissaris immer noch erstaunt.

Aber die Landschaft, die er kurz darauf durch das Wagenfenster sah, hatte nichts mit den grünen Weiden Hollands gemein. Die niedrigen, kahlen Hügel verbargen den Horizont, und kleine pechschwarze Jungen hüteten eine Herde Ziegen. «Wir nennen sie hier Cabrieten», sagte da Silva. «Ihre Milch schmeckt gut und der Käse noch besser, wenn man sich erst einmal an den scharfen Geschmack gewöhnt hat. Kuhmilch ist hier unbezahlbar, ein Getränk für den Macamba.»

«Macamba?»

«Ein Macamba ist ein Holländer, der in den Niederlanden geboren ist und unsere Sprache nicht beherrscht. Die Sprache der Insel ist Papiamento, eine Mischung aus Englisch, Französisch und Spanisch und Wörtern der alten Indianersprache und den Sprachen der Negersklaven.»

«Also bin ich ein Macamba», sagte der Commissaris. «Das wußte ich nicht.»

Der Polizist am Steuer lachte. «Das ist kein schönes Wort, Mijnheer.»

«Eine Beleidigung?»

«Ja», sagte da Silva. «Die echten Holländer sind hier nicht populär. Sie verdienen das ganze Geld, das zu verdienen ist.»

«Aber sie werden akzeptiert?»

«Ich bin von der Insel», sagte da Silva, «hier geboren und aufgewachsen. Ernährt mit Cabrietenmilch und Rum. Ich beherrsche die Sprache. Ich verstehe, was in den Menschen vorgeht. Wenn ich das nicht verstehen würde, könnte ich nie einen Verbrecher aufspüren.»

«Macht man es Ihnen schwer?»

«Ach, nein. Es ist nur eine kleine Insel, 140000 Menschen auf 472 Quadratkilometern. Hin und wieder eine Schlägerei und einen Diebstahl. Es geht, aber dennoch ist die Insel gefährlich. Eine Explosion ist immer möglich. Zuviel Armut, zuwenig Sicherheit und ein Gemisch von Rassen. Die Insel war einst das Zentrum des Sklavenhandels. Niemand hat es vergessen.»

«Ah, richtig», sagte der Commissaris. Er fragte sich, wie die Insel ausgesehen hatte, als die erste spanische Galeone in die Karibik gesegelt kam. Ihm fiel die Zeile ein, ‹die Insel war dicht bewaldet›. Und jetzt der kahle Felsen.

Wir sind es, dachte der Commissaris, wir sind der Fluch dieses Planeten. Die Erde wäre immer noch schön, wenn es keine Menschen gäbe.

Der Wagen fuhr in die Stadt hinein. Willemstad. Sie fuhren nach Süden.

Die Stadt sah hübsch aus mit ihren Villen und Gärten. Einige Häuser stammten aus dem 17. Jahrhundert. Er sah die holländischen Giebel, aber die Farben waren anders, rosa, gelb und sogar hellgrün. «Eine schöne Stadt», sagte er, und der Ton seiner Worte klang überzeugt, so daß da Silva das Kompliment annehmen konnte und er den Oberarm des Commissaris wieder anfaßte. Ich bin froh, daß de Gier nicht hier ist, dachte der Commissaris, denn er würde diese Gewohnheit sofort übernehmen. Dagegen ärgerte es ihn überhaupt nicht, daß da Silva ihn anfaßte. Er war immer noch sehr guter Laune.

«Ich bringe Sie in ein Hotel nahe der Polizeiwache. Wir fahren nach Punda auf der anderen Seite des Hafens. Sie können ein Bad nehmen und sich ein wenig ausruhen und vielleicht einen Happen essen. Und wenn Sie wollen, treffe ich Sie heute abend oder morgen früh.»

Der Commissaris öffnete die Tür und schloß sie wieder. Der lächelnde dicke Neger war dazu nicht imstande, denn er trug ein Tablett mit einem großen Glas Orangensaft und einer Kanne Kaffee. Der Commissaris setzte seinen Krakel auf die Rechnung und legte etwas Geld auf das Tablett.

«Mijnheer», sagte der Neger fröhlich und ging.

Jetzt gehörte ihm die Welt wieder ganz allein bis zum nächsten Morgen und seiner Verabredung mit da Silva in der Polizeiwache. Er brauchte an diesem Abend nichts mehr zu tun. Er würde sowieso mindestens einige Tage auf dieser geheimnisvollen Insel bleiben. Dieser Besuch sollte der Höhepunkt all seiner Reisen werden, die er in der Phantasie unternommen hatte, wenn er träumend in seinem Lehnsessel saß, das aufgeschlagene Buch auf dem Schoß. Er dachte daran, daß er jetzt weit entfernt von seiner gewöhnlichen Tätigkeit war, als er einen Blick nach draußen auf die Silhouetten der Reihe ordentlich festgemachter Schoner warf. In dieser anderen Umgebung hier war er wie neugeboren. Gestorben und neugeboren. Oder ging das zu weit? Dennoch, hier war er nicht, was er dort gewesen war. Diese Insel, dieser nackte Felsen, wie da Silva gesagt hatte, dieser vom tropischen Meer umgebene Felsen konnte in keiner Weise verglichen werden mit dem nassen, fruchtbaren Morast, der, bedeckt und beschirmt durch niedrige graue Wolken, ihn ein Leben lang frustriert, aber ihm auch einen sicheren Hort gegeben hatte. Mehr als sechzig Jahre lang, und jetzt auf einmal dieses andere. Er fühlte sich, während er langsam seinen Orangensaft trank, zaghaft glücklich. Er war jetzt vielleicht dem schrecklichen Geheimnis ganz nahe. Er lächelte und rieb sich die Schenkel. Schrecklich, zweifellos. Das Geheimnis des Lebens. Er war ihm schon früher nahe gewesen, in den Spannungen der Kriegsjahre und als sein Kind geboren wurde, wohl auch bei einer schwierigen Verhaftung und bei einem Feuergefecht. Aber noch nie so nahe wie jetzt.

Das Brummen der starken Klimaanlage, die im Zimmer die Temperatur kontrollierte, begann ihn zu irritieren, und er schaltete sie aus. Er öffnete das Fenster. Auf dem Kai fuhr nur noch ein Auto. Er konnte die Stimmen der Seeleute auf den Schonern hören. Hohe Stimmen, die Spanisch sprachen. Sie hatten Streit miteinander.

«La vaina! No joda, hombre! Santa Purisima!»

Flüche, aber sie hatten einen schönen Klang. Die beiden letzten Wörter, beinahe gesungen durch einen sich überschlagenden Bariton, sollten «reine Mutter» heißen. Ein Mann, verwirrt durch den Rum und die Mühen eines langen Tages auf rauher See, ruft die Mutter. Die Mutter aller Menschen. Der Commissaris war seiner Meinung. Die Mutter des Commissaris, die Mutter des Morasts, die Mutter des Felsens. Die heilige Mutter, die den Seemann liebt und auch den niederländischen Polizeibeamten, das alte Wiesel, das geschworen hat, das mordende Kaninchen zu fangen. Denn er würde den Mörder fangen, daran zweifelte er nicht. Maria van Buren, die teure Amsterdamer Hure, die tote Frau, deren Tod er rächen würde. Wenn die Ordnung gestört ist, muß sie wieder hergestellt werden. Wir können keinem das Recht geben, einem Mitbürger ein Messer in den Rücken zu werfen. Er seufzte und rührte den Kaffee um, während er seine Taschen abklopfte, um die Blechdose mit den Zigarren zu finden.

Er schloß das Fenster, schaltete die Klimaanlage wieder ein und ließ Wasser in die Badewanne einlaufen. Wenige Minuten ließ er sich zufrieden vom Wasser einweichen und sog an seiner Zigarre. Und als die Badezeremonie vorüber war und er die Zigarre ausgedrückt hatte, glitt er zwischen die Laken, löschte das Licht und sank in das Nichts, er fiel durch ein Loch in seinem Bewußtsein und hörte auf zu existieren.

Es schien, als wache er im gleichen Augenblick wieder auf, aber es war acht Stunden später. Er rasierte sich und kleidete sich an. Dann ging er die Treppe hinunter in einem neuen Shantunganzug, den er zusammen mit seiner Frau für den nächsten Urlaub in Südfrankreich gekauft hatte, Ferien, die sie schon mehrmals verschieben mußten, weil er immer krank geworden war.

Er frühstückte allein, ein reichliches Mahl, gebratene Eier, Tomaten, Speck und eine dicke Wurst. Er sah auf seine Uhr. Ihm blieben noch einige Stunden, da er sich mit da Silva erst später am Vormittag in der Polizeiwache treffen wollte. Er sah den dicken Kellner, den Ururururenkel eines Sklaven aus Westafrika, in Ketten hergebracht, einen zufriedenen, glücklichen schwarzen Mann, der im Innenhof des Hotels mit einem kleinen Hund spielte und mit ihm in Papiamento sprach. Die Wände des Innenhofs waren mit vielfarbigen Blumen bedeckt, von denen er nur die Bougainvillea kannte, deren sanft violette Blütenblätter mit den grellgelben und funkelnd blauen Blumen kontrastierten.

Er ging über den Kai und betrachtete die Kähne mit ihrer Ladung an Gemüse und Früchten, ausgestellt unter einem provisorischen Dach aus gestreiftem Zelttuch. Ein Indianer rief ihn an und pries die Qualität seines Grünkohls.

«Nein, vielen Dank», sagte der Commissaris auf englisch, « ich wohne im Hotel, wissen Sie. Woher kommen Sie?»

Der Indianer zeigte aufs Meer hinaus. «Kolumbien.»

«Aha», sagte der Commissaris und nickte dem Mann zu, der seine weißen, ebenmäßigen Zähne zeigte. «Sie haben ein schönes Boot.»

«Warten Sie», sagte der Indianer und lief in die Kajüte. Er kam zurück mit einem Päckchen Zigaretten, das er dem Commissaris gab.

«Zigaretten aus meinem Land. Sehr gut. Schwarzer Tabak mit Zucker. Sie werden sie mögen.»

Der Commissaris nahm das Päckchen und drehte es um. Auf der einen Seite war der grobgezeichnete Kopf einer Rothaut mit Federschmuck und

Perlenkette. Er las die Marke: «Pielroja.»

Der Indianer lachte. «Nein, nein. Pi-jel-ro-cha.»

Der Commissaris wiederholte das Wort.

Der Indianer nickte ihm zu. «So ist es richtig.»

«Wieviel kosten sie?»

«Nichts. Ein Geschenk. Für Sie.»

Der Commissaris steckte die Zigaretten in die Tasche, gab dem Indianer die Hand und ging langsam fort. *Santa Purisima*, dachte der Commissaris, heilige reine Mutter, zwei deiner Kinder sind einander begegnet.

Er ging über die Brücke, die beide Teile von Willemstad miteinander verbindet, und sah rechts den Hafen, wo die luxuriösen Passagierschiffe, blendend weiß im Licht der frühen Sonne, die Tanker der Raffinerie und die schmutzigen Trampfahrer festgemacht hatten, sicher wie auf einem Binnensee.

Auf der anderen Seite der Brücke waren Läden, deren Schaufenster er betrachtete. Es war noch nicht neun Uhr, aber die jüdischen Geschäftsleute hatten bereits geöffnet und standen schwitzend hinter ihren Ladentischen. Sie hatten nasse Flecken unter der Achselhöhle. Einige hatten sich an die Eingangstür gestellt und versuchten, etwas von der Kühle einzufangen, die vom Meer kam. Er musterte einen Turm aus Lebensmitteln in Dosen, anscheinend alle aus den USA eingeführt.

«Guten Morgen», sagte der Händler, «was kann ich heute für Sie tun? Ich habe leckere Erdbeeren im eigenen Saft und noch einige Dosen mit holländischer Schlagsahne. Sie sollten sie mitnehmen und Ihrer Frau eine Freude machen.»

«Meine Frau ist in den Niederlanden. Ich bin nur für einige Tage hier.»

«Holland», sagte der Händler, «in Holland kann man frische Erdbeeren kaufen. Ich habe Ihnen die falsche Ware angeboten. Welche Größe hat Ihre Frau? Ich habe hübsche Batikkleider für sie aus Singapur.»

Der Commissaris kaufte ein Batikkleid. Es war teuer, aber der Händler gab ihm zehn Prozent Rabatt, obwohl er nichts zum Preis gesagt hatte.

«Woher kommen Sie?» fragte er den Händler, der mit schwerem Akzent sprach.

«Aus Polen. Ich bin während des Krieges hergekommen.»

«Vor dem Krieg», sagte der Commissaris, «Sie meinen, vor dem Krieg.»

«Nein», sagte der Händler, «im Krieg. Anfang 1941. Ich bin auf einem Schiff gekommen, das eine lange Reise machen mußte, weil niemand uns haben wollte. Wir waren alles Juden, bis auf die Mannschaft. Curaçao hat uns schließlich aufgenommen. Wir konnten nicht mehr weiter, kein Brennstoff, kein Geld. Und keine Lebensmittel.»

Der Commissaris schüttelte den Kopf. «Sind Sie hier glücklich?»

Der Händler packte das Kleid ein, sehr ordentlich und sehr langsam.

Als er fertig war, sah er den Commissaris an. «Ja. Ich bin glücklich. Ich verdiene meinen Lebensunterhalt. Und noch etwas mehr. Und Sie?» fragte der Händler. «Was tun Sie?»

«Ich arbeite für die Regierung», sagte der Commissaris.

«Gut», sagte der Händler. «Es ist immer gut, für die Regierung zu arbeiten. Und Holland hat eine gute Regierung, wie ich oft gehört habe. Das ist doppelt gut. Sie haben viel Glück.»

«Ja», sagte der Commissaris und nahm das Päckchen unter den Arm. «Vielen Dank. Einen guten Tag wünsche ich Ihnen.»

«*Shalom*», sagte der Händler.

«*Shalom* heißt ‹Frieden›, nicht wahr?» fragte der Commissaris.

«Frieden», sagte der Händler. «Friede auf Ihrem Weg.»

Heilige Mutter, sagte der Commissaris zu sich selbst, du darfst es nicht übertreiben. Wenn ich heute noch mehr von deinen Kindern kennenlerne, werde ich weinen.

Er kam an einer Kirche vorbei, blieb stehen, ging zurück und hinein. Ein schwarzer Priester war am Altar beschäftigt. Eine zuckersüße Marienstatue mit einem nichtssagenden Gesicht und einem rosa und hellblauen und zartlila Gipsgewand beherrschte das Innere der Kirche.

«So sehen wir dich, heilige Mutter», sagte der Commissaris und ging wieder hinaus. Er hatte sich drinnen mehr als fünf Minuten im Gang zwischen den Bänken aufgehalten, unbeweglich, die Augen halb geschlossen, den Blick zu Boden gerichtet. Der Priester hatte sich umgedreht und einen alten Mann in einem schlechtsitzenden Shantunganzug mit einem braunen Päckchen unter dem Arm gesehen. Der Priester hatte sich bekreuzigt, denn er erkannte in dem Mann den Glauben, der ihn auch selbst beseelte. Und er war ein guter Priester, der im Augenblick Kopfschmerzen hatte, denn er war am Abend zuvor betrunken gewesen und hatte einen Teil seines Gehalts beim Pokern verloren.

Eine dicke Frau versperrte dem Commissaris den Weg auf der Straße in Otrabanda, dem Stadtteil auf der anderen Seite des Hafens.

«Nummern?» fragte sie und wedelte mit einem kleinen Notizbuch.

«Nein, vielen Dank, Mevrouw», sagte der Commissaris.

«Versuchst du denn nie dein Glück mit Zahlen? Macamba, wenn du nicht wagst, gewinnst du auch nicht. Die Nummern sind heute gut. Du wirst Geld gewinnen und kannst zum Campo gehen und dir eine Frau aussuchen, die vielleicht so schön ist wie ich.»

«Campo?» fragte der Commissaris.

Die Frau lachte tief aus dem Bauch heraus. «Kennst du Campo Allegre nicht, das Lager der *putas*, den Himmel von Curaçao? Wie lange bist du schon hier?»

«Seit gestern», sagte der Commissaris. «Ich bin erst gestern angekommen.»

«Dann hast du noch Zeit genug», sagte die dicke Frau.

Er gab ihr zwei Gulden, und gemeinsam überlegten sie eine Zahl, die sie mit einem Bleistiftstummel in ihr Büchlein schrieb. Er nahm seinen Hut ab, sie kniff ihn in den Oberarm. Die Hand der dicken Frau war muskulös. Er rieb sich den Arm.

Sie tun es alle, dachte er. Sie kneifen mich grün und blau. Langsam schlenderte er zurück, eine Hand auf dem Rücken, das Päckchen unter dem Arm. Er kam zu einem Terrassencafé, ließ sich auf einen Rohrstuhl fallen, bestellte Kaffee und Orangensaft und rieb seine Beine, die nicht schmerzten. Er versuchte, sich die Reaktion seiner Frau vorzustellen, wenn er ihr sagen würde, daß sie umziehen und hier wohnen wollten. Er seufzte, legte Geld auf den Tisch und ging zum Hotel, wo er duschte und das Oberhemd wechselte.

«Guten Morgen», sagte da Silva und berührte den Oberarm des Commissaris mit sanfter Hand, «haben Sie gut geschlafen? Sie sind noch nie in den Tropen gewesen, nicht wahr?»

«Dies ist das erste Mal», sagte der Commissaris, «und ich habe ausgezeichnet geschlafen und einen langen Spaziergang gemacht.»

«Das muß durchaus eine Erfahrung sein», sagte da Silva verträumt, «das erste Kennenlernen der Insel. Was haben Sie gesehen?»

Der Commissaris erzählte seine Abenteuer, da Silva hörte lächelnd zu.

«Sehr gut», sagte da Silva, «und der Indianer hat Ihnen ein Päckchen Zigaretten gegeben? Das ist ja sehr merkwürdig. Die Indianer kommen sonst nur, um uns auszunehmen. Sie verlangen die lächerlichsten Preise für ihr Gemüse, weil sie wissen, daß wir sie sonst nirgendwo kaufen können. Und dann segeln sie wieder heim und lachen uns aus. Und einer von diesen Gaunern hat Ihnen ein Päckchen Zigaretten gegeben. Darf ich es sehen?»

Der Commissaris gab ihm das Päckchen, das da Silva ehrfürchtig auf der Handfläche hielt.

«Pielroja», sagte er, «das sind gute Zigaretten. Ich habe den Händlern hier oft gesagt, sie sollten sich von dieser Marke einen Vorrat anschaffen, aber sie wollen bei dem amerikanischen Tabak bleiben, und das Zeug schmeckt alles gleich.»

«Sie können das Päckchen gern haben», sagte der Commissaris, «ich rauche nur Zigarren.»

«Nein», sagte da Silva und gab das Päckchen zurück, «Sie müssen es mit nach Hause nehmen und Ihren Kollegen zeigen. Ich gehe gelegentlich nach Kolumbien und kaufe mir eine ganze Stange Zigaretten. Aber es ist sehr freundlich von Ihnen. Vielen Dank.

Aber zur Sache», sagte da Silva, «Sie wollten etwas über Maria van Buren wissen, die früher Maria de Sousa hieß und jetzt tot ist.»

«Ja.»

«Ich bin froh, daß Sie gekommen sind», sagte da Silva, «es ist schwierig, mit einem Unbekannten am Telefon zu sprechen. Unsere Insel ist ein Irrgarten, und wie soll man den über einen Hörer aus grauem Plastik erklären?»

«Das ist schwierig», sagte der Commissaris.

«Aber jetzt sind Sie hier, so daß ich Ihr Gesicht sehen kann. Daher ist es jetzt leichter.»

«Erzählen Sie mir bitte, was Sie wissen», sagte der Commissaris.

10

«Ja», sagte Hoofdinspecteur da Silva, «ich werde Ihnen sagen, was ich weiß. Einen Teil davon weiß ich erst seit kurzem und einen anderen schon sehr lange, aber wenn man alles zusammen aufzählt, hat man vielleicht immer noch nichts.»

Dem Commissaris fröstelte. Da Silva war gleich besorgt.

«Sie haben sich doch nicht etwa erkältet? Das kommt durch die verdammte Klimaanlage. Es ist selbstverständlich ganz angenehm, die Temperatur mit einem Knopf zu regeln, aber es ist gleichzeitig auch sehr gefährlich. Dies ist nicht unsere beste Jahreszeit. Wenn man nach draußen kommt, umfängt einen die Hitze wie ein glühendes Handtuch, aber wenn man dann nach drinnen kommt, kühlt man zu schnell ab. Ich werde die Maschine ein wenig zurückdrehen.»

«Nein, nein», sagte der Commissaris, «machen Sie sich keine Mühe. Ich fühle mich sehr gut. Seit langem habe ich mich nicht mehr so gut gefühlt. Wahrscheinlich hat mich nur wegen des plötzlichen Temperaturunterschieds gefröstelt.»

«Gut. Maria de Sousa. Aber es ist kompliziert. Wie kann ich Ihnen die Atmosphäre dieser Insel erklären, der *isla*, wie wir sie auf spanisch nennen. Es wirken so viele Einflüsse aufeinander ein. Das Klima, das geistige Klima ist einmalig. Seltsam einmalig. Unangenehm einmalig vielleicht.» – Er machte eine Pause. Der Commissaris wartete.

«Zunächst einmal kennt hier jeder jeden. Maria kannte ich sogar persönlich. Aber selbst wenn niemand uns miteinander bekannt gemacht hätte, wenn wir nicht dieselben Parties und Strände besucht hätten, würde ich ihren Namen und Vornamen gekannt haben und sie meinen. Hätten Sie meinen Namen in Amsterdam erwähnt, würde sie Ihnen eine lange Geschichte über mich erzählt haben, obwohl sie die Einzelheiten natürlich verzerrt und übertrieben hätte. Wir verdrehen hier alles.»

«Ja», sagte der Commissaris.

«Sie kommt aus guter Familie. Ihr Vater betreibt Geschäfte, anständige Geschäfte. Er ist Eigentümer eines Großhandels hier und schmuggelt, aber der Schmuggel ist hier eine einwandfreie Tätigkeit, solange es nicht um Waffen oder Rauschgift geht. Die Kolumbianer bringen uns Kaffee, für den keine Einfuhrzölle bezahlt werden. Und die Säcke werden hier mit Stempeln versehen. In Curaçao produziert. Das ist natürlich Unsinn, denn wir bauen nichts an. Hier wächst auch außer Dornenbäumen und Kakteen in allen Variationen nichts. Höchstens noch einige Feigen auf einer der verwahrlosten Plantagen. Der Kaffee wird hier nicht teuer verkauft, denn die Konkurrenz auf dem Weltmarkt ist groß. Aber die Geschäftsleute verdienen dennoch, denn sie können billiger einkaufen als zu den Festpreisen, die auf dem Festland verlangt werden. Die Steuern von Kolumbien werden umgangen, aber das ist nicht unsere Angelegenheit. Und unsere Geschäftsleute sind tüchtig. Sie bezahlen nie mit Geld, sondern mit Whisky und Zigaretten, auf denen hier keine Einfuhrzölle liegen. Die Kolumbianer nehmen diese Waren mit und können gut daran verdienen, wenn sie nicht von ihren Zöllnern gefaßt werden.»

«Doppelter Gewinn und keine strafbaren Tatbestände auf Ihrem Gebiet», sagte der Commissaris.

«Genau. Und es gibt Leute, die sehr reich dabei werden.»

«Und hat der alte Herr de Sousa viele Kinder?»

Da Silva lächelte. «Von seiner Frau hat er jedenfalls schon drei.»

«Er hat noch mehr Kinder?»

«Natürlich», sagte da Silva. «Ein reicher Geschäftsmann muß Freundinnen haben. Einige Frauen wohnen in Lehmhütten auf der Cunucu und andere in Luxuswohnungen in Miami.» Da Silva schwieg.

«Ich habe Sie unterbrochen», sagte der Commissaris, «entschuldigen Sie. Erzählen Sie bitte weiter.»

«Mijnheer de Sousas Töchter sind Schönheiten und fanden leicht Ehemänner, die den Beifall des alten Herrn hatten. Als letzte heiratete Maria einen Ingenieur, einen Friesen. Er war ein sehr braver Mann, der hier eine Fabrik aufbaute, sie aber wieder aufgeben mußte. Er konnte keine guten Arbeiter finden. Unsere Leute sind nicht so leistungsfähig, und vielleicht sind Textilien hier schlecht herzustellen. Wir können sie bequem einführen. Die Anteilseigner der Fabrik haben ihn zum Schließen gezwungen. Mijnheer de Sousa war natürlich nicht glücklich darüber, aber er konnte es auch nicht ändern. So gingen Maria und ihr Mann nach Holland. Und dort hat sie sich scheiden lassen und nicht mehr geheiratet. Wir hörten zwar Gerüchte über ihren Lebenswandel, aber das war so weit entfernt und ging uns eigentlich nichts an. Zweimal jährlich kam sie her. Anfangs hat ihr Vater sie vom Flughafen abgeholt. Ihr Vater machte sich Sorgen. Er holte sie ab und brachte sie wieder hin, aber sie sprachen kaum noch miteinander. Später hat er sie nicht mehr abgeholt. Sie sollen Streit miteinander gehabt haben. Angeblich soll er sie *puta* genannt haben, Hure. Sie durfte nicht mehr nach Hause kommen und hat im gleichen Hotel gewohnt, in dem Sie Ihr Zimmer haben.»

Dem Commissaris fröstelte wieder.

Da Silva sprang von seinem Stuhl auf. «Einen Moment», sagte er, «ich hole frischen Tee mit einem Schuß Rum und ein paar Tropfen Zitrone.»

Da Silva verschwand für einige Minuten. Inzwischen bewunderte der Commissaris vom Fenster aus die Aussicht auf den Hafen. Der Polizeiwache direkt gegenüber lag an der anderen Seite des schmalen Kais ein schmutziges altes Dampfboot, das die venezolanische Flagge führte. Ein alter Mann mit gelbem Bart und schmutziger Mütze stand auf der Brücke und schaute nach oben. Als er den Commissaris sah, rief er etwas, schüttelte die Faust und verschwand in der Kajüte. Gleich darauf quoll eine dicke Wolke fettigen Qualms aus dem alten Schornstein. Die Wolke breitete sich langsam aus und verdunkelte da Silvas Büro.

«Hier ist Ihr Tee», sagte da Silva.

«Jemand hat mir mit der Faust gedroht», sagte der Commissaris, «ein alter Mann mit gelbem Bart.»

Da Silva lachte und sah zum Fenster hinaus. «Mein Freund, der alte Faulenzer, hat sicher gedacht, daß ich es bin. Seine Augen sind nicht mehr so gut. Ich habe ihn einmal festgenommen, als er in einer teuren Bar Krach machte. Er hatte seine Besatzung dabei, und der Rausschmeißer wußte sich keinen Rat mehr. Damals hat er es zu schlimm getrieben und auf dem Schädel eines Brigadiers eine Flasche zerschlagen. Er wurde vom Richter für eine Weile eingesperrt. Seitdem macht er seine Schute immer direkt vor unserer Tür fest und versucht uns auszuräuchern. Aber die Klimaanlage wird leicht damit fertig. Er ist ein netter Kerl, wenn er nüchtern ist.»

«Und der schmierige Qualm macht Ihnen nichts aus?»

«Nein», sagte da Silva, «ich lasse ihm sein Vergnügen. Manchmal laufe ich hinunter auf den Kai und schreie ihn ein wenig an, dann ist er restlos glücklich.»

Der Commissaris nahm einen Schluck Tee und lächelte.

«Die Geschichte gefällt Ihnen wohl, wie?» fragte da Silva.

«Ja.»

«Gut. Also Maria ist immer wiedergekommen, obwohl ihr der Vater den Zutritt zu ihrem Elternhaus verboten hatte. Ich konnte die Haltung ihres Vaters verstehen. Wenn die Frauen die Insel verlassen, werden sie frei und geben ein schlechtes Vorbild. Zumindest meinen wir das. Hier ist eine Frau entweder reizend und anständig oder eine Hure. Die Mutter ist heilig und der Vater tut, was er will. Maria hatte ihren guten Namen bereits verloren, als sie sich scheiden ließ. Und es war ganz mit ihr aus, als sie nicht wieder heiratete. Warum wollte sie nicht heiraten, eine schöne Frau, die studiert hatte?»

«Ja», sagte der Commissaris.

«Ich dachte, sie hätte hier einen Liebhaber gefunden, aber anscheinend nicht. Ich habe im Hotel nachfragen lassen, aber sie schlief allein. Das Hotel hätte sie wahrscheinlich auf die Straße gesetzt, wenn sie dort einen

Freund empfangen hätte. Unsere wichtigen Gäste wohnen alle dort.»

«Vielen Dank», sagte der Commissaris.

Da Silva lachte. «Wie schmeckt der Tee?»

«Ausgezeichnet.»

«Noch eine Tasse?»

«Ja, bitte.»

Der Commissaris nahm die Gelegenheit wahr, um wieder aus dem Fenster zu schauen. Der Kapitän mit dem gelben Bart stand immer noch auf der Brücke. Der Commissaris winkte. Der Kapitän verschwand in der Kajüte, und der Commissaris erwartete eine neue Ladung Ruß, aber gleich darauf war der Alte wieder da, ein altes Fernglas in der Hand. Die beiden runden Glasaugen starrten, der Commissaris wartete. Der Kapitän nahm das Fernglas von den Augen und winkte mit einer etwas zitternden Hand. Sie ballte sich gleich wieder zur Faust.

«Er hat mich gesehen», sagte da Silva, der sich neben den Commissaris gestellt hatte. «Wir wollen ihn lieber in Ruhe lassen, sonst bekommt er noch einen Herzanfall oder das Delirium. Voriges Jahr kam er unten in die Wache gerannt und war ganz außer Fassung. Er behauptete, alle Krebse der Insel verfolgten ihn. Sie sähen ihn mit ihren Stielaugen an und wollten ihn mit ihren großen, gemeinen Scheren in die Beine beißen.»

«Armer Kerl», sagte der Commissaris, nahm da Silva die Tasse Tee ab und setzte sich.

«Ach, das geht schon. Er ist damit alt geworden und hat ein schönes Leben in der Karibik gehabt. Er will nicht zugeben, daß er alt ist, deshalb färbt er sich den Bart. Ich habe ihn gern und werde ihn vermissen, wenn seine Zeit gekommen ist. Maria kannte ihn auch. Ich habe sie einmal miteinander reden sehen. Er wird ihr vermutlich eine Vergnügungsfahrt angeboten haben, aber ich glaube nicht, daß sie seine Schute jemals betreten hat. Der Kapitän hat eine seltsame Besatzung, denn ein normaler Mensch würde es bei ihm nicht aushalten.»

«Maria hatte also keinen Liebhaber», sagte der Commissaris.

«Hier nicht. Als ich erfahren habe, daß Sie kommen, habe ich meine Kriminalbeamten noch einmal zu Nachforschungen losgeschickt. Die haben ihre Verbindungen aufgenommen. Wir haben auf der Insel ein ausgesuchtes Häufchen von Spitzeln, und was die nicht wissen, das weiß niemand. Die Informationen, die ich erhielt, sind schlüssig. Maria hatte zwei Triebfedern, die sie immer wieder zurückbrachten. Heimweh und ihre Beziehung zu Shon Wancho.»

«Aha», sagte der Commissaris.

«Nein, nicht, was Sie denken. Shon Wancho ist alt, mindestens siebzig Jahre alt, und er ist schwarz. Maria ist auch nicht ganz weiß, aber das ist keiner hier. Ich übrigens auch nicht.»

«Sie?» fragte der Commissaris.

«Ich weiß zwar, daß ich weiß aussehe, aber mein Haar ist ein wenig zu sehr gekräuselt. Meine Schwester ist viel dunkler als ich. Es hängt alles von den Mendelschen Gesetzen ab und wohin die Chromosomen gehen. Maria ist wiederum ein wenig dunkler als ihre Schwestern. Und Shon Wancho, der bestes weißes Blut in sich haben soll, ist pechschwarz. Er ist ein wichtiger Mann, eine örtliche Berühmtheit, der allgemein gefürchtet und geachtet wird. Darum wird er auch nicht Wancho oder Jantje genannt, sondern *Shon* Wancho. Shon ist eine Art Titel wie Don im Spanischen.»

«Ein Zauberer», sagte der Commissaris zögernd.

Da Silva schlug donnernd auf die Schreibtischplatte. «Das haben Sie bereits gewußt?»

Der Commissaris antwortete nicht, sondern holte aus seiner Innentasche etwas, das in Seidenpapier eingewickelt war. Er öffnete das Päckchen vorsichtig und legte den Inhalt auf da Silvas Schreibtisch. «Wissen Sie, was das ist?»

Da Silva setzte seine Brille auf. Er musterte die Alraunen. «Nein, noch nie gesehen. Wurzeln, das erkenne ich, und sie sehen bösartig aus. Wie ist das möglich? Sie sehen aus wie Männchen, wie menschliche Wesen. Der winzige Zweig ist wie ein Penis, die Beine sind perfekt ausgebildet, sie haben Kopf und Arme. Und schauen Sie mal die behaarten Körper, sogar auf dem Kopf haben sie Haare, und die dunklen Flecken sind Augen. Männchen. Ekelhafte Männchen.» Er bekreuzigte sich.

«Ja», sagte der Commissaris, «sie machen auch mir Angst. Wir haben sie auf Maria van Burens Hausboot gefunden. Sie hatte außerdem allerlei Kräuter und Hexenpflanzen. Sie standen zwischen Geranien und Begonien in Töpfen auf der Fensterbank. Dies sind Alraunen, die Wurzeln der Mandragorapflanze, einem Botaniker in Amsterdam zufolge so etwas wie das stärkste böse Kraut, das die Welt kennt.»

«Sie haben sie also der Hexerei verdächtigt?»

«Das ist kein Verbrechen», sagte der Commissaris, «und da es kein strafbarer Tatbestand ist, kann ich sie auch nicht verdächtigen. Die Schwarze Magie wird immer noch ausgeübt, wir begegnen ihr hin und wieder. Puppen, in die man Nadeln gesteckt hat, Menschen, die abgeschnittene Fingernägel und Haare anderer Leute aufbewahren. Vielleicht ist es hier häufiger, aber ich habe das Gefühl, daß die Schwarze Magie auch in Europa an Einfluß gewinnt. Die Hippies sind davon fasziniert, und Rauschgift kommt ebenfalls dabei vor.»

«Mandragorawurzeln», sagte da Silva nachdenklich, «ich hatte noch nie von der Mandragora gehört.»

Der Commissaris erzählte, was er über die Pflanze erfahren hatte. Da Silva hörte zu.

«Abscheulich. Und Sie hatten recht, als Sie sagten, daß Shon Wancho ein Zauberer ist. Er wohnt allein in einer Hütte im Norden der Insel in der

Nähe von Westpoint. Er kommt fast nie mehr in die Stadt. Die Leute, die etwas von ihm wollen, gehen zu ihm.»

«Kennen Sie ihn?» fragte der Commissaris.

«Ja. Zwar nicht gut, aber ich bin ihm einmal begegnet. Vor einiger Zeit haben wir im Norden eine Leiche gefunden, und ich bin damals zu seiner Hütte gegangen. Er wußte nichts. Später stellten wir fest, daß es eine Schlägerei unter Betrunkenen gegeben hatte. Der Täter gestand sofort.»

«Und haben Sie sich damals eine Meinung über Shon Wancho gebildet?»

Da Silva rieb sich das Kinn. «Ich mochte ihn. Ja. Er hat einen prächtigen Kopf, ein sehr ruhiges und friedvolles Gesicht. Um Ihnen die Wahrheit zu sagen, ich war tief von ihm beeindruckt und habe seitdem oft an ihn gedacht.»

«Sie glauben nicht, daß er ein schlechter Mensch ist?»

«Nein, nein, ganz und gar nicht. Ich glaube eher, daß er ein guter Mensch ist, einer, der sich selbst kennt und darum auch andere kennt. Ich glaube, Sokrates hat das gesagt, die größte Leistung ist die Selbsterkenntnis. Ich bin überzeugt, daß Shon Wancho ein weiser Mann ist.»

«Und Maria hat ihn regelmäßig besucht?»

«Ja, das behaupten die Spitzel. Jedesmal, wenn sie hier war, mietete sie sich einen Wagen und besuchte ihn täglich. Sie verließ das Hotel nach dem Frühstück und kam vor Einbruch der Dunkelheit zurück. Aber ich weiß nicht, was sie bei ihm gemacht hat. Das wird Ihnen nur Shon Wancho sagen können. Seine Hütte liegt direkt an der Küste und hinter Felsen verborgen. Die Leute hier sind abergläubisch und würden nicht wagen, den alten Mann heimlich zu beobachten.»

«Hm, hm», sagte der Commissaris, «ich werde ihm einen Besuch abstatten müssen.»

«Vielleicht sollten Sie das tun.»

«Und ich werde auch ihren Vater aufsuchen müssen. Ich nehme an, er weiß, wie seine Tochter ums Leben gekommen ist?»

«Wir haben es ihm gesagt», sagte de Silva.

«Tja.»

«Er war etwas verwirrt, obwohl er versuchte, sich zu beherrschen. Ich habe es ihm selbst gesagt.»

«Ich werde mir ein Auto mieten müssen.»

«Nein», sagte da Silva, «Sie bekommen einen Polizeiwagen mit Fahrer.»

Der Commissaris schüttelte den Kopf. «Vielen Dank, aber ich brauche nur eine Karte von der Insel. Es ist vielleicht besser, wenn ich die Untersuchung allein vornehme.»

«Wie Sie wollen», sagte da Silva, «aber uns stehen auch Zivilwagen zur Verfügung. Ich werde Ihnen einen guten aussuchen.»

11

Als Grijpstra seinen Kollegen de Gier im Hauptbahnhof erblickte, eingemummelt in einen dicken dunkelblauen Dufflecoat, geschmückt mit Fernglastasche an einem breiten Riemen, hatte er sich beherrschen müssen, um nicht laut herauszulachen. Aber jetzt beneidete er den Brigadier, der an der Reling der Fähre stand, warm und vergnügt in seinen vielen Textilien, während er selbst den Wind durch den dünnen Regenmantel spürte und seinen Hut festhalten mußte, der immer wegzuwehen drohte.

«Wie schön», sagte de Gier, der auf die See geschaut hatte. Die Wellen waren kurz und kräftig und grau. Sie reflektierten die schweren Wolken, die niedrig über ihnen hingen.

«Was?» fragte Grijpstra.

«Die See», sagte de Gier, «und die Luft und die Insel dort.»

Schiermonnikoog zeigte sich als dunkelgrüne Linie am Horizont. Der bewachsene Deich, ein von Menschen gebauter schützender Wall, der die fetten Weiden des Südteils der Insel verteidigt, unterbrach die scheinbar endlose Fläche des seichten Wattenmeeres, die um sie herum ausgebreitet war. Möwen segelten über und unmittelbar hinter dem Schiff und hielten sich mühelos durch kleine Schläge ihrer ausgebreiteten Flügel im Gleichgewicht.

«Es ist kalt», sagte Grijpstra. «In der Stadt ist der Frühling wärmer.»

«Aber wir sind nicht in der Stadt, sondern hier. Schau mal die Vögel. Und wir werden noch viel mehr sehen, denn die Insel ist ein Vogelparadies.»

«Ja», sagte Grijpstra, «das weiß ich. Ich bin früher schon mal dort gewesen, aber damals war es viel wärmer, ich glaube, es war Ende Juli. Ich habe dort mit den Kindern gezeltet.»

Seine Stimme klang schwermütig. De Gier wandte den Blick vom Meer ab. «Hast du es nicht hübsch gefunden?»

«Die Kinder fanden es hübsch.»

«Hast *du* es hübsch gefunden?»

«Nein.»

«Warum nicht?»

«Es war zu voll. Es gab dort so viele Zelte und Strandhäuschen und Menschen, die Karren zogen und Fahrräder schoben, daß ich glaubte, die Insel würde versinken. Alles war gedrängt voll. Man mußte eine halbe Stunde warten, ehe man im Restaurant einen Platz bekam. Und Sand, überall Sand. Und dabei stürmte es auch noch, so daß wir beinahe unser Zelt verloren hätten. Die Halteschnüre rissen, und es versuchte, aufs Meer hinauszufliegen. Und der Sand wehte mir in die Nase, ich mußte immerzu darin herumbohren.»

«Jetzt ist es viel besser. Die Ferien haben noch nicht begonnen.»

Grijpstra schaute mißtrauisch zu der größer werdenden Insel hinüber.

Es hatte angefangen zu regnen.

«Du siehst nicht aus wie ein Vogelliebhaber», sagte de Gier, «sondern wie ein Kriminalbeamter. Hast du keine Mütze im Koffer? Niemand trägt hier einen Hut.»

«Nein», sagte Grijpstra mit einem schuldbewußten Gesicht, «aber ich werde den Hut gleich in den Koffer stecken, wenn er mir nicht vorher davonweht. Und vielleicht kann man dort so einen Mantel kaufen wie deinen.»

«Ah, jetzt ist der Mantel auf einmal gut? Ich dachte, du hättest ihn ein wenig lächerlich gefunden.»

«Ich habe nichts davon gesagt», sagte Grijpstra.

«Nein, aber so ein Gesicht hast du gemacht. Ich kenne das.»

«Ich hatte vergessen, daß wir Vogelliebhaber sind.»

«Macht nichts», sagte de Gier. «Weißt du eigentlich etwas über Vögel?»

«Möwen.»

«Das ist jedenfalls schon etwas. Kennst du noch mehr Vögel?»

«Schwäne.»

«Die wird es hier nicht geben.»

«Spatzen», sagte Grijpstra ungeduldig. «Was soll das überhaupt? Wenn hier Leute sind, die etwas über Vögel wissen, werden sie es uns erzählen. Wir brauchen dann nur zu sagen, daß sie recht haben. Weißt du denn so viel über Vögel?»

«Ja, sicher», sagte de Gier, «ich habe sogar ein Buch über Vögel, das ich mir gestern abend noch angesehen habe. Austernfischer mit roten Schnäbeln, zwei Arten von Bläßhühnern, die eine mit einem weißen und die andere mit einem roten Fleck, und Stockenten und ...»

«Ja», sagte Grijpstra, er schrie es fast.

«Was ‹ja›?»

«Ich weiß. Versuche nicht, mich zu beeindrucken. Ich weiß genau, was Stockenten sind. Das sind die gewöhnlichen dicken Amsterdamer Enten, die man auf jeder Gracht sieht. Jeden Tag seh' ich davon hundert oder zweihundert oder dreihundert oder ...» Seine Stimme wurde immer lauter.

«Schon gut», sagte de Gier, «du weißt also, was eine Stockente ist, aber weißt du auch, was ein Kormoran ist?»

«Das interessiert mich kein bißchen», sagte Grijpstra und nieste.

«Warte», sagte de Gier und ging in den großen Passagierraum. Er kaufte zwei Pappbecher Kaffee mit Sahne und vier in Plastik verpackte fette Würstchen.

«Hier ist Kaffee. Der wird dich aufmuntern. Paß auf, er ist heiß. Du hast nicht gefrühstückt. Du hättest im Zug etwas trinken und essen sollen. Ich habe nicht daran gedacht.»

Grijpstra sah auf den Kaffee, der langsam im Pappbecher rotierte. Auf der Oberfläche der Flüssigkeit bewegten sich kleine Bläschen in unregelmäßigen Kreisen.

De Gier hatte seinen Kaffee bereits getrunken und zog ein Würstchen aus der Manteltasche. «Gute Würstchen. Ich habe auch zwei für dich, aber trink zuerst deinen Kaffee.»

Er zog die Plastikhaut von der Rolle fetten Fleisches.

Grijpstra sah das Würstchen an, warf den Becher mit Kaffee über Bord und beugte sich über die Reling. Der Wind griff nach dem Hut. De Gier betrachtete traurig sein Würstchen. Er öffnete die Hand, das Würstchen fiel ins Wasser und versank. Er sah, wie Grijpstras Hut von schaumgekrönten Wellen mitgenommen wurde.

«Da verschwindet dein Hut», sagte de Gier, «und du hast auf mein Würstchen gekotzt.»

Grijpstra mußte wieder würgen. De Gier ging zur anderen Seite des Schiffs und aß die drei restlichen Würstchen. Das Schiff näherte sich dem Hafen von Schiermonnikoog. Er ging in den Raum und holte Grijpstras Koffer und seine eigene Reisetasche. Sie trafen sich auf dem Fallreep.

«Geht es wieder?»

Grijpstra nickte und setzte den rechten Fuß auf den festen Boden der Insel.

«Es ist wieder einmal gut abgelaufen», sagte de Gier.

Grijpstra drehte sich um und nahm drohend seinen rechten Arm an den Körper. Seine große Hand hatte sich zur Faust geballt, die Augen waren zu lauernden Schlitzen zusammengekniffen.

«Tut mir leid», sagte de Gier, «ich habe die Würstchen nicht gekauft, damit dir übel wird. Ich dachte wirklich, daß du etwas essen mußt.»

«Mir war nicht übel, ich fühle mich ein wenig schlecht.»

«Ihm war nicht übel», sagte de Gier zu einem Mann, der neben ihm stand, «er mußte sich nur ein wenig übergeben.»

«Das kann jedem passieren», sagte der Mann, «aber es wird immer Witzbolde geben, die sich darüber lustig machen. Je elender sich ein anderer fühlt, desto glücklicher sind sie.»

«Ein Freund», sagte de Gier, «Grijpstra, du hast einen Freund.»

Sie sprachen nicht mehr miteinander, bis der Bus sie in der Stadt abgesetzt und der Fahrer ihnen ein Hotel gezeigt hatte.

Sie nahmen ein Doppelzimmer. Grijpstra öffnete gleich seinen Koffer und begann darin zu wühlen. Er zog eine dicke Kordhose, einen groben Pullover und Armeestiefel mit ledernen Schnürriemen an.

«So», sagte Grijpstra.

«Prächtig. Aber jetzt brauchst du noch einen Mantel.»

«Du solltest mir einen kaufen.»

«Und wenn ich einen anbringe, den du nicht haben willst?»

«Nein», sagte Grijpstra, «du hast einen guten Geschmack. Und meine Größe kennst du auch. Ich gehe jetzt nach unten und spiele Billard und rufe den Adjudant der Rijkspolitie an. Wenn er kommt, wird er eine Partie mitspielen, und dann können wir Pläne machen. Heute nachmittag werden wir uns ein wenig umsehen. Ich will mir IJsbrand Drachtsmas Haus ansehen. Später können wir uns dann zu erkennen geben. Vielleicht wird er verwirrt, wenn er merkt, daß wir die Ermittlungen auf die Insel verlegt haben.»

«In Ordnung», sagte de Gier und ging hinunter auf die Straße. Er fand drei Bekleidungsgeschäfte, aber keines hatte einen Dufflecoat vorrätig. Schließlich kaufte er eine gelbe Segeltuchjacke, eine dazu passende übergroße Hose und einen Südwester. Der Ladeninhaber versprach, die Sachen umzutauschen, falls der Kunde nicht zufrieden sei. Er fand Grijpstra in der Gaststube des Hotels, einem niedrigen, verräucherten Raum. Grijpstra stand am Billardtisch und sprach mit einem kleinen, breitschultrigen Mann, der einen blauen Anzug mit blankgewetzten Ellbogen, ein weißes Hemd und eine Krawatte trug.

«Adjudant Buisman», sagte der Mann, «ich freue mich, dich kennenzulernen, Brigadier. Ich habe schon viele Geschichten über dich gehört, als Grijpstra hier auf Urlaub war.»

«Was für Geschichten?»

«Gute Geschichten», sagte Grijpstra. «Du kannst mitspielen, wenn du versprichst, den Filz nicht zu durchbohren und die Queuespitze einzukreiden, bevor du einen Stoß machst.»

«Gut», sagte de Gier, «bin ich schon dran?»

«Ja.»

De Gier betrachtete die Position der Kugeln. «Welche Kugel?»

«Die dir am nächsten ist.»

Die andere weiße Kugel lag dicht bei der roten, so daß er kaum vorbeistoßen konnte. De Gier spürte, daß die anderen hofften, er werde den Stoß verpatzen, und betrachtete die Kugeln, während er sein Queue einkreidete.

«Komm schon», sagte Buisman.

De Gier stieß und traf mit seiner Kugel die rote an der Seite und die weiße in der Mitte. Er hatte zuviel Kraft in den Stoß gelegt, aber er hatte einen Punkt gemacht.

Buisman sah Grijpstra an.

«Gut», sagte Grijpstra, «aber den nächsten schaffst du nicht.»

Die Kugeln lagen weit auseinander, de Gier kreidete seine Queuespitze ein. Er mußte jetzt über Bande spielen und erinnerte sich dabei an das, was er auf der Polizeischule gelernt hatte. Einer seiner Freunde dort wollte mit ihm immer nur dann ein Bier trinken, wenn die Runde vorher ausgespielt wurde. Er hatte de Gier immer gezwungen, sein Bestes zu geben, denn er war arm damals, während sein Freund immer einen

Zuschuß von zu Hause erhielt.

Er stieß und machte noch einen Punkt. Buisman stampfte mit dem Queue auf den Fußboden und bestellte drei Klare.

De Gier machte noch einen dritten und vierten Punkt. Grijpstra begann zu schwitzen.

«Ihr seid dran», sagte de Gier, als die nächste Kugel nicht traf.

«Gar nicht schlecht», sagte Grijpstra. «Ich dachte, du magst Billard nicht und hast an deinem Judo genug.»

«Ach», sagte de Gier bescheiden, «das ist nur eine Frage der Konzentration, weißt du.» Aber das hätte er nicht sagen sollen, denn danach gelangen ihm nur noch die ganz leichten Stöße, so daß Grijpstra ihm mitleidig auf die Schulter klopfen konnte. «Das Glück des Anfängers, mein Freund.»

Adjudant Buisman nahm ihn in Schutz. «Ach, nein. Der Brigadier hat bestimmt Talent. Er muß nur etwas üben. Wie lange wollt ihr übrigens bleiben?»

«Nicht lange», sagte Grijpstra und erklärte, warum sie gekommen waren.

«IJsbrand Drachtsma», sagte der Adjudant leise. «Nun, das hätte ich nicht gedacht. Ich kenne ihn ziemlich gut, wißt ihr. Er hat mich gelegentlich auf seine Yacht mitgenommen, und hier haben wir auch schon Billard miteinander gespielt. Ab und zu ist er auch mit mir auf dem Polizeiboot mitgefahren. Er ist auf dieser Insel ein großer Mann und könnte Bürgermeister werden, wenn er wollte, aber er hat andere Dinge im Kopf. Und jetzt meint ihr, er hätte etwas mit dieser toten Dame zu tun?»

«Sie war seine Freundin», sagte de Gier.

«Ja, ja», sagte der Adjudant, «wenn er hinter den Frauen her war, dann natürlich dort, wo es nicht schadete. Amsterdam ist eine andere Welt. Hier geht er nur spazieren, oder er sitzt mit seiner Frau am offenen Kamin. Seine Frau strickt viel. Sie hat mir einen schönen Schal gestrickt. Er hat eine sehr schöne Villa. Ich bin vor kurzem noch dort gewesen.» Er machte einen Punkt, nachdem er die Kugel über zwei Banden gespielt hatte. «Aber er hat ein Alibi, sagt ihr?»

«Ja», sagte Grijpstra.

«Und warum regt ihr euch dann so auf?»

Grijpstra erzählte ihm von seinen Vermutungen.

Der Adjudant lehnte seinen Queue an den Billardtisch. «Aber das ist doch zu dumm. Ihr habt keinen einzigen Beweis. Ein bezahlter Killer! Glaubt ihr wirklich, unser IJsbrand hätte einen Schuft gefunden, der für eine Handvoll Banknoten eine schöne Frau kaltmacht, indem er ihr ein Messer in den Rücken wirft?»

«Es könnte sein», sagte de Gier.

«Könnte, könnte . . . alles kann sein. Nun, ja. Ihr seid von der Kripo und müßt wissen, was ihr zu tun habt. Ich habe davon keine Ahnung. Ich bin nur ein einfacher uniformierter Polizist und habe mit Toten noch nicht viel zu tun gehabt. Nicht einmal mit den vielen Touristen. Jedes Jahr kommen mehr und rennen über die Insel wie Ratten über eine Leiche. Wenn wir nicht aufpassen, nehmen sie in ihren Schuhen eines Tages den ganzen Sand mit. Aber ein Verbrechen hat es noch nicht gegeben. Sie lümmeln nur etwas herum. Es sind einfach Verrückte. Und bei Vollmond sind sie überhaupt nicht zu halten. Wir organisieren natürlich allerlei Spielchen und Wanderungen und Wettkämpfe für sie. Man muß sie beschäftigen, wißt ihr.»

De Gier grinste.

«Ja, du findest es komisch, aber dies ist einmal eine herrlich stille Insel gewesen, eine schöne Insel mit Seehunden und Vögeln. Wir haben immer noch Vögel hier, aber nur, weil wir kilometerlange Hecken gepflanzt und einige hundert Verbotstafeln aufgestellt haben. Die Menschen meinen es nicht böse und gehorchen, wenn man ihnen genau sagt, was sie dürfen und was nicht, aber wenn man nicht darauf achtet, gehen sie dennoch weiter, zertreten das letzte Ei und reißen die letzte Blume ab und sind dann eines Tages sprachlos vor Erstaunen, wenn sie auf einer kahlen Fläche stehen.»

«Ja», sagte de Gier, «in Amsterdam haben wir sie auch jeden Sommer.»

«Dort können sie nichts anrichten, es ist schwierig, die Gebäude auseinanderzurücken. Habt ihr noch mehr Verdächtige? Wirklich Verdächtige, meine ich, solche ohne Alibi.»

«Die haben wir auch», sagte Grijpstra und berichtete dem Adjudant von dem Nachbarn Bart, dem Mann mit der roten Weste und dem Diplomaten. Der Adjudant schüttelte weiter den Kopf.

«Ja, ja», sagte er schließlich, «vielleicht ist etwas dran. Unser IJsbrand ist ein Kraftprotz und nicht der Mann, der sich gern in die Quere kommen läßt. Ein Kriegsheld und großer Geschäftsmann und so weiter, aber hier ist er nicht so. Er stammt von dieser Insel, wie sein Vater, und fühlt sich hier zu Hause. Er ist an jedem Wochenende und Feiertag hier, und im Urlaub segelt er auf dem Wattenmeer, weil die Insel dann zu voll ist. Oder er sitzt in seiner Villa, deren Garten von einer hohen Mauer umgeben ist.»

«Vielleicht ist sein Alibi nicht hundertprozentig», sagte de Gier, «denn nur zwei deutsche Geschäftsleute haben gesagt, er sei hier gewesen, als Maria van Buren ermordet wurde.»

«Der Krieg ist vorbei», sagte der Adjudant.

«Ja.»

«Man kann den Deutschen wieder trauen.»

«Ja.»

«Wann ist diese Dame gestorben?»

«Vor acht Tagen.»

«Heute ist Sonntag», sagte der Adjudant, «also ist IJsbrand zu Hause. Am vergangenen Wochenende war er ebenfalls hier. Das weiß ich sicher, denn ich habe ihn nachmittags im Dorf gesehen, nachmittags, als das Fährboot bereits abgefahren war. Wir haben uns noch kurz miteinander unterhalten. Das war Samstagnachmittag, also konnte er abends nicht in Amsterdam sein. Wir haben hier keinen Flugplatz.»

«Und seine Yacht?» fragte Grijpstra. «Es soll ein schnelles Boot mit einem starken Motor sein, und wenn er erst am Festland ist, kann er innerhalb von eineinhalb Stunden in Amsterdam sein, vielleicht noch schneller, wenn er Vollgas fährt.»

«Ja», sagte der Adjudant, «aber das Boot lag hier. Ich weiß es zwar nicht ganz sicher, aber mein Kollege wird es bestätigen können. Er ist an dem Abend noch mit dem Polizeiboot rausgefahren, wie meistens am Samstagabend, nur so zum Spaß. Aber IJsbrand könnte ein anderes Boot benutzt haben. Boote gibt es hier genug. Jedem würde es eine Ehre sein, IJsbrand sein Boot zu leihen.»

«Vielleicht hat er gar nicht um ein Boot gebeten», sagte de Gier. «Die meisten sind nicht abgeschlossen, und IJsbrand ist geschickt genug.»

Der Adjudant überlegte. «Vielleicht, aber die deutschen Geschäftsleute sagten, er habe an dem Abend zu Hause mit ihnen getrunken und Musik gehört, jedenfalls habt ihr das gesagt. Und euer Commissaris wird das alles genau überprüft haben.»

«Ja», sagte Grijpstra.

Adjudant Buisman bestellte noch eine Runde. Sie tranken und schmatzten und sahen einander an.

«Nehmen wir an, er hat die Sache durch einen anderen erledigen lassen, wie wollt ihr das dann beweisen?»

«Dann müssen wir den anderen noch finden», sagte Grijpstra, «aber vielleicht finden wir ihn hier auf der Insel, beispielsweise einen alten Freund von IJsbrand, jemand, der eine Menge Geld gebrauchen konnte, oder jemand, der IJsbrand bewundert.»

«Wartet mal», sagte Buisman, «das Messer. Ihr habt gesagt, das Messer sei geworfen worden, ein Soldatenmesser. Ich könnte mich erkundigen, ob auf der Insel jemand ist, der mit Messern werfen kann. So aus dem Kopf wüßte ich keinen. Die Aufseher, die für den Naturschutz verantwortlich sind, haben alle feststehende Messer, und die Bootsbesitzer, also fast jeder hier, haben ebenfalls Messer. Vielleicht finde ich auch noch jemand, der damit werfen kann.»

«Du könntest es versuchen», sagte Grijpstra, «dir fällt es leichter als uns. Wir sind Fremde, aber dir vertraut man. Und ich gebe zu, daß keine wirkliche Spur zu dieser Insel führt, aber wir hatten nichts anderes zu tun. Wenn der Commissaris aus Curaçao zurückkommt, wird er uns gleich Nachricht geben, so schnell wie der Blitz wieder nach Amsterdam zu kommen. Aber wir wollen die uns zur Verfügung stehende Zeit so gut wie möglich nutzen.»

«Richtig», sagte der Adjudant, «das hört sich besser an. Ihr könnt einen schönen Urlaub machen. Ich werde nach dem Messerwerfer suchen, ihr könnt euch ein wenig umsehen und ausruhen. Ihr habt vorhin über Vögel gesprochen. Jetzt ist die beste Zeit, sie zu beobachten. Wißt ihr was? Geht heute abend früh in die Klappe, dann hole ich euch morgen früh ab. Die Vögel paaren sich jetzt, und ich kann euch herrliche Anblicke zeigen, etwas, das ihr in der Stadt nie zu sehen bekommt. Was haltet ihr davon?»

Buismans Gesicht strahlte vor Zufriedenheit. Grijpstra brachte es nicht übers Herz, sich zu weigern, aber er versuchte es dennoch.

«Unser Kollege hier ist ein großer Vogelliebhaber. Er hat mir vorhin auf der Fähre eine ganze Menge darüber erzählt. Und er kennt viele Vögel. Ihr könnt ja zusammen gehen, dann sehe ich euch später beim Frühstück. Ich bin etwas erkältet, wißt ihr.» Er begann zu husten.

«Nein», sagte de Gier, «du gehst auch mit. Dann kannst du mal Enten sehen, die es in Amsterdam nicht gibt, alle möglichen Arten.»

«Ja», sagte Buisman, der seine Jacke anzog, «komm nur mit. Du wirst es nicht bereuen. Und wenn du früh zu Bett gehst und ein Aspirin nimmst, ist deine Erkältung auch weg. Und ich glaube, ich kann dir Vögel zeigen, von denen du nicht einmal wußtest, daß es sie gibt.»

«Wann wirst du uns holen kommen?» fragte Grijpstra schwermütig.

«Früh», sagte Buisman, «sonst habt ihr nichts davon. Um halb vier werde ich vor der Tür auf euch warten. Zieht euch warm an. Habt ihr ein Fernglas?»

De Gier nickte.

«Du, Grijpstra?»

«Nein, ich habe keines.»

«Macht nichts. Ich werde dir eines von der Polizei leihen. Das sind zwar schwere Gläser, aber sehr scharfe. Wenn du nur vorsichtig damit umgehst, denn sie kosten ein Vermögen. Also, bis morgen.»

«Verrecke», sagte Grijpstra, nachdem der Adjudant die Tür hinter sich geschlossen hatte, «und verrecke noch einmal. Warum mußtest du mich dabei haben? Genügt es nicht, daß du mich auf dem Schiff mit deinen dreckigen Affenpimmelwürstchen zum Kotzen gebracht hast? Muß ich jetzt auch noch mitten in der Nacht durch den Schlamm waten, um zu sehen, wie Vogelpaare einander bespringen? Ein Scherz ist gut, aber dies geht wirklich zu weit. Manchmal übertreibst du es, weißt du das?»

Er hatte ein feuerrotes Gesicht und schlug so hart auf den Tisch, daß der Wirt hinter der Theke erschrocken aufblickte.

«Meinst du, ich finde das lustig?» fragte de Gier, dessen Gesicht ebenfalls rot geworden war. «Und wer hat dem Adjudant erzählt, ich wäre verrückt auf Vögel? Du weißt genau, daß ich dich auf dem Boot nur aufgezogen habe. Dachtest du, ich wüßte etwas über Bläßhühner und Kormorane und was weiß ich für Vögel? Das waren nur einige Namen, die mir gerade einfielen. Wir brauchen den Adjudant noch. Und wir können ihn nicht verärgern, indem wir seine gutgemeinte Einladung abschlagen. Ich mag auch keinen Genever mitten am Tag, aber ich habe mitgetrunken, um ihn nicht vor den Kopf zu stoßen. Und ich würde es verfluchen, wenn ich im Schlamm herumstampfe und du hier angenehm schnarchst und herumstinkst.»

Grijpstra fing an zu lachen, und de Gier, der zuerst versucht hatte, ein böses Gesicht zu machen, lachte mit. Nach wenigen Augenblicken liefen ihm Tränen über das Gesicht, und kreischend vor Vergnügen bestellten sie noch mehr Genever und klopften sich gegenseitig hilflos auf den Rücken.

«Halb vier Uhr morgens», sagte de Gier.

«Und zu keinem jemals ein Wort davon.»

«Versprochen», sagte de Gier.

Sie gaben einander die Hand und gingen ins Speisezimmer zu einem späten Lunch.

An diesem Abend schliefen sie um neun Uhr, erschöpft vom Billard und vom Trinken.

12

«Verzeihung», sagte eine gepflegte und melodiöse Stimme, «hätten Sie etwas dagegen, wenn ich mich für einen Augenblick an Ihren Tisch setze?»

Der Commissaris sah von seinem Teller mit gebratenen Nudeln und Garnelen auf. Er hatte gegessen und gleichzeitig eine Karte von der Insel studiert. Die Karte hatte er zwischen Tellerrand und eine halbvolle Bierflasche geklemmt. Die Störung kam ihm ungelegen, nachdem er da Silvas Einladung zu einem Lunch im Pflanzerclub ausgeschlagen hatte. Er war eine Weile herumgelaufen und hatte dieses preiswerte chinesische Restaurant gefunden, wo er mindestens zehn Minuten lang die Speisekarte studiert und dann gebratene Nudeln bestellt hatte, denn die bestellte er immer in chinesischen Restaurants. Die Garnelen hatte er genommen, weil der Kellner sie speziell empfohlen hatte. Und jetzt war jemand anders da, der geduldig neben seinem Stuhl stand und etwas von ihm wollte.

«Nein», sagte der Commissaris, «nehmen Sie Platz.» Er gab dem Mann die Hand.

«Van der Linden», sagte der sauber gekleidete Herr. «Ich habe Sie gestern auf dem Flugplatz gesehen, als Hoofdinspecteur da Silva Sie abholte, und gestern abend in der Halle Ihres Hotels noch einmal, und jetzt begegne ich Ihnen das dritte Mal. In Curaçao läuft man sich nicht dreimal innerhalb von zwei Tagen über den Weg, ohne einander beim Namen zu nennen. Deshalb habe ich mir die Freiheit genommen, Sie kennenzulernen.»

Der Commissaris lächelte und sah den alten Herrn an. Mijnheer van der Linden mußte bestimmt 70 Jahre alt sein, aber seine Augen glänzten lebendig in einem Gesicht, das wie mit gelblichweißem Leder überzogen zu sein schien.

«Ich bin Tourist», sagte der Commissaris. «Ich nehme an, Sie haben schon Tausende und aber Tausende Touristen auf Ihrer Insel gesehen, ohne sie nach ihrem Namen gefragt zu haben.»

Mijnheer van der Lindens Augen zwinkerten, seine pomadisierten Schnurrbartenden zitterten. «Nein, Mijnheer, verzeihen Sie, daß ich Ihnen widerspreche, aber Sie sind kein Tourist.»

«Nein?» fragte der Commissaris.

«Nein. Ein Tourist verfolgt kein bestimmtes Ziel. Er streift nur umher und betrachtet die Schaufenster. Er trägt ein geblümtes oder gestreiftes Hemd und hat eine laute Stimme. Er muß Lärm machen, weil er sonst seine Identität verliert.»

«Aha.»

«Ein Tourist trägt keinen Shantunganzug, komplett mit Weste. Ihre Weste ist mir vor allem aufgefallen, wissen Sie. Es muß schon Jahre her sein, seit ich jemand mit Weste gesehen habe.»

Der Commissaris sah hinunter auf seine Weste. «Tja, die Weste gehörte zum Anzug», sagte er, als müsse er sich entschuldigen, «und sie ist kühl, weil sie nicht gefüttert ist, wie Sie sehen. Und ich trage immer eine Weste. In der linken Tasche habe ich mein Feuerzeug und in der rechten meine Uhr. Es ist eine Frage der Gewohnheit, denke ich.»

Mijnheer van der Linden brach in lautes Lachen aus. «Sie brauchen mir nichts zu erklären, sondern ich sollte Ihnen erklären, warum ich Sie belästige. Ich bin Anwalt, wissen Sie, und habe hier viele Jahre praktiziert, so lange, daß ich mich nicht mehr daran erinnern kann, wie lange es war. Als ich dann damit aufhören mußte, bin ich hier geblieben. Ich habe mich an Curaçao gewöhnt. Sie sind Polizeibeamter, nicht wahr?»

«Ja.»

«Ich habe erwartet, daß ein holländischer Polizeibeamter kommt. Wenn jemand von uns bei Ihnen drüben in Schwierigkeiten gerät, dann liegen deren Wurzeln gewöhnlich hier auf dieser Insel.»

«Haben Sie eine Idee, die uns nützen könnte?» fragte der Commissaris und bot eine Zigarre aus seiner Blechdose an.

«Nein, vielen Dank. Ich darf nicht mehr rauchen. Es ist schade genug. Wir haben hier immer die großen kubanischen Zigarren vorrätig, und wenn man die abends in meinem Garten unter dem großen Tamarindenbaum raucht, kann man auf tiefe Gedanken kommen. Konnte man auf tiefe Gedanken kommen, muß ich jetzt sagen. Ja, vielleicht habe ich eine Idee. Haben Sie festgestellt, womit Maria sich bei Ihnen in Amsterdam beschäftigt hat? Amsterdam klingt für mich jetzt schon exotisch. Seltsam, nicht wahr? Denn ich bin echter Niederländer, dort geboren.»

«Ein Macamba», sagte der Commissaris.

«Wie ich sehe, haben Sie hier bereits etwas gelernt. Maria war ein mutiges Mädchen. Sie hatte Ideen, vielleicht sogar Ideale. Die meisten Mädchen hier haben keine. Sie wollen nur heiraten und Kinder kriegen. Maria glaubte nicht daran. Vielleicht ist es gut, daß sie eine Seltenheit war, denn wenn man hier ihren Lebensstil übernähme, würde alles aufhören.»

«Keine Menschen mehr», sagte der Commissaris, «vielleicht das schönste Ideal, an das der Mensch denken kann.» Er stieß einen Rauchring aus.

«Ja, wirklich. Eine interessante Theorie. Bleiben Sie noch für eine Weile hier?»

«Nein, nicht lange.»

«Schade. Ich habe noch eine Flasche guten Cognac, die wir unter meinem Baum leeren und dabei überlegen könnten, wie eine Welt ohne Menschen sein würde. Ein sehr schöner Gedanke. Wir könnten uns dann nicht beklagen, daß wir nicht existieren.»

«Maria war die Freundin von mindestens drei reichen Männern», sagte der Commissaris.

«Ja. Meine Konzentration hat sich verschlechtert. Eine Alterserscheinung, sagt mein Arzt. Aber Maria war keine Hure. Ich habe sie als Kind gekannt und glaube, daß sie den Geist einer Entdeckungsreisenden hatte. Sie vermutete, daß die Welt ein Geheimnis ist und wollte darin eindringen. Und natürlich mochte sie Männer – wie alle schönen Frauen. Männer bestätigen ihnen, daß sie schön sind. Maria hat damit experimentiert, Menschen zu manipulieren, was gelegentlich glückt, aber man kann auch gegen Kräfte auflaufen, die stärker sind, als man selbst ist.»

«Und eine dieser Kräfte hat sie getötet.»

«Das wäre möglich», sagte van der Linden, «aber es könnte auch sein, daß sich jemand über ihre Lebensweise geärgert hat.»

«Es gibt Hinweise, daß sie sich um Hexerei bemüht hat.»

«Hexerei», sagte van der Linden und lachte.

«Sie glauben nicht daran?»

«Aber natürlich glaube ich daran. Ich lebe schon lange und habe den größten Teil meines Lebens auf dieser Insel oder ähnlichen Inseln verbracht. Es gibt Schwarze Magie, davon bin ich überzeugt. Es ist eine Menge Hokuspokus dabei, aber das ist bei der Reklame auch so. Und niemand wird leugnen, daß die Reklame Auswirkungen auf die Menschheit hat. Aber Schwarze Magie ist Quatsch, genau wie Reklame.»

«Magie ist Quatsch?» fragte der Commissaris.

«*Schwarze* Magie ist Quatsch. Sie ist nicht echt. Schwarze Magie ist eine Perversion der echten, und alle Perversionen sind Quatsch. Anderen Schmerzen oder Schaden zuzufügen ist eine kindliche Beschäftigung.»

«Und Sie glauben, daß Maria sich mit Schwarzer Magie befaßt hat?»

Van der Linden spreizte seine Hände auf den Knien und betrachtete sie eine Weile. Zuerst die eine, dann die andere. «Ja», sagte er schließlich.

«Und Sie meinen, daß sie dadurch ums Leben gekommen ist?»

Der Commissaris mußte wieder auf eine Antwort warten.

«Ja», sagte Mijnheer van der Linden.

Das Auto rüttelte auf einer schlechten Wegstrecke, wobei der Commissaris den Faden seiner Gedanken verlor. Er hatte das Modell seiner Theorie so verändert, daß Mijnheer van der Lindens Beobachtungen dazu paßten. Und jetzt fiel ihm ein, daß da Silva ihm geraten hatte, dem Wald von Curaçao besondere Aufmerksamkeit zu schenken. Der Wald sei zweihundert Meter lang. An der Stelle führe die Straße steil nach unten und dann wieder steil nach oben. An der tiefsten Stelle solle er anhalten und aussteigen. Da Silva hatte ihm empfohlen, mindestens fünf Minuten im Wald zu verbringen und zu versuchen, die alte Atmosphäre der Insel einzufangen. Vielleicht werde es ihm gelingen, aufs neue zu spüren, wie die Insel zu Beginn des 15. Jahrhunderts gewesen sein mußte, als die Indianerstämme noch auf Curaçao wohnten, fischten und jagten und zu Fremden gastfreundlich waren und große Hütten bauten, die in die Landschaft paßten, und nach einer Religion lebten, die auf Magie beruhte.

Der Commissaris fand die beschriebene Stelle. Er parkte den Wagen im Schatten eines großen Dornenbaums und stellte den Motor ab. Er setzte sich auf einen Felsen, sah sich ein wenig um und schloß die Augen.

«Das Echte», sagte er laut, «nicht die Perversion. Schmerzen zufügen und Macht ausüben, das ist die Perversion. Also muß das Echte das Gegenteil davon sein: heilen und wiederherstellen und befreien. Sich und andere befreien.»

Er versuchte, nicht an die Bäume und Sträucher in seiner Nähe zu denken, sondern ihre Anwesenheit zu spüren, aber sein Geist wollte sich nicht beruhigen. Er steckte sich eine Zigarre an und stieg wieder in den Wagen.

Er fuhr entlang der Küste und hörte das Meer, dessen Wellen sich an den Klippen brachen. Der Wald war in die Cunucu übergegangen, die ausgetrocknete Steppe, in der die Dornensträucher die Kahlheit nur unterstrichen. Gelegentlich überholte ihn ein Auto, oder ihm kam eines entgegen, aber sonst rührte sich nichts, bis auf die Cabrietziegen, die trockene Pflanzen an den Wurzeln abrissen. Plötzlich mußte er scharf bremsen, denn quer über die Straße glitt eine große Eidechse, die ihn aus ihren Reptilienaugen unter den schweren Lidern gereizt ansah.

Er mußte jetzt in der Nähe des kleinen Hauses von Shon Wancho sein. Er hielt an, als er seitlich der Straße zwischen dürren Bäumen eine Hütte sah. Die schwarze Frau, die auf sein Rufen hin herangeschlurft kam, erklärte ihm den Weg in einem langsamen reinen Niederländisch. Er bedankte sich und nahm seinen Hut ab. Ihr Lächeln war eine Mischung aus Freundlichkeit und Erstaunen.

Die Straße führte nicht zu dem Häuschen, so daß er noch fast einen Kilometer einem schmalen Weg folgen mußte, bis er den Felsen erreichte. Als er endlich den langen und dünnen schwarzen Mann gefunden hatte, fühlte er sich heiß und erschöpft, der Anzug klebte ihm am Leib.

«Guten Tag, Shon Wancho», sagte der Commissaris und nahm den Hut ab.

Als er später versuchte, sich an die einzelnen Geschehnisse bei dieser Begegnung zu erinnern, wollte nichts zueinander passen. Er versuchte es noch oft, aber vergebens.

Die größte Schwierigkeit dabei war, daß kein wirkliches Gespräch stattgefunden hatte. Shon Wancho hatte nicht eine einzige Frage beantwortet. Und nach einigem fruchtlosen Gestammel hatte der Commissaris keine Fragen mehr gestellt. Eine unwirkliche, beinahe gruselige Erfahrung. Als Kriminalbeamter hatte er gelernt, Situationen zu schaffen. Die Gegenpartei, ob Verdächtiger oder Zeuge, saß immer am kürzeren Ende. Es war ihm immer gelungen, das Opfer zu fangen, indem er dessen Angst oder Gefühl der Wichtigkeit oder dessen Eifersucht ausnutzte. Er hatte seinen Opfern abwechselnd geschmeichelt und gedroht. Und dann redeten sie. Immer. Er hatte sie ruhig, höflich und freundlich mit einer Frage hier und einer Bemerkung da in die Ecke getrieben. Sie hatten Angst gehabt, Angst vor dem Gefängnis oder vor dem Verlust ihres guten Rufs. Sie hatten anderen schaden wollen. Sie waren besorgt.

Aber Shon Wancho war überhaupt nicht besorgt. Als der Commissaris ihn fand, war der alte Mann in seinem Garten beschäftigt. Er hatte die Ranke einer Kletterpflanze in der Hand, eine Ranke mit graugrünen Blättern und zartgelben Blüten. Sie hatte sich losgerissen und erhielt jetzt einen neuen Halt. Der Garten umgab ein kleines Haus, das aus zwei Zimmern und einer überdeckten Veranda bestand. Das Dach wurde von Balken gestützt, die aussahen, als seien sie am Strand gefunden worden, gebleicht durch hundert Jahre grellen Sonnenlichts. Shon Wancho war seinem Gast entgegengegangen und hatte den Commissaris behandelt, als sei dieser ein müdes kleines Kind, das zu lange in der Sonne gespielt hatte. Er wurde zu einer Stelle geführt, wo er Gesicht und Hände in kühles Wasser tauchen konnte. Er bekam ein Glas Fruchtsaft und wurde an der Hand zu einem Schaukelstuhl geleitet, der im Schatten der Veranda stand, von wo aus er die Blumen im Garten sehen konnte. Er brauchte nicht zu erklären, warum er gekommen war. Der Commissaris hatte es versucht, aber die Sätze waren unvollendet geblieben. Die ruhigen, halbgeschlossenen Augen des schlanken, eleganten Mannes zeigten einen freundlichen Mangel an Interesse am Gestammel eines verwirrten Geistes. Er gab nicht nur keine Antwort, sondern er nahm die Fragen des Commissaris nicht einmal zur Kenntnis. Er lehnte sich nur an einen der gebleichten Pfähle der Veranda. Der Commissaris wurde ärgerlich und wiederholte sich, wobei die Wörter durcheinanderpurzelten. Er hatte das Gefühl, als müsse er einen nicht vorhandenen Gegenstand wegschieben, aber gleichzeitig spürte er eine Übereinstimmung in seinem Verstand, daß der ihm gegenüberstehende Neger recht hatte. Es war nichts geschehen. Warum machte sich der Polizeibeamte also eigentlich Sorgen? Die Ruhe seines Gastgebers begann ihn zu durchdringen. Er sah jetzt auch Shon Wanchos Gesicht, den kleinen Spitzbart, das hohe Jochbein, die dicken, geschwungenen Lippen, die den breiten Mund einrahmten, die kleine Hakennase. Ein nobles Gesicht. Das Gesicht eines Häuptlings, eines Edelmannes.

Dieser Mann braucht nichts, sagte er zu sich, wobei ihn ein beifälliges Beben durchfuhr.

Nein, kein Häuptling, dachte er jetzt. Ein Häuptling braucht seinen Stamm. Und ein Edelmann legt Wert auf seinen Titel.

Seine Bemühungen, den Mann einzuordnen, schlugen fehl. Und plötzlich spürte er, daß es ihm auch einerlei war. Die Ruhe Shon Wanchos war zu stark; der Commissaris ergab sich ihr. Shon Wancho sah den Commissaris nicht mehr an. Er hatte sich auf einen niedrigen Hocker in die Nähe des Schaukelstuhls gesetzt. Er hielt sich aufrecht und schaute vor sich hin, auf den Garten und das Meer.

Zusammen erlebten sie den tropischen Sonnenuntergang, die plötzliche Explosion der Farben, die zerbarsten und ineinander übergingen. Und dieses Zusammenspiel verwischte die letzten Gedanken des Commissaris, es ging nichts in ihm mehr vor, während er weder wach war noch schlief.

Nach einer Weile stand er auf, fand seinen Hut und setzte ihn auf. Bevor er ging, berührte Shon Wancho ihn noch kurz mit den Fingerspitzen der rechten Hand am Oberarm und lächelte.

Und was hast du nun eigentlich herausgefunden? fragte sich der Commissaris immer wieder, als er nach Willemstad zurückfuhr. Was hast du nun herausgefunden?

Er hatte noch einen Besuch zu machen. Er parkte den Wagen bei einer Telefonzelle und wählte die Nummer Mijnheer de Sousas.

Mijnheer de Sousa war selbst am Apparat.

«Ja, Commissaris», sagte Mijnheer de Sousa, «Hoofdinspecteur da Silva hat mir gesagt, daß Sie anrufen würden.»

«Ich würde Sie gern aufsuchen», sagte der Commissaris.

«Morgen?»

«Nein, morgen fliege ich bereits zurück. Leider habe ich nur wenig Zeit zur Verfügung. Wenn es Ihnen recht ist, würde ich gern sofort kommen. Ich habe auf der Karte nachgesehen und glaube, daß ich innerhalb weniger Minuten bei Ihnen sein kann.»

«Sie sind willkommen», sagte Mijnheer de Sousa und legte den Hörer auf.

Er fand das Haus, eine palastartige Villa. Sie stand auf einem Hügel und hatte eine mit Palmen gesäumte Auffahrt. Mijnheer de Sousa wartete vor dem Haus auf ihn, öffnete ihm die Autotür und ging ihm voraus zur Eingangstür.

Das Haus strahlte Reichtum aus. Der Korridor war breit und hatte eine hohe Stuckdecke. Überall waren Zierpflanzen, Statuen und Porträts in Öl von Männern, wahrscheinlich Plantagenbesitzer, die in Reithosen gekleidet waren und Reitgerten in der Hand hielten, sowie von Damen mit turmhohen Frisuren und Kleidern aus steifer Spitze. Während sie den Korridor entlanggingen auf dem Weg zum Arbeitszimmer Mijnheer de Sousas, schlurfte ein Diener hinterher, der ein mit Flaschen und Gläsern beladenes silbernes Tablett trug. Nachdem sie zehn Minuten mit Höflichkeiten überbrückt hatten, konnte der Commissaris den Namen Maria erwähnen.

«Ja», sagte Mijnheer de Sousa, wobei seine Hängewangen bebten, «meine Tochter. Sie ist tot.»

Der Commissaris war nicht imstande, noch Fragen zu stellen. Er wartete.

«Ich habe sie verstoßen», sagte Mijnheer de Sousa und trocknete sein glänzendes Gesicht mit einem großen Taschentuch, in das seine Initialen gestickt waren, «meine eigene Tochter, das intelligenteste, das schönste meiner Kinder. Ich wollte sie in meinem Haus nicht mehr sehen. Ich war gegen sie. Ich *mußte* gegen sie sein. Verstehen Sie das, Commissaris der Polizei? Verstehen Sie das?»

Der Commissaris trank einen Schluck von seinem Whisky. Etwas von der Stille Shon Wanchos war immer noch in ihm und teilte sich dem dicken reichen Mann mit, denn Mijnheer de Sousa wurde ruhiger.

«Vielleicht verstehen Sie es. Vielleicht haben Sie selbst Kinder. Aber Europa ist anders. Ich bin in Europa gewesen, oft. Ich bin ein reicher Mann und mache große Geschäfte, nicht nur hier auf der Insel, sondern ich habe meine Interessen in der ganzen Welt. Ich kenne die schönen Frauen in Europa und habe ihnen Geld gezahlt. Und sie haben mir Erfahrungen gegeben, die ich nie vergessen werde. Ich bin diesen Frauen viel schuldig, aber meine eigene Tochter war eine von ihnen geworden, und das konnte ich nicht ertragen.»

Mijnheer de Sousa füllte das Glas des Commissaris und beschäftigte sich mit den Eiswürfeln, dem Wasser und dem silbernen Rührstab.

«Aber ich war ihr Vater und hätte es vielleicht akzeptieren müssen. Als Kind kam sie immer zu mir und sprach mit mir, wir waren viel zusammen. Sie war ein kluges Kind, ich habe von ihr gelernt, wenn wir auf der Insel spazierengingen. Ich habe sie zu den anderen Inseln mitgenommen, zu den niederländischen und englischen und zu einigen französischen. Sie hatte das Blut von Schwarzen in sich und war tief an ihrer Schwärze interessiert. Ich habe ihr Haiti gezeigt, denn das ist eine schwarze Insel. Ich hatte immer gedacht, ein Kind lernt von seinem Vater, aber ich habe von Maria gelernt. Sie hatte eine sanfte und tiefe Stimme, und wenn sie etwas sagte, hörte ich ihr zu.

Und jetzt ist sie tot», sagte Mijnheer de Sousa, nachdem er lange in sein Glas geschaut und mit dem Rührstab an die Eiswürfel geklopft hatte. «Und Sie wollen wissen, wer ihr das Messer in den Rücken geworfen hat, aber ich weiß es nicht.»

Der Commissaris ging zum Hotel zurück und nahm ein Bad. Er trank seinen Kaffee und seinen Orangensaft und rauchte eine Zigarre, und das warme Wasser weichte den Schmutz und Schweiß von ihm ab. Er zog einen sauberen Anzug an, verließ das Hotel und spazierte an den Schiffen entlang, die am Kai festgemacht waren. Der Kahn des Indianers, der ihm die Zigaretten gegeben hatte, war verschwunden. Er blieb stehen, um den alten Trampdampfer zu bewundern.

«Was lauerst du da herum?» brüllte eine Stimme von der Brücke.

«Hallo», rief der Commissaris.

«Du bist es», schrie der Kapitän mit dem gelben Bart. «Du! Komm herauf!»

Der Commissaris ging vorsichtig über das Fallreep, um seinen Anzug nicht zu beschmutzen. Der Kapitän kam ihm auf dem unteren Deck entgegen.

«Komm, trink ein Glas Rum mit mir, Polizist», sagte der Kapitän und streckte die Hand aus.

Der Commissaris zögerte, die Hand zu berühren, aber sie war sauber, so sauber wie der ganze Kapitän, der ihn jetzt aus seinem Bart angrinste und dabei sein lückenhaftes Gebiß zeigte.

«Ich hab dich heute morgen am Fenster von da Silvas Büro gesehen», sagte der Kapitän und gackerte vor Vergnügen. «Der Bulle tut, als mache es ihm nichts aus, daß ich sein Gebäude regelmäßig vollpuste, aber vor kurzem hatte ich ihn soweit. Er stand hier wie ein dummer Junge auf dem Kai und schrie mich an. Die Polizeiwache wird immer häßlicher, aber er kann nichts dagegen unternehmen, sondern nur ein bißchen husten. Ich breche kein einziges Gesetz. Ich muß nur die alte Maschine in Gang halten.»

Sie waren in der Kabine des Kapitäns angekommen. Ein kleiner, buckliger Mann in einer weißen, zerrissenen Jacke hatte eine flache grüne Rumflasche mit Gläsern und einen zerbeulten kleinen silbernen Eimer mit Eis gebracht.

«Hübscher Eimer», sagte der Kapitän, «in Barranquilla aus einem Nachtclub geklaut. Aber als ich auf der nächsten Reise wieder hinkam, mußte ich doch noch bezahlen. Die Landhaie gewinnen auf die Dauer immer.» Er schenkte ein Glas halb voll Rum und füllte es mit Eis auf.

«Vielen Dank», sagte der Commissaris.

«Carta Blanca», sagte der Kapitän, «der beste Rum auf der Insel. Weißt du, warum?»

«Nein.»

«Wegen des Etiketts auf der Flasche.»

Der Kapitän drehte die Flasche um und zeigte dem Commissaris eine schöne schwarze Frau, die einen prächtig geformten Busen hatte. Sie beugte sich vor, um einen Brief zu betrachten, der ihr offenbar soeben gebracht worden war und sie in einen Zustand der Erregung versetzt hatte.

«Jeder Mann, der diesen Rum trinkt, denkt, daß er diesen Brief geschrieben hat», sagte der Kapitän, «und dann achtet er nicht auf den Geschmack. Aber der Rum ist dennoch nicht schlecht, weißt du.»

Der Commissaris lehnte sich auf seinem Stuhl zurück und nippte an dem Rachenputzer. Er sagte sich, daß er aufpassen müsse, denn von diesem Fusel würde er nicht viel vertragen können.

«Du hast heute Geld gewonnen», sagte der Kapitän, der sein Glas in einem Zug geleert und bereits wieder vollgeschenkt hatte. Er sah den Commissaris scheel an. «Ich habe mit der Frau gesprochen, die dir heute morgen eine Nummer verkauft hat. Du mußt morgen nach Otrabanda gehen und deinen Gewinn abholen. Außerdem gefällst du ihr. Du hast dich heute abgerackert, wie? Einer meiner Männer hat gesehen, wie du mit van der Linden gesprochen hast. Was hältst du von dem alten Geier?»

«Ja», sagte der Commissaris, «ein netter Mann.»

«Er ist nicht schlecht. Er hat mal einen Fall für mich gewonnen und auch einen verloren, aber das war meine eigene Schuld. Er hatte mich gewarnt, aber damals war ich noch jung und wollte recht haben. Damals glaubte ich noch an Recht und Unrecht.»

«Jetzt nicht mehr?»

«Hihi.» Der Kapitän setzte sich vorsichtig auf einen wackelig aussehenden Rohrstuhl. «Ich muß aufpassen. Der Stuhl wird alt, genauso wie das Schiff. Eines schönen Tages wird der Boden aus dem alten Luder fallen, aber das macht dann auch nichts mehr aus. Wir werden alle alt, ich, die Mannschaft und vor allem das Häufchen Rost im Maschinenraum. Recht und Unrecht. Nein, davon weiß ich nichts mehr. Je älter ich werde, desto weniger weiß ich.»

Der Commissaris vergaß seine guten Vorsätze und leerte sein Glas. Er setzte es geräuschvoll auf den Tisch, und der Kapitän füllte es wieder.

«Dreh die Flasche um, ich will das Etikett noch einmal sehen», sagte der Commissaris.

«Hihi», sagte der Kapitän und kam dem Wunsch nach. «Und du bist auch bei unserem Hexenmeister gewesen, he? Hat Shon Wancho dir gefallen?»

«Hexenmeister», sagte der Commissaris.

«Ja», sagte der Kapitän und nickte eifrig. «Shon Wancho.»

«Kennst du ihn?»

«Natürlich», sagte der Kapitän. «Ich habe ihn selbst auf diese Insel gebracht, vor vielen, vielen Jahren. Es ist wohl schon dreißig Jahre her oder noch länger. Er kommt vom Festland, aus dem Urwald. Sein Vater war auch Zauberer. Shon Wancho hat alles verstanden.»

«Was hat er verstanden?»

Der Kapitän fuchtelte wild in der Luft herum. «Alles. Alles, was wichtig ist. Den Unsinn natürlich nicht, der ist die Mühe nicht wert.»

«Und besuchst du ihn manchmal?»

«Gelegentlich. Vor einigen Wochen bin ich noch dort gewesen.»

«Warum?»

«Ach, die Krebse waren wieder da. Sie verfolgen mich, weißt du. Das kommt vom Rum, sagt man. Tausende von Krebsen. Aber ich weiß nicht, ob der Rum damit etwas zu tun hat, denn manchmal kommen sie, wenn ich keinen Tropfen getrunken habe.»

«Und hat Shon Wancho dir gesagt, du mußt aufhören zu trinken?»

Der Kapitän machte ein erstauntes Gesicht. «Nein, nein. Aber er hat die Krebse verjagt.»

«Und wenn sie wiederkommen?»

«Dann gehe ich wieder zu Shon Wancho, aber das wird wohl noch eine Weile dauern.»

Der Kapitän hatte Schwierigkeiten mit seiner Aussprache bekommen. Der Commissaris erwartete, daß er einschlafen würde, aber er hatte das Fassungsvermögen des alten Mannes unterschätzt.

«Gefällt dir Curaçao?» fragte der Kapitän und riß die Augen weit auf.

Der Commissaris erinnerte sich der Schmerzen in seinen Beinen. Am Morgen hatte er das Ziehen in den Schenkeln wieder gespürt, als er sich in den Schaukelstuhl auf Shon Wanchos Veranda setzte.

«Dies ist eine gute Insel», sagte er zum Kapitän. «Ich habe schon daran gedacht, daß ich gern hier leben würde.»

Der Kapitän nickte feierlich. «Ja, das solltest du tun. Und wenn du die Nase davon voll hast, immer die gleichen Menschen und Ziegen zu sehen, dann mußt du mal eine Fahrt mit mir machen. Ich habe eine Passagierkabine und einen guten Koch, einen Chinesen.»

«Ja, das würde ich gern tun.»

«Es kostet nichts», sagte der Kapitän, «vorausgesetzt, daß ich dann noch lebe. Du darfst nicht zu lange damit warten.»

Der Kapitän stampfte dreimal auf den Boden, ein älterer Chinese erschien daraufhin in der offenen Tür.

«Du bist Holländer», sagte der Kapitän. «Und die Holländer essen immer etwas, wenn sie beim Trinken versacken. Ich bin so oft in Curaçao gewesen, daß ich diese Angewohnheit übernommen habe. In Venezuela trinken wir nur, und davon kann einem schon mal schlecht werden. Was steht auf dem Herd, Koch?»

«Nudelsuppe.»

«Und Eierrolle?»

«Auch.»

«Ja, bitte», sagte der Commissaris.

Das Essen kam nach wenigen Minuten. Der Bucklige deckte den Tisch, füllte die Teller und nahm trotz der wütenden Proteste des Kapitäns die Rumflasche mit.

Der Commissaris blieb noch eine Stunde und lauschte den Geschichten des Kapitäns. Er lernte die Häfen Venezuelas und Kolumbiens kennen. Und der Kapitän nahm ihn mit zu der geheimnisvollen Halbinsel Guajira, auf der die Schmuggler regieren und die Indianer noch ihr eigenes Leben führen. Er sah die vielen Inseln und machte Revolutionen mit und plötzliche Orkane.

«Einmal hätte ich beinahe meinen Steuermann verloren», sagte der Kapitän, «den Bruder von Maria. Wie geht es ihm eigentlich?»

«Ihrem Bruder?» fragte der Commissaris. «Aber sie hat doch nur Schwestern.»

Der Kapitän versuchte, einen angesabberten Zigarettenstummel anzuzünden, gab es aber nach einigen Bemühungen auf und warf ihn zum Bullauge hinaus. Er nahm sich eine neue Zigarre aus der Schachtel, die der Commissaris auf den Tisch gestellt hatte.

«Er hat eine andere Mutter», sagte er, «aber denselben Vater. Marias Vater hat einen ganzen Volksstamm von Kindern gezeugt, aber der Sohn war ihm am liebsten. Die Mutter ist aus Holland gekommen, eine Lehrerin, eine häßliche Frau, aber eine Macamba, und die konnte der alte de Sousa nicht in Ruhe lassen. Als sie schwanger war und ihre Stellung verlor, hat er sich jedoch anständig verhalten und ihr ein Häuschen gebaut. Später hat er den Jungen auf eine Schule nach Holland geschickt. Er scheint gut gelernt zu haben und hat bald die Schule der Handelsmarine absolviert. Dann kam er zu seiner Mutter zurück, und ich brauchte einen Steuermann.»

«Du kennst ihn gut?» fragte der Commissaris.»

«Natürlich. Er ist einige Jahre unter mir gefahren, der arme Kerl.»

«Armer Kerl?»

«Ja.» Der Kapitän stampfte auf den Boden.

«Kapitän?» antwortete der Bucklige von draußen.

«Bekomme ich die Flasche jetzt wieder?»

«Nein. Aber ich habe hier zwei Dosen Bier.»

«Bier!» schrie der Kapitän.

Die beiden Dosen kamen. Der Kapitän öffnete sie verächtlich. «Pferdepisse. Prost.»

«Der arme Kerl?» fragte der Commissaris noch einmal.

«Ja. Ein uneheliches Kind. Er hat den Namen seiner Mutter. Die Mutter ist eine Nörglerin, von der er nichts hat, und von seinem Vater hat er ebenfalls nichts. Und außerdem ist er klein, und die Kleinen haben es immer etwas schwerer. Das müßtest *du* doch wissen, du bist auch nicht der Größte.»

«Ich weiß.»

«Ja. Und er hat Trost in der Bibel gesucht, die er immer mit sich herumschleppte. Und zuletzt konnte er es bei mir nicht mehr aushalten. Wenn wir mal ein Fest feierten, hat er sich in seiner Kabine eingeschlossen und in der Bibel gelesen. Ich konnte ihm auch nicht helfen. Und er war ein guter Seemann. Ich mochte ihn eigentlich gern.»

«Und wo ist er jetzt?»

«Wieder in Holland, auf einer Insel. Auf Schiermonnikoog, verrückter Name. ‹Das Auge des grauen Mönchs›. Der Name ist so verrückt, daß ich ihn behalten hab'. Auf einer Insel ist er wenigstens dem Meer nahe. Ich glaube, er ist Aufseher in einem Reservat geworden. Vögel und Tiere mochte er immer.»

«Wie heißt er?»

«Er hat den Vornamen seines Vaters und den Familiennamen seiner Mutter. Ramón Scheffer.»

«Vielen Dank», sagte der Commissaris.

13

Es war fast vier Uhr früh und noch dunkel. Der Adjudant hatte sein kleines Boot soweit wie möglich an den Strand gerudert, wo es aufgelaufen war.

«So», sagte er leise, «weiter geht es nicht. Zieht eure Stiefel aus, weil sie sich hier im Schlamm festsaugen. Es ist leichter, barfuß zu gehen.»

Grijpstra starrte auf das tintenschwarze Wasser. De Gier hatte seine Schuhe bereits ausgezogen.

«Na ja», sagte Grijpstra mehr zu sich selbst als zu den anderen. Er konnte sich in seinem Ölzeug nur schwer bewegen, und der Südwester war nach vorn gerutscht und behinderte seine Sicht. Brummend zog er die Stiefel aus und steckte zögernd einen Fuß ins Wasser. Seine Füße sahen im ersten Morgengrauen sehr hell aus.

«Arrrch», sagte er laut, als sein Fuß im weichen Schlamm versank.

«Psst», flüsterte der Adjudant, «denk an die Vögel. Wir dürfen sie nicht stören.»

«Die Vögel», murmelte Grijpstra. Er spürte, wie der Schlamm zwischen den Zehen durchquoll.

«Bah», flüsterte er de Gier zu, «weißt du bestimmt, daß dies Schlamm ist?»

«Was sollte es sonst sein?»

«Es fühlt sich an wie Hundescheiße.»

De Gier lachte höflich und bemühte sich, nicht mit den Zähnen zu knirschen. Er stand bis zu den Knöcheln im Schlamm.

«Sei vorsichtig mit dem Fernglas», flüsterte der Adjudant Grijpstra zu, «wenn wir es nicht zurückbringen, wird der Brigadier von der Wasserschutzpolizei rasend. Er hat es nur mit Mühe loseisen können.»

«Ja, ja», sagte Grijpstra und watete zum Ufer. Das Ruderboot war anscheinend auf eine kleine Erhöhung aufgelaufen, denn bis zum Strand waren es noch fünfzig Meter.

Grijpstra bemühte sich, an nichts zu denken, während er vorwärtsstrampelte. Er hatte nur den Wunsch, aus diesem Dreck herauszukommen. Er trat auf eine leere Blechdose und wankte, aber es gelang ihm, das Gleichgewicht zu bewahren. Er kam als letzter an.

«Wisch dir den Schlamm von den Füßen», sagte der Adjudant und reichte ihm ein Büschel Gras. «Was ist mit deinem Fuß? Er blutet.»

De Gier hockte sich hin und sah sich Grijpstras Fuß an. «Eine Wunde.»

Grijpstra schaute nach unten, aber er sah nur seine weiten gelben Hosenbeine.

«Geh noch ein Stück weiter», sagte de Gier, «dort drüben ist trockener Sand. Ich habe eine Taschenlampe.»

Die Wunde war ziemlich tief. De Gier säuberte den Fuß so gut wie möglich und legte einen Verband an. «Das ist Pech. Zieh deine Schuhe wieder an und versuche, ob du gehen kannst.»

Grijpstra konnte noch gehen, wenn er auch etwas hinkte.

«Sieh mal einer an», sagte der Adjudant, «es wird hell. Jetzt ist die schönste Zeit. Schaut mal! Dort!»

Grijpstra schaute und sah einen Vogel, dem ein anderer folgte.

«Regenpfeifer», rief der Adjudant und stellte sein Fernglas ein. Grijpstra nahm das schwere Glas aus dem Futteral und drehte an der Linse. Er sah einen schwachen Schimmer, fühlte sich aber zu elend und zu müde, um das Glas klarer einzustellen. De Gier schaute ebenfalls, aber er sah nichts, weil er die Schutzkappen nicht von den Linsen genommen hatte. Der Adjudant machte ihn darauf aufmerksam.

«Ah, ja», sagte de Gier, nahm die Kappe ab und sah die beiden Vögel.

«Regenpfeifer», sagte der Adjudant noch einmal, «von denen sind in diesem Jahr eine Menge hier, viel mehr als voriges Jahr. Herrliche Vögel, so zierlich. Ihr müßt mal sehen, wie die rennen! Sie haben nicht einmal Angst, sonst würden sie wegfliegen. Dies ist ein Reservat. Sie wissen, daß wir ihnen nichts Böses tun.»

Grijpstra machte einen Schritt, wobei seine Hosenbeine aneinanderrieben und ein pfeifendes Geräusch machten.

«Das ist nicht gut», sagte der Adjudant, «kannst du die Hose nicht ausziehen? Das Geräusch könnte die Vögel irritieren. Seht mal, wie der Rotschenkel dort wegläuft. Das ist ein Wasserläufer!»

«Wo?» fragte Grijpstra, der das Gefühl hatte, daß er Interesse mimen mußte.

«Keine Ahnung», sagte de Gier, «ich sehe nur einen fetten Gelbschenkel.»

Der Adjudant war weitergegangen. Grijpstra drehte sich plötzlich um. De Gier, erschrocken über die unerwartet auftauchende Erscheinung, wäre beinahe hintenüber gefallen.

«Hör bloß auf, ja? *Du* hast mir doch dieses gelbe Clownskostüm gekauft.»

«Aber das Zeug ist doch ausgezeichnet. Und auch wasserdicht. Es hat übrigens angefangen zu regnen.»

«Auch das noch», sagte Grijpstra.

Es nieselte, aber Buismans Begeisterung nahm sogar noch zu. Überall um sie herum liefen und flogen Vögel, und er nannte ihre Namen und gab seinen Gästen soviel Informationen über die einzelnen Arten wie möglich.

«Austernfischer! Die hacken mit ihren Meißelschnäbeln die dicksten Muschelschalen auf! Seht mal, dort!»

Grijpstra und de Gier schauten.

Sie schauten stundenlang und wankten nach hier und nach dort, zu müde, die Ferngläser zu heben, aber sie starrten pflichtschuldig auf das Gewimmel der Möwen und der verschiedenen Entenarten.

«Eier», flüsterte Buisman, «paßt gut auf! Hier ist alles voller Nester.»

«Eier», flüsterte Grijpstra de Gier zu, der sich hinter einem Baum versteckt hatte und sich vergebens bemühte, eine Zigarette anzuzünden. «Spiegeleier mit Speck und Tomaten und Toast, viel Toast.»

«Kaffee», sagte de Gier. «Warum haben wir keine Thermosflasche mit Kaffee mitgenommen? Ich vergesse immer das Wichtigste. Mit einer Tasse Kaffee würden wir es wohl wieder aushalten können.»

«Sag mal», sagte Grijpstra vertraulich, «warum sind wir eigentlich hier? Sag's mir, de Gier, denn ich habe es vergessen.»

«Ich weiß es auch nicht mehr. Wir sind Vogelliebhaber.»

«Aber warum?» fragte Grijpstra weiter. «Ich mag keine Vögel. Du?»

«Ich wohl, aber nicht so viele Vögel gleichzeitig. Dies muß ihr Zuhause sein, hier leben sie. Was ist das?»

Ein Vogel flog direkt auf sie zu. De Gier bückte sich. Sie hörten

Flügelschläge und ein aggressives Piepen.

«Ein Kiebitz», sagte der Adjudant, der herbeigekommen war, froh, daß er sie wiedergefunden hatte. «Ein schlauer Vogel. Ich denke, er hat sein Nest in der Nähe. Seht mal, was er jetzt tut!»

Der Kiebitz lief durch das Gras und ließ einen Flügel auf dem Boden schleifen.

«Ich denke, er hat sich den Flügel an de Giers Kopf gebrochen», sagte Grijpstra bewundernd.

«Aber nein», sagte Buisman, «er tut nur so. Er will, daß wir ihm folgen. Er will uns glauben machen, daß er verletzt ist und wir ihn leicht fangen können, aber wenn wir ihm zu nahe kommen, fliegt er weg. Sein Nest ist auf der anderen Seite. Wenn wir ihm folgen, entfernen wir uns immer weiter vom Nest.»

«Ein raffinierter Vogel, wie?» fragte de Gier.

Grijpstra war nicht dieser Meinung. Wenn der Vogel nach links läuft, ist das Nest rechts. Das kann man sich leicht merken. Er wurde immer hungriger.

«Kiebitzeier müssen sehr gut schmecken», sagte er zu Buisman.

«Jetzt nicht mehr, die Jahreszeit ist vorbei. Ihr hättet vor einem Monat hier sein sollen, da konnte man sie in den Läden kaufen. Das erste Kiebitzei ist übrigens hier gefunden und der Königin geschickt worden.»

Sie gingen weiter. Grijpstras Laune wurde immer schlechter, bis er das Gefühl hatte, in einer Landschaft aus grauer Watte herumzulaufen, wo nichts mehr wirklich war. Er bewegte sich mechanisch, ohne zu merken, daß er nasse Füße hatte und die Wunde an seinem Fuß zu pochen begonnen hatte. Sogar der Hunger und die Kopfschmerzen waren weg. Er bemühte sich auch nicht mehr, Interesse zu heucheln, sondern folgte den anderen langsam. Seinen Südwester hatte er verloren, ein Zweig hatte ihn vom Kopf gerissen. Er hing jetzt einen halben Kilometer hinter ihm über dem Weg wie eine lustige gelbe Flagge in einem fahlgrünen Labyrinth.

«Hier ist eine gute Stelle», sagte Buisman fröhlich, «die reine Natur, die sogenannte Zivilisation ziemlich weit entfernt.» Er nahm seinen Rucksack ab, öffnete ihn und holte eine Thermosflasche und einige Käsebrötchen heraus. Die Thermosflasche war nicht groß, so daß jeder nur einen Becher Kaffee bekam. Grijpstra kaute auf seinem Brötchen. In seinen Eingeweiden rumorte es.

«Gibt es hier irgendwo ein Klo?» fragte Grijpstra.

«Nein», sagte Buisman fröhlich, «aber dort hinter den Bäumen wirst du schon ein ruhiges Fleckchen finden.»

«Papier», murmelte Grijpstra, «ich hab' kein Papier.»

«Nimm Gras. Das ist das beste Toilettenpapier, das es gibt.»

«Gras», sagte Grijpstra und stampfte davon.

De Gier grinste, als Grijpstra zurückkam.

«Na, ging's?»

«Ja, sicher», sagte Grijpstra, «aber dort ist alles voller Vögel, eine Art Hühner, glaube ich. Wahrscheinlich von einem Bauernhof weggelaufen. Ich hätte mich fast auf eins gesetzt, aber sie waren so beschäftigt, daß es ihnen nichts ausmachte. Sie stampften umeinander herum.»

Buisman stieß einen Freudenschrei aus und lief zu den Bäumen. Er kam gleich wieder und winkte mit beiden Armen.

«Unglaublich», rief er, «kommt schnell gucken. Kleine Kampfläufer, die eine Henne umtanzen. Das habe ich erst einmal gesehen.»

«Ich habe sie schon gesehen», murmelte Grijpstra, der nicht wollte, aber de Gier fühlte sich gezwungen, dem begeisterten Adjudant zu folgen.

«Siehst du, wie sie tanzen?» fragte Buisman. «Sie werden halb durch Aggression und halb durch Angst motiviert, genau wie wir, wenn wir versuchen, eine Frau aufzureißen. Sie gebärden sich so, siehst du, weil sie glauben, auf die Henne Eindruck machen zu können, aber sie tut, als wisse sie nicht, um was es geht. Sie kratzt ein bißchen auf dem Boden, als ob sie Würmer sucht. Aber wenn sie aufschaut, trifft sie ihre Wahl, und der Hahn, den sie ansieht, ist für diese Saison ihr Partner. Dann verziehen sich die anderen.»

De Gier war trotz des kalten Wetters und des Regens und seiner Abneigung gegen die ganze Situation beeindruckt. Die Hähne hatten aufgeplusterte Halsfedern und kleine, geschwollene Kämme, blutrot.

«Ein lächerliches Schauspiel», sagte er zu sich, «aber dennoch ganz schön. Genau wie die Parties auf der Polizeischule. Aufgeputzt in der besten Uniform und eins-zwei-drei, eins-zwei-drei immer im Kreis herum. Und wenn dich das Grietje ansieht, darfst du sie zumindest an der Haustür küssen, und wenn du Glück hast, passiert noch mehr.»

Grijpstra saß allein auf seinem Baumstumpf, als plötzlich ein kleiner Mann auftauchte.

«Guten Morgen», sagte der kleine Mann.

«Morgen.»

«Vögel beobachten?»

«Ja», sagte Grijpstra, «bis soeben. Jetzt esse ich ein Käsebrötchen.»

«Wissen Sie, daß dies ein Reservat ist? Ich muß Sie bitten zu gehen. Die Vögel dürfen nicht gestört werden, schon gar nicht in dieser Jahreszeit.»

Grijpstra sah, daß der Mann eine Art Uniform trug. Unter dem Arm hatte er eine Schrotflinte und am Band seines grünen Huts eine Feder.

«Wir sind Gäste von Adjudant Buisman», sagte er freundlich.

«Buisman?»

Grijpstra zeigte auf die Bäume. «Dort hinten ist er mit meinem Kollegen. Sie beobachten Waldhühner.»

Der kleine Mann lief in die Richtung und kam gleich darauf mit

Buisman und de Gier zurück.

«Ich möchte euch meinen Freund vorstellen», sagte Buisman, «dies ist Rammy Scheffer, einer der besten Aufseher der staatlichen Forstbehörde, der alle Reservate auf der Insel unterstehen.»

Nachdem sie einander die Hand gegeben hatten, setzte Scheffer sich neben Grijpstra. Scheffer hatte ebenfalls einen Rucksack, seine Thermosflasche war doppelt so groß wie die von Buisman. Nachdem Grijpstra den Kaffee getrunken hatte, war er etwas besserer Stimmung. Er hatte nicht mehr das Gefühl, daß sein Magen wie eine verschrumpelte Nuß sei.

Buisman und Scheffer begannen ein Gespräch, das hauptsächlich aus Vogelnamen zu bestehen schien. Grijpstra stand auf und setzte sich zu de Gier.

«Es ist sieben Uhr», sagte Grijpstra, «warum laden wir sie nicht ein, mit uns im Hotel zu frühstücken?»

«Ja», sagte de Gier. «Warum kommt ihr beide nicht mit uns zum Hotel? Dort könnten wir alle ein anständiges Frühstück bekommen.»

Scheffer blickte auf. «Das ist nett von Ihnen, aber ich bin eigentlich im Dienst. Und meinen Morgenkaffee habe ich schon getrunken, aber wenn Sie wollen, können Sie mit mir teilen. Ich habe noch Brot und ein Stück Wurst. Das wird für alle reichen, denke ich.»

«Ja, aber . . .» sagte Grijpstra, aber es war bereits zu spät. Scheffer hatte seinen Rucksack wieder geöffnet und schnitt mit einem langen, scharfen Messer Brotscheiben ab.

Buisman sah das Messer an, stand plötzlich auf und tippte Grijpstra unauffällig auf die Schulter. Grijpstra begriff nicht gleich, was er sollte, er sah den Adjudant fragend an. Der nickte mit dem Kopf hinüber zu den Bäumen, wo sie vorher die Kampfläufer gesehen hatten. Scheffer hatte die Kopfbewegung gesehen, de Gier nicht. Grijpstra folgte dem Adjudant. Als sie hinter den Bäumen waren, räusperte Buisman sich.

«Hör mal», sagte er zögernd, «ich habe dir noch nicht gesagt, was ich gestern unternommen habe. Ich habe einige Leute gefragt, ob auf der Insel jemand ist, der mit dem Messer werfen kann, aber niemand wußte etwas. Aber als ich Rammy soeben mit dem langen Messer das Brot schneiden sah, fiel es mir wieder ein. Ich glaube, *er* kann damit werfen. Vor einigen Jahren haben wir gemeinsam eine Segeltour gemacht, und er hat mit dem Messer auf meine Kajütentür geworfen. Ich erinnere mich, weil es mich damals geärgert hat. Ich habe es ihm gesagt, und er hat sich gleich dafür entschuldigt.»

«So», sagte Grijpstra. «Weißt du noch mehr über ihn? Was ist er für ein Mensch?»

«Tja, ich kenne ihn gut. Er ist seit etwa drei Jahren hier. Früher war er Steuermann in der Trampschiffahrt. Das hat er aufgegeben und sich hier niedergelassen. Er ist ein ruhiger Mensch und wohnt in einem kleinen Haus, das er sich von seinem ersparten Geld gekauft hat. Er hat auch ein

Segelboot, das er sich im vergangenen Jahr gekauft hat, glaube ich, ein schmuckes Boot, das seetüchtig ist. Gelegentlich fährt er damit für einige Tage weg. Er ist auf Curaçao geboren und hat nichts auf dem Kerbholz. Das prüfe ich immer, wenn sich hier jemand niederläßt.»

«Freunde? Verwandte?»

«Nicht daß ich wüßte. Alle mögen ihn hier und grüßen ihn mit Namen, aber er hat keine engen Freunde. Es heißt, er lese abends in der Bibel. Er ist fromm und kann es nicht leiden, wenn man flucht. Außerdem ist er ein Gesundheitsapostel. Er baut sein eigenes Gemüse an und backt sich sein Brot, er raucht und trinkt nicht. Früher riefen ihm die Kinder häßliche Namen nach, aber dem habe ich ein Ende gemacht.»

«Curaçao», murmelte Grijpstra.

«Was sagst du?»

«Curaçao», wiederholte Grijpstra, «unsere tote Dame kam aus Curaçao.»

«Wir könnten ihn auffordern, zur Wache zu kommen. Dort könntet ihr ihn verhören, wenn ihr euch davon etwas versprecht.»

«Das ist nicht gut für ihn», sagte Grijpstra, «und für dich auch nicht. Ihr wohnt hier zusammen auf einer kleinen Insel.»

«Das stimmt», sagte Buisman. «Dann soll lieber euer Commissaris einen Brief schreiben. Er kann dann nach Amsterdam kommen, und hier bleibt alles ruhig.»

«Das würde gehen», sagte Grijpstra, «aber gehen wir zurück.»

Eine Sirene zerriß die Stille. Sie schien ganz in der Nähe zu sein.

Der Adjudant blieb stocksteif stehen. «Eine Sirene», rief er. «Das ist das Polizeiboot. Sie suchen mich.»

Er begann zu laufen. Grijpstra rannte ihm nach. Nach kurzer Zeit waren sie am Strand. Buisman sprang auf und ab und winkte mit den Armen. Der Brigadier von der Wasserschutzpolizei winkte zurück, ließ ein gelbes Schlauchboot zu Wasser und ruderte auf sie zu.

Buisman zog die Stiefel aus und watete dem Boot entgegen. Grijpstra seufzte und folgte dem Beispiel. Wieder spürte er das ekelhafte Saugen des Schlamms, der ihm zwischen den Zehen nach oben quoll.

«Morgen, Adjudant», sagte der Brigadier im Schlauchboot zu Buisman. Er gab Grijpstra die Hand.

«Grijpstra, Kriminalpolizei Amsterdam.»

«Gut», sagte der Brigadier, «ich habe ein Telegramm für Sie. Ich wußte, daß der Adjudant Sie nach hier gebracht hat. Hier, bitte.»

Grijpstra las das Telegramm.

SOFORT NACH SCHIERMONNIKOOG GEHEN UND KONTAKT AUFNEHMEN ZU RAMON SCHEFFER. SCHEFFER IST HALBBRUDER VON MARIA VAN BUREN. VORSICHT. SCHEFFER SOLL AN RELIGIÖSEM WAHN LEIDEN.

Das Telegramm war vom Vortag, kam aus Curaçao, war vom Polizeipräsidium in Amsterdam weitergeleitet worden und vom Commissaris unterzeichnet.

14

«Bitte sehr», sagte Rammy Scheffer, und de Gier dankte ihm, biß vom Brot ab und begann zu kauen. «Schmeckt dir der Käse?» fragte Rammy.

«Ja», sagte de Gier zögernd und kaute weiter. «Was ist das für Käse?»

«Ziegenkäse. Ich habe zwei Ziegen, die ich selbst melke.»

De Gier hörte auf zu kauen und starrte vor sich hin. «Ah», sagte er. «Sag mal! Schau mal dort! Was ist das für ein Vogel?»

Rammy sah hin. De Gier wischte den Käse vom Brot. Der Käse fiel in einen Strauch, de Gier steckte das Brot in den Mund.

«Das ist ein Austernfischer», sagte Rammy, «wußtest du das nicht? Davon gibt es hier Tausende. Nach den Möwen und den Enten ist der Austernfischer hier der häufigste Vogel.»

«Das hatte ich vergessen», sagte de Gier.

«Ich dachte, ihr beiden seid Vogelliebhaber.»

«Nicht so sehr», sagte de Gier, «aber wir sind Freunde von Buisman, oder besser gesagt, Grijpstra ist ein Freund von ihm, und er hat mich mitgenommen.»

«Ja?» fragte Rammy.

«Na ja, was soll ich machen. Du kennst Buisman besser als ich. Er ist ein netter Mann und hat Grijpstra eingeladen, die Vögel zu beobachten, und da mußte ich mit.»

«Und hat es dir gefallen?»

«Es war zwar ein bißchen früh und ein bißchen kalt, aber es war eine schöne Erfahrung.»

«Menschen wie ihr sollten öfter kommen. Wenn man sieht, was ein Reservat bedeutet, bekommt man einen besseren Begriff davon, was wir für das Land zu tun versuchen. Wenn es so weitergeht, werden wir die Natur bald ganz kaputtmachen. Jetzt wollen sie noch mehr Abflußrohre legen, als ob wir nicht schon genug Dreck hätten. Jeden Tag versuche ich, die Strände dieses Reservats sauberzuhalten, aber das hört nie auf mit den Plastikflaschen und Wegwerffeuerzeugen und was die Zivilisation sonst noch alles ausspuckt. Und wenn die jetzt bei den Abflußrohren anfangen zu arbeiten, dann dauert es nicht mehr lange, bis der letzte Vogel verschwunden ist.»

«Ja», sagte de Gier, «schrecklich.»

Ihm wurde warm, als die Sonne jetzt stärker schien. Er stand auf und zog den Mantel aus. Als er sich wieder setzte und die Jacke etwas zurückschob, war seine Pistole deutlich zu sehen. Er schloß die Augen und sah nicht, daß der doppelte Lauf der Schrotflinte auf seine Brust gerichtet war.

In diesem Augenblick heulte die Sirene auf.

Er öffnete die Augen. Rammy hatte die Jagdbüchse sinken lassen.

«Was ist das?» fragte de Gier.

Rammy schaute in Richtung Meer.

«Ein Schiff», sagte Rammy verwirrt, «ein Schiff in Seenot. Ganz in der Nähe.»

«Ein Schiff? Ein Schiff in Seenot? Wo?»

«Dort», sagte Rammy und zeigte mit dem Finger.

De Gier lief zum Strand. Rammy war hinter ihm in den Sträuchern verschwunden.

«Du hier?» fragte Grijpstra. «Was willst *du* denn hier? Wo ist Rammy Scheffer?»

«Der wird wohl irgendwo herumstöbern, bis an die Zähne bewaffnet und die Taschen voll Munition. Warum hast du mich nicht gewarnt?»

«Keine Zeit», sagte Grijpstra. «Buisman hatte mir gerade erzählt, daß Rammy mit Messern werfen kann, als die Sirene ging, die Sirene von dem Polizeiboot dort. Es hat ein Telegramm gebracht. Hier, lies.»

De Gier las das Telegramm. Er schüttelte den Kopf.

«Das war nicht gut, Grijpstra. Du hättest mich warnen müssen. Ich saß da wie ein Kaninchen. Er hat etwas vermutet und mich über Vögel ausgefragt. Dabei habe ich mich noch herausreden können, aber er hat mich wahrscheinlich dennoch durchschaut. Der Kommissar hat recht, wir müssen vorsichtig sein. Aber wo ist er jetzt?»

«Weg», sagte Buisman, «und er kennt das Reservat wie seine Hosentasche. Den schnappen wir nie. Laßt uns mal ein wenig überlegen.»

«Puh», sagte de Gier, «ich fühle mich wie neugeboren. Der Kerl hätte mich in Fetzen schießen können.»

«Du übertreibst vielleicht ein wenig, Brigadier», sagte Buisman. «Ich kenne Rammy schon sehr lange. Er ist nicht aggressiv. Er hätte nicht auf dich geschossen, und er *hat* auch nicht auf dich geschossen. Nach dem Sirenengeheul hätte er die Möglichkeit gehabt, aber er hat es nicht getan.»

«Er hat seiner Schwester ein Messer in den Rücken geworfen», sagte de Gier.

«Das müssen wir erst noch beweisen. Und zuerst müssen wir ihn finden.»

«Ja», sagte Grijpstra, «und wo wollen wir ihn suchen?»

De Gier seufzte. «Eine Treibjagd über die ganze Insel, das kann noch heiter werden.»

«Nein», sagte der Brigadier vom Polizeiboot, der die ganze Zeit schweigend hinter Buisman gestanden hatte, «Rammy ist ein Seemann mit einem eigenen Boot.»

«Ein Boot», sagte Grijpstra, aber der Rest seiner Worte ging unter in der Lärmwelle, die plötzlich von oben über sie hereinbrach. Die vier Männer duckten sich. De Gier sah ängstlich nach oben. Der Krach nahm womöglich noch an Stärke zu.

«Da sind sie wieder», sagte der Brigadier der Wasserschutzpolizei beruhigend. Das Jagdflugzeug war nur noch ein Pünktchen am Horizont.

«Mann», sagte Grijpstra, «was das Ding für einen Radau macht. Eine herrlich ruhige Insel habt ihr hier.»

«Sie kommen jetzt nur noch zweimal wöchentlich», sagte Buisman, «Starfighter, die hier den ganzen Tag lang üben. Sie haben weiter draußen auf der nächsten Insel ihre Ziele aufgestellt, auf die sie im Tiefflug mit Kanonen und Maschinengewehren schießen. Manchmal üben sie auch mit Raketen. Dies ist hier die lauteste Stelle der Insel, weil es der tiefste Punkt ihres Sturzflugs ist und ihre Düsen mit voller Kraft arbeiten. Früher war es noch viel schlimmer, aber unser Bürgermeister hat sich beschwert.»

De Gier sah den Brigadier der Wasserschutzpolizei an. «Sie wollten soeben etwas sagen.»

«Er ist auf seinem Boot», sagte der Brigadier, «zumindest vermute ich das. Ich würde das tun, falls ich verfolgt werde.»

«Ein Boot», sagte Grijpstra, «Rammy hat ein Boot, aber wir auch. Dort liegt es. Ein gutes, schnelles, zuverlässiges Polizeiboot. Gehen wir an Bord.»

«Und wohin soll ich euch bringen?» fragte der Brigadier.

«Rammy muß sein Boot irgendwo liegen haben. Dorthin.»

Der Brigadier schüttelte den Kopf. «Aber ich weiß nicht, wo sein Boot liegt. Im Hafen jedenfalls nicht, dann hätte ich es gesehen. Er ist vorige Woche damit weggefahren und hat es nicht zurückgebracht. Also muß sein Boot woanders liegen. Wenn er jetzt darauf ist, kann er in alle möglichen Richtungen segeln.»

«Ein Flugzeug», sagte der Adjudant, «die Rijkspolitie hat Flugzeuge.»

«Warum bitten wir nicht einen dieser Radau-Jets?» fragte de Gier. «Die umfliegen in fünf Sekunden die ganze Insel.»

«Nein», sagte der Adjudant, «das sind unverbesserliche Narren. Die werden jedes Sportboot angreifen, so daß die Menschen vor Angst über Bord springen, und dann hört der Ärger nie mehr auf. Die Flugzeuge der Rijkspolitie sind genau das, was wir brauchen. Laßt uns zum Boot gehen und die Zentrale in Friesland anrufen. Wenn wir Glück haben, sind sie bald hier.»

Es war nicht so einfach, wie es sich der Adjudant gedacht hatte. Von den beiden verfügbaren Maschinen war eine unterwegs, und der Pilot gab aus dem einen oder anderen Grund keine Antwort, der zweite Pilot war krank. Es dauerte fast eine Stunde, bis das andere Flugzeug in der Luft war. Der Adjudant wurde allmählich nervös, der Brigadier kochte unterdessen Kaffee. Grijpstra spielte mit seiner Pistole herum. Nur de Gier war zufrieden. Er saß auf dem Dach der Kajüte und bewunderte die Aussicht. Es war neun Uhr geworden, die Sonne schien aus einem fast klaren Himmel, nur einige vereinzelte Wolken zogen noch über die Insel hinweg. Die Starfighter waren auf Ersuchen der Rijkspolitie verschwunden, die den Kommandanten des Militärflughafens telefonisch über die soeben aufgenommene Fahndung informiert hatte. Grijpstra betrachtete den regungslosen de Gier und sah das frohe Lächeln seines Kollegen.

«Warum grinst du so?»

«Ich habe dir verziehen», sagte de Gier.

«Danke. Ich hätte dich warnen sollen, obwohl ich immer noch nicht verstehe, warum er argwöhnisch geworden ist. Du mußt die Unschuld selbst gewesen sein, als du dort auf dem Baumstumpf gesessen hast.»

«Er hat mir ein Stück Ziegenkäse gegeben», sagte de Gier.

«Hat er geschmeckt?»

«Herrlich», sagte de Gier, «ein sehr feiner Geschmack. Er hat ihn selbst aus der Milch seiner eigenen Ziegen gemacht.»

«Bah», sagte Grijpstra und schüttelte sich.

Er kletterte ebenfalls auf das Dach der Kajüte und setzte sich. «Ziegenkäse. Dann wird er auch wohl Brennesselsuppe essen. Ich habe eine Nichte, die einem Reformclub angehört. Sie fährt jedes Jahr nach Frankreich, um dort irgendwo an einem Strand nackt herumzulaufen und Gras zu essen.»

«Ein schönes Mädchen?» fragte de Gier.

«Ja, sie sieht ganz hübsch aus. Dort ist übrigens unser Flugzeug.»

Die kleine Piper Cup kam niedrig angeflogen.

«Ich hätte Pilot werden können», sagte de Gier.

«Nein», sagte Grijpstra, «heute mal keine Phantasien. Du hättest weder Pilot werden können noch werden wollen. Dir wäre es nicht angenehm, in so einer mechanischen Fliege zu sitzen.»

«Woher willst du das wissen?»

«Weil ich in so einem Ding gesessen habe. Wenn es zu hoch fliegt, siehst du nichts, und wenn es zu niedrig fliegt, bekommst du Angst. Und es zog, weil das Fenster nicht richtig schloß.»

«Sei mal still», sagte de Gier.

Sie hörten Buisman über Funk mit dem Piloten sprechen. «Eine kleine Yacht», sagte Buisman, «weißes Großsegel und weiße Fock. Kein Klüver. Ein ganz einfaches Boot. Zwei große Flicken im Segel, die müßtest du aus der Luft sehen können.»

«Ich sehe nur ein Fischerboot», sagte der Pilot.

«Auf dem Segel sind keine Buchstaben oder Zahlen. Das Boot ist etwa acht Meter lang, Eiche.»

«Danke», sagte der Pilot, «Eiche, wie? Und wie soll ich das von hier aus erkennen?»

«Braunes Holz, nicht angestrichen.»

Das Funkgerät knatterte.

«Ich fliege jetzt nach Osten», sagte der Pilot. «An dieser Seite ist nichts zu sehen bis auf das Fischerboot und eine teure blaue Yacht. Mit einem Mädchen am Ruder. Anscheinend ein hübsches Mädchen.»

«Welchen Rang hast du?» fragte Buisman.

«Opperwachtmeester. Und Sie?»

«Adjudant», sagte Buisman.

«Adjudant ist höher.»

«Fliege nach Osten», sagte Buisman.

«In Ordnung, Adjudant. – Hier», sagte der Pilot wenige Minuten später, «hier habe ich etwas. Kleines Boot, acht oder neun Meter lang. Ein Mann am Ruder.»

«Trägt er einen grünen Anzug? Unser Mann hat eine Forstaufseheruniform an.»

«Ja», sagte der Pilot, «grüner Anzug. Ich fliege jetzt sehr niedrig. Soll ich noch tiefer gehen und ihm Angst machen?»

«Nein», sagte Buisman, «drehe einige Runden. Wo genau bist du?»

«Einen Moment», sagte der Pilot, «ich suche meine Karte. Habt ihr eine Karte?»

Man sprach über Bojen und Ost und Süd. Plötzlich schob der Brigadier einen Hebel nach vorn, der Motor des Polizeiboots heulte auf. Grijpstra begann nach hinten zu rutschen. Er stieß gegen de Gier, der ihn nicht halten konnte. Zusammen fielen sie von dem Kajütdach in die Arme von Buisman, der ebenfalls umfiel.

«Kannst du nicht Bescheid sagen?» fragte de Gier.

«Tut mir leid», sagte der Brigadier. «Ich werde immer aufgeregt, wenn ich etwas verfolge, und dies könnte eine schöne Verfolgung werden.» Er drehte das Ruder, das Boot änderte seine Richtung.

«Nicht gleich zu nahe heranfahren», sagte de Gier, «er hat ein Jagdgewehr.»

«Was haben wir eigentlich?» fragte Grijpstra.

«Ich bin nicht bewaffnet», sagte Buisman. «Was ist im Boot, Brigadier?»

«Eine Pistole und ein Karabiner.»

«Das sind dann drei Pistolen und ein Karabiner gegen ein Jagdgewehr», sagte de Gier.

«Und ein Messer», sagte Grijpstra, «und Scheffer weiß, was er mit einem Messer anfangen kann.»

Im Funkgerät ertönte wieder eine Stimme. «Hallo», rief sie.

«Ja, Pilot», sagte Buisman.

«Er geht nach Süden. Habt ihr auf der Karte die Boje gefunden, die ich vorhin genannt habe?»

«Ja.»

«Er fährt zur Engländerplate», sagte der Pilot, «zu der großen Sandbank im Süden der Insel. Ich kann euch jetzt beide sehen, aber ihr seid von der Plate zu weit entfernt, um ihm den Weg abzuschneiden. Er hat die Segel fallen lassen und den Motor angestellt. Ich werde ihn direkt überfliegen, um ihn zu verwirren.»

«Nein», schrie Buisman, «er hat ein Jagdgewehr.»

«So ist das?» fragte der Pilot. «Er hat etwas in der Hand. Ich dachte, es sei eine Pickhacke.»

«Komm nicht in seine Nähe», schrie Buisman.

«Okay. Und was soll ich jetzt tun?»

Das Polizeiboot umfuhr die Südspitze der Insel. Sie sahen jetzt sowohl Rammy Scheffers Yacht als auch die Piper Cup.

«Flieg nach Hause», sagte der Adjudant, «wir sehen ihn.»

«Okay», sagte der Pilot.

«Danke, Opperwachtmeester.»

«Gern geschehen», tönte es aus dem Funkgerät. «Ende.»

«Schneller geht's nicht», sagte der Brigadier, «und er ist fast dort.»

Buisman und Grijpstra beobachteten den kleinen grünen Mann durch ihren Fernstecher. Rammy stand auf der Vorplicht seines Boots. Sie sahen, wie er auf den Sand sprang. Er hatte den Hut mit der Feder noch auf. Das Jagdgewehr hing auf seinem Rücken. Der Brigadier zog den Hebel zurück, so daß der Motor nur noch tuckerte.

«Was will er denn dort?» fragte der Brigadier. «Die Plate ist nur einen Quadratkilometer groß, und dort wächst nichts, keine Pflanze, kein Gras. Und in vier Stunden wird sie vom Wasser überflutet, bis auf eine ganz kleine Fläche, auf der er dann hin und her laufen kann.»

«Er geht zur Hütte», sagte Buisman.

Sie sahen die Hütte, einen Holzkasten auf sieben Meter hohen Pfählen. Eine hübsche Hütte mit einem kleinen Balkon ringsum und Fenstern.

«Wozu steht die da?» fragte de Gier.

«Als Rettungsstation», sagte der Brigadier. «Sie steht auf Pfählen und ist immer trocken, oben sind Notrationen, Wasser, ein Seil und eine Leuchtpistole mit Munition. Ich habe dort einmal eine gestrandete Besatzung abgeholt, die es sich ganz gemütlich gemacht hatte.»

«Scheffer klettert die Leiter hoch», sagte de Gier.

Buisman seufzte. «Du weißt, was er vorhat, he?»

«Ja», sagte Grijpstra.

Der Brigadier ließ den Anker fallen.

«Du kannst den Motor abstellen», sagte Buisman, «wir bleiben vorläufig hier.»

Die vier Männer sahen einander an.

«Du hast gelegentlich eine ganz gute Idee», sagte Grijpstra zu de Gier. «Was jetzt?»

De Gier grinste. «Warten», sagte er, «einfach warten. Was sollen wir sonst tun? Er hat zu essen und zu trinken und eine Waffe. Wenn wir lange genug warten, wird er von selbst herauskommen. Wir können um Hilfe bitten, Polizisten gibt es genug, die uns ablösen. Vielleicht kann der Adjudant um Unterstützung ersuchen.»

«Ach, nein», sagte Grijpstra, «das dauert zu lange. Wir wollen zuerst versuchen, mit dem Mann zu sprechen.»

«Wer kennt ihn am besten?» fragte Buisman den Brigadier. «Du oder ich?»

Der Brigadier schob seine Mütze nach hinten. «Sie, glaube ich. Ich kenne ihn zwar, aber wir sind bestimmt keine Freunde. Ich habe ihn mal eingeladen, ein Pils mit mir zu trinken, aber er sah mich an, als ob ich ihn vergiften wolle.»

«Ja, ja», sagte Buisman, «man kann Kräutertee mit ihm trinken und dann ganz gut mit ihm reden, aber nur übers Alte Testament.»

«Der Gott der Rache», sagte de Gier, «Jehova.»

«Der war ebenfalls kein einfacher Chef», sagte Grijpstra. «Nun ja, aber wir müssen etwas tun. Wir können hier nicht den ganzen Tag über sitzen bleiben. Wenn der Brigadier sein Gummiboot zu Wasser lassen würde, könnte ich hinüberrudern und versuchen, ein Gespräch in Gang zu bringen. Er wird mir nicht kaltblütig eins vor die Rübe knallen.»

«Nein», sagte de Gier, «laß mich gehen. Ich kann meine Pistole schneller ziehen als du. Ich habe bei dem Wettkampf in der vergangenen Woche den zweiten Preis gewonnen. Pistole ziehen und einen gezielten Schuß abgeben. Ich habe der Zielpuppe alle sechs Schüsse in den Arm gesetzt.»

«Laß das Boot runter, Brigadier», sagte Buisman leise, «ich gehe. Ich kenne ihn am besten.»

Die drei Männer beobachteten, wie sich das Schlauchboot der Bank näherte.

«Dort ist er», sagte de Gier und zeigte zur Hütte hinüber.

Rammy Scheffer stand auf dem Balkon.

Buisman stieg aus dem Schlauchboot. Sie sahen, wie er zur Hütte lief und etwas rief. Rammy brachte sein Gewehr in Anschlag. Buisman blieb stehen. Wieder rief er etwas. De Gier blickte durch sein Fernglas und sah, daß Rammy den Kopf schüttelte. Der Schuß ging los, der schwere Knall eines Jagdgewehrs.

Buisman stand noch. Er drehte sich um, beide Hände an die Brust gepreßt. Er sank auf die Knie.

«Dieser Schuft», brüllte der Brigadier, «dieser dreckige Schuft.» Er pumpte wie ein Rasender ein zweites Schlauchboot auf. De Gier griff nach dem Karabiner. Zusammen stiegen sie in das kleine gelbe Boot.

Der Brigadier war ein guter Ruderer, so daß das Boot über das Wasser schoß, auf dem eine schwache Brise leichte Wellen machte. Nach zwei Minuten waren sie auf der Sandbank. De Gier zielte mit dem Karabiner. Der erste Schuß ging absichtlich an Rammy vorbei, aber die Kugel schlug dicht neben seinem Kopf ein. Rammy ließ sich fallen und war nicht mehr zu sehen.

«Lauf», sagte de Gier zum Brigadier, gab einen zweiten Schuß ab und traf die Hütte direkt unter dem Dach. Der Brigadier rannte zum Adjudant und half ihm auf die Beine, während er leise auf ihn einredete.

«Ich bringe dich zum Boot, Buisman, schlinge deine Arme um meinen Hals.»

De Gier feuerte noch einmal, aber von Rammy war nichts mehr zu sehen.

«Laß nur», sagte der Brigadier, «hier kann er uns nicht mehr treffen. Ich nehme Buisman. Du kannst das andere Boot nehmen. Kannst du rudern?»

«Ja», sagte de Gier.

Die beiden Schlauchboote trafen gleichzeitig am Polizeiboot ein. Grijpstra half dem Brigadier, den Adjudant an Bord zu bringen. Sie öffneten seine Jacke. Er hatte durch den Schrotschuß viel Blut verloren, aber die Wunden waren nicht tief. Seine Jacke hatte die Kraft der Schrotkörner aufgefangen. Das Gesicht war unverletzt.

«Wenn ihr euch um den Adjudant kümmert, werde ich die Insel rufen», sagte der Brigadier.

Die Insel gab keine Antwort.

«Was jetzt?» sagte der Brigadier. «Wir können die Ratte hier nicht allein zurücklassen, dann haut er ab. Und wenn wir das Boot zerstören, kann er immer noch wegschwimmen. Die Insel ist nicht sehr weit entfernt, und er kennt die Strömungen.»

Ein Düsenjäger kreischte über das Boot hinweg. Der Lärm war so stark, daß sich die Männer die Ohren zuhalten mußten.

«Die Jets», rief Grijpstra plötzlich, «*jetzt* können sie uns helfen!»

De Gier und der Brigadier sahen Grijpstra an.

«Verstehst du nicht?» rief Grijpstra. «Ruf sie über Funk und sag, sie sollen direkt über die Hütte fliegen, als ob sie hindurchrasen wollten. Dann wird er schon rauskommen und weglaufen.»

«Genial», sagte de Gier.

Der Brigadier hatte das Mikrofon bereits in der Hand. «Können Sie mich mit dem Militärflughafen verbinden, Mijnheer?»

«Was gibt's denn?»

Der Brigadier erklärte es ihm. Es dauerte eine Weile, bis der Offizier begriffen hatte.

«Eine sonderbare Bitte», sagte die Stimme schließlich.

«Eine sonderbare Situation, Mijnheer.»

«Wie geht's Adjudant Buisman?»

«Blutverlust und Schock, aber keine Lebensgefahr. Er ist verbunden worden und hat schon wieder Farbe im Gesicht.»

«Gut», sagte die Stimme, «wir schicken ein Boot mit einem Arzt, aber es wird bestimmt eine Stunde dauern. Mit dem Militärflughafen kann ich nicht verbinden, aber ich werde von hier aus alles regeln. Das wird natürlich einen gewaltigen Anpfiff geben, aber darüber wollen wir uns später sorgen. Ende.»

Der erste Düsenjäger kam innerhalb von drei Minuten. Er kreiste, um sein Ziel auszumachen, dann stieg er hoch und kam brüllend herunter. Die Männer im Boot wurden in die Hocke gezwungen von dem kreischenden Ungeheuer, das direkt auf sie zuzukommen schien, rasend schnell größer wurde und plötzlich weg war. De Gier tat es nicht mehr leid, daß er nie Soldat und nie in einem Krieg gewesen war. Das entsetzliche Gellen des Jets ließ seinen Körper frieren und zwang ihm die Tränen in die Augen. Er raffte sich dazu auf, die Augen offenzuhalten und dem Flugzeug nachzublicken. Er drehte den Kopf und sah, wie der Jäger über die Hütte flach hinwegflog, zwischen seinem Rumpf und dem Dach waren höchstens einige Meter Abstand. Er drehte den Kopf zurück und sah den zweiten Jäger zum Sturzflug ansetzen, während der erste wieder emporstieg und sich auf die Seite legte, bis er seine ursprüngliche Position wieder eingenommen hatte. Es sah aus, als sei der zweite Jet noch tiefer über das Dach der Hütte geflogen als der erste.

Das Funkgerät machte sich bemerkbar. Der Brigadier drehte am Lautstärkeknopf.

«Sind sie da?» fragte der Polizeioffizier von Festland.

«Hören Sie nur, Mijnheer», sagte der Brigadier und hielt das Mikrofon über seinen Kopf. Der erste Jäger befand sich fast wieder über ihnen.

«Verdammt», sagte der Offizier, «die schießen doch nicht etwa?»

«Nein, Mijnheer, sie kommen nur im Sturzflug herunter.»

«Es hört sich an wie das Ende der Welt.»

«Da kommt die andere wieder geflogen», sagte der Brigadier.

«Es ist geglückt!» schrie de Gier.

Sie sahen Rammys grüngekleidete Gestalt nach draußen kommen. Er winkte mit beiden Händen. Vom Jagdgewehr war nichts zu sehen.

«Komm runter!» schrie de Gier.

«Er kann dich nicht hören», sagte Grijpstra.

Rammy ließ sich von der Leiter fallen. Sobald er Sand unter den Füßen hatte, rannte er auf sie zu. Die Jets hatten ihn ebenfalls gesehen und kreisten.

De Gier ergriff den Karabiner und stieg ins Boot.

«Warte», sagte Grijpstra und schwang ein Bein über den Bootsrand.

Grijpstra ruderte, während de Gier den Karabiner auf Rammy gerichtet hielt. Rammy wartete ruhig auf sie, seine Arme hingen kraftlos herab. Als sie näher kamen, sahen sie, daß sein Mund offenstand und aus beiden Mundwinkeln Speichel tropfte.

«Hände hoch», rief de Gier, der an das lange Messer dachte, das irgendwo unter der Jacke verborgen sein mußte, aber Rammy hörte ihn nicht.

Grijpstra ging um den Gefangenen herum und klopfte dessen Jacke ab. Er fand das Messer, das in einer Lederscheide am Leibriemen steckte. Er nahm es ihm ab. Die Handschellen schnappten zu. Rammy murmelte etwas.

«Was sagt er?» fragte de Gier.

Rammys Stimme war kaum hörbar. Grijpstra beugte sich ihm zu.

«Ich weiß es nicht», sagte Grijpstra, «irgend etwas über Satan.»

«Komm mit, Rammy», sagte de Gier freundlich, «niemand wird dir etwas antun. Steig in das Schlauchboot, dann fahren wir zu dem Polizeiboot dort. Dann kannst du dich schon ausschlafen.»

Rammy sah erstaunt auf.

«So, Junge», sagte Grijpstra sanft, «nun komm mal mit.»

15

«Du bist zwar nicht schwer verwundet», sagte der Arzt, «aber du bist verletzt. Was machen die Schmerzen?»

«Es geht», sagte Buisman und stöhnte.

«Ich muß dir die Schrotkörner noch aus der Brust holen. Die meisten sitzen zwar im Anzug, aber einige auch noch im Fleisch. Wir werden dich zum Festland bringen, wo du ein Weilchen im Krankenhaus verbringen kannst.»

«Nein.»

«Möchtest du lieber nach Hause?»

«Ja, bitte», sagte Buisman, «ich mag das gedämpfte Essen nicht.»

Der Arzt nickte und beugte sich über die zusammengekrümmte Gestalt Rammys, der sich in eine Ecke am Ruder verkrochen hatte, zitternd und mit den Zähnen klappernd.

«Wie geht's, Rammy?» fragte der Arzt. Er strich ihm sanft über den Kopf, aber Rammy merkte es nicht. «Ein Schock», sagte der Arzt zu de Gier, «ein ziemlich schwerer. Er muß auf jeden Fall zum Festland. Kommst du mit?»

De Gier antwortete nicht, sondern sah Rammy Scheffer an.

«Wohin werden Sie ihn bringen?»

«In eine Klinik für Geisteskranke.»

«So schlimm steht es, wie?»

Sie waren auf die Seite des Polizeiboots gegangen und lehnten nebeneinander über der Reling. Sie schauten hinüber zur näher kommenden Insel. Die kleine Privatyacht, die den Arzt gebracht hatte, folgte ihnen in einigen hundert Metern Abstand.

«Ja», sagte der Arzt, «sein Geist ist jetzt völlig verwirrt. Rammy war mein Patient, seit er auf die Insel gekommen ist. Der Mann lebte unter schrecklichem Druck. Meistens kam er alle vierzehn Tage.»

«Was fehlt ihm denn?»

«Ein Magenleiden und andere nervöse Beschwerden. Atemschwierigkeiten. Er dachte oft, er würde ersticken. Einmal ist er mitten in der Nacht zu mir gekommen, ganz blau, die Hände an der Kehle. Er wollte, daß ich ihn an der Kehle operierte.»

«Was hatte er denn?» fragte de Gier. «Asthma?»

«Ich konnte keine Krankheit diagnostizieren.»

«Also?»

«Ich habe ihm geraten, einen Psychiater aufzusuchen.»

«Und hat er das getan?»

«Nein.»

«Aber was hat er nach Ihrer Meinung.»

«Nein», sagte der Arzt, «mehr sage ich nicht. Vielleicht wird der Psychiater der Klinik, in die er jetzt kommt, etwas mehr erzählen. Aber ihr könnt Rammy nicht verhaften, soviel ist sicher. Du mußt ihm die Handschellen sofort abnehmen. Ich werde ihm eine Spritze geben, dann wird er sich besser fühlen. Mir scheint es am besten zu sein, wenn das Polizeiboot direkt zum Festland fährt. Ich werde ihn begleiten. Kommst du mit?»

«Lieber nicht», sagte de Gier, «es sei denn, Sie sagen, daß ich mitkommen muß.»

«Nein, das ist nicht nötig.»

«Wollen Sie mir einen Gefallen tun?» fragte de Gier.

«Gewiß.»

«Schauen Sie mal nach meinem Kollegen Grijpstra», sagte de Gier, «ich glaube, er ist krank.»

Sie fanden Grijpstra am Bug.

«Das Wetter hat sich schön aufgeklart, wie?» sagte der Arzt.

Grijpstra drehte sich um und versuchte zu lächeln. Sein Gesicht war schweißnaß.

«Ich bin ein wenig seekrank», sagte Grijpstra, «das geht vorbei. Auf der Fähre mußte ich mich gestern auch schon übergeben.»

«Ja», sagte der Arzt, «ich fühle mit Ihnen. Ich werde auch immer seekrank, aber heute geht es. Ich habe voriges Jahr mit meiner Frau eine Reise auf dem Mittelmeer gemacht, zwei teure Wochen und zwei Wochen lang kotzelend.»

Grijpstras Gesicht entspannte sich.

«Darf ich Ihren Puls fühlen?»

Grijpstra reichte ihm das Handgelenk und begann zu husten.

«Er hat die Grippe, Doktor», sagte de Gier, «und er scheißt wie ein Reiher.»

Grijpstra hörte auf zu husten und sah de Gier wütend an.

«Er muß ins Bett», sagte de Gier.

Grijpstra nieste.

«Ihr Freund hat recht, Mijnheer Grijpstra», sagte der Arzt.»Sie sind nicht nur seekrank, Sie sind wirklich krank und gehören ins Bett.»

«Ins Bett?» fragte Grijpstra. «Warum?»

«Warum?» fragte de Gier. «Du mußt dich mal sehen. Ich glaube, du hast eine Lungenentzündung und Durchfall.»

«Warum bringt ihr mich nicht gleich auf den Friedhof?» fragte Grijpstra. «Und warum kümmerst du dich nicht um deine eigenen Angelegenheiten, de Gier?»

«Nein», sagte der Arzt, «nun regen Sie sich mal nicht auf, Mijnheer Grijpstra. Ich bin Arzt und sage, Sie sind krank, zwar nicht todkrank, aber krank. Und Sie müssen ins Bett.»

«Ich gehe zurück nach Amsterdam», sagte Grijpstra. «Wenn ich erst wieder in der Stadt bin, geht das alles vorbei. Ich bin nur krank geworden von all dieser freien Natur hier.»

«Du kannst nicht nach Amsterdam zurück», sagte de Gier. «Wenn du nicht sofort ins Bett gehst, mache ich Meldung.» Er drehte sich um und ging in die Kajüte, wo Buisman auf einer Bank unter einer Decke lag, in die ihn der Brigadier eingehüllt hatte.

«Grijpstra ist krank», verkündete de Gier.

Buismans Gesicht leuchtete auf. «He, das ist gut. Dann habe ich Gesellschaft.»

«Wie meinst du das?»

«Nun», sagte Buisman, «dann kann er neben mir liegen, wir können Karten spielen und uns miteinander unterhalten.»

«Ich glaube nicht, daß Grijpstra Karten spielen will. Er hat Lungenentzündung und Durchfall.»

«Wer sagt das?»

«Ich.»

«Und der Arzt?»

«Der sagt, daß er krank ist.»

«Das wird schon werden. Meine Frau war früher Krankenschwester; sie wird es auch als angenehm empfinden, sie hat schon seit langem keine Patienten mehr gehabt.»

«Gut», sagte de Gier.

«Ich habe alles für dich geregelt, Grijpstra», sagte de Gier, «du wirst bei den Buismans unterkommen. Seine Frau ist Krankenpflegerin und kann gut kochen.»

Grijpstra wollte etwas sagen, mußte aber niesen.

«Laß nur», sagte de Gier, «gern geschehen.»

Im Hafen wartete eine Gruppe von Menschen auf ihre Ankunft. De Gier betrachtete sie durch das Fernglas. Er sah den Commissaris und IJsbrand Drachtsma und winkte dem Commissaris zu, der die Hand hob. Der Commissaris trug noch seinen Shantunganzug. Er war noch nicht zu Hause gewesen, sondern hatte sich vom Flughafen Schiphol direkt nach Lauwersoog fahren lassen, wo ein Boot der Rijkspolitie auf ihn wartete. Der Commissaris sprach mit Drachtsma. De Gier gestand sich zwar ein, daß es unhöflich sei, jemand durch ein Fernglas zu beobachten, aber er betrachtete Drachtsma dennoch. Drachtsma sprach jetzt, er war anscheinend ziemlich erregt.

Das Polizeiboot machte neben einem anderen Schiff fest, das sein Zwilling sein konnte. Beamte der Rijkspolitie aus Friesland halfen, de Gier, Buisman und Rammy Scheffer an Land zu bringen. Rammy wurden die Handschellen abgenommen, und der Arzt gab ihm eine Spritze. Das Polizeiboot vom Festland hatte ebenfalls einen Arzt mitgebracht. Beide Ärzte begrüßten sich und nahmen Rammy unter ihre Obhut. Grijpstra und Buisman wurden zusammen mit dessen Frau, einer dicken, freundlichen Dame, in einem Taxi weggefahren.

De Gier spürte eine Hand auf der Schulter und drehte sich um. «Da bist du nun», sagte der Commissaris. «Komm mit, dann werden wir uns ein ruhiges Plätzchen und eine Tasse Kaffee suchen. Ich sehe, daß ihr mein Telegramm erhalten habt.»

16

Sie tranken Kaffee, verzehrten einen ausgedehnten Lunch und tranken noch mehr Kaffee. Danach bestellte der Commissaris Cognac.

«So, so», sagte der Commissaris schließlich, als de Gier, jetzt ganz entspannt und breit lächelnd, seine Geschichte beendet hatte.

«Ihr habt ihn also doch noch geschnappt, so daß meine Reise nach Curaçao eine Verschwendung von Staatsgeldern war.»

«Vielleicht doch nicht, Mijnheer», sagte de Gier.

«Jawohl, ihr habt ihn gefunden. Tüchtige Arbeit.»

«Nein, Mijnheer, da stimme ich Ihnen nicht zu. Die Sirene des Polizeiboots hat Rammy aus dem Gleichgewicht gebracht, und eben dieses Boot kam, um Ihr Telegramm zu bringen.»

«Ja», sagte der Commissaris zögernd, «das stimmt schon, aber ihr wart bereits wach geworden und hättet nach einem richtigen Verhör . . .»

De Gier schüttelte den Kopf, der Commissaris lächelte.

«Ich hätte nichts dagegen gehabt, wenn ihr ihn auf eigene Initiative festgenommen hättet, denn meine Reise nach Curaçao war nicht verschwendet.»

«Würden Sie mir erzählen, was dort geschehen ist, Mijnheer?»

Es kam noch mehr Cognac. Der Nachmittag verging, während der Commissaris erzählte.

«Aber dennoch verstehe ich euren Verdacht gegen Drachtsma nicht ganz», sagte der Commissaris. Sie waren auf dem Weg zu Buismans Haus, und es hatte wieder angefangen zu regnen. Der Commissaris hatte keinen Regenmantel. Deshalb gingen sie schnell.

«Wir sollten ins Hotel gehen, Mijnheer, wir können später nach den beiden sehen. Oder wir können anrufen.»

«Gute Idee», sagte der Commissaris.

Sie setzten sich in die unbequemen Lehnstühle im Hotelzimmer und sahen einander an. Der Commissaris rieb sein Bein.

«Haben Sie Schmerzen, Mijnheer?» fragte de Gier.

«Ja, sie haben wieder angefangen. In Curaçao hatte ich keine Beschwerden. Ich werde gleich ein heißes Bad nehmen, nur das hilft.»

«Drachtsma ist ein Machtmensch», sagte de Gier, «einer, der andere unterdrücken will. Und Maria van Buren wollte anscheinend ebenfalls Macht ausüben. Sie wollte andere manipulieren. Drachtsma wollte sie benutzen, und sie wollte Drachtsma benutzen. Zwei entgegengesetzte Kräfte.»

«Daher ein Interessenkonflikt», sagte der Commissaris.

«Mijnheer, Sie haben den seltsamen Negerzauberer kennengelernt, Wancho oder wie er heißt. Hatte er nichts über Maria zu erzählen?»

«Nein», sagte der Commissaris, «das hatte ich dir doch schon gesagt. Von dem Mann habe ich nichts erfahren. Ich habe auf seiner Veranda ein Nickerchen gemacht, glaube ich, und fühlte mich danach sehr glücklich.»

«Er war also ein guter Mann?» fragte de Gier zweifelnd.

«Bestimmt», sagte der Commissaris, «oder besser gesagt, er war kein böser Mann. Nicht gut, nicht böse, aber auch kein Mittelding.»

«Aber meinen Sie, daß Maria schlechte Dinge von ihm gelernt haben könnte?»

«Nein», sagte der Commissaris.

De Gier stand auf und ging zum Fenster. «Meine Theorie ist, daß Drachtsma Maria ermordete oder durch Rammy Scheffer ermorden ließ.»

«Belassen wir es mal dabei», sagte der Commissaris, «daß Rammy sie ermordet hat. Sie ist durch einen Messerwerfer getötet worden, und

Rammy kann messerwerfen. Er ist ihr Halbbruder und leidet an einem religiösen Wahn. Ihre Prostitution hat ihm den Rest gegeben.»

«Er hat noch nicht gestanden», sagte de Gier.

«Das wird er noch tun. In der Klinik wird er schon reden. Der Mann hat sie wirklich nicht alle, du hast es selbst vom Arzt gehört.»

«Ein Bibelleser», sagte de Gier.

«Kennst du die Bibel, de Gier?»

«Ja, Mijnheer. Ich habe eine reformierte Schule besucht und kenne ganze Abschnitte auswendig.»

«Ein interessantes Buch», sagte der Commissaris.

«Ein lebensgefährliches Buch, Mijnheer. Während des Krieges haben die SS-Leute Millionen Juden ermordet. Wissen Sie, was auf den Koppelschlössern der deutschen Soldaten stand?»

«Ja», sagte der Commissaris, «‹Gott mit uns›.»

«Das muß Rammy auch gedacht haben», sagte de Gier.

«Ja», sagte der Commissaris, «Drachtsma hat dem armen Jungen gesagt, daß seine Schwester vom Satan besessen sei. Wir haben nur ein Werkzeug geschnappt. Und der wirkliche Täter sitzt in seiner Villa. Er war auch ziemlich nervös, als er auf dem Kai mit mir redete, aber er hatte keine Angst. Der Kerl weiß, daß wir ihm nichts anhaben können.»

«Haben Sie ihm gesagt, daß Rammy Scheffer der Halbbruder Maria van Burens ist?»

«Ja. Er tat so, als sei er furchtbar erstaunt.»

17

Nachmittags um fünf Uhr, als der Commissaris bereits einen Fuß ins Bad gesteckt hatte, läutete das Telefon.

«Drachtsma. Sind Sie's, Commissaris?»

Der Commissaris murmelte eine Bestätigung, während er sich bemühte, das Handtuch festzuhalten, das ihm von den mageren Hüften gleiten wollte.

«Ich dachte mir, Sie würden heute abend noch auf der Insel sein. Und da die Küche Ihres Hotels nur wenig zu bieten hat, wäre es vielleicht eine gute Idee, wenn Sie bei uns essen würden. Der Bürgermeister und einige Mitglieder des Gemeinderats werden heute abend ebenfalls kommen.»

«Ich danke Ihnen», sagte der Commissaris und versuchte, eine Zigarre anzuzünden, «könnte ich meinen Brigadier mitbringen? De Gier? Sie haben ihn in Amsterdam kennengelernt. Und sonst sitzt der arme Junge hier ganz allein.»

Für eine Weile war es still.

«Ja», sagte Drachtsma, «wie ich höre, ist Ihr Adjudant krank geworden, aber er ist bei Mevrouw Buisman in guten Händen. Vielleicht sollte de Gier besser bei den Buismans essen, in dieser Gesellschaft fällt er ein bißchen aus dem Rahmen, denke ich.»

Der Commissaris biß auf seine Zigarre, die abbrach. Er spie den Stummel aus.

«Ach, ich glaube, daß de Gier sich sehr leicht anpassen kann.»

«Ausgezeichnet», sagte Drachtsma. «Dann bringen Sie ihn mit. Würde es Ihnen um sieben, Viertel nach sieben passen? Wenn Sie wollen, schicke ich Ihnen einen Wagen.»

«Ich weiß, wo Ihr Haus ist. Jemand hat es mir heute gezeigt. Es ist nur einige Kilometer von hier entfernt, glaube ich. Ein Spaziergang wird uns guttun.»

«Wie Sie wollen», sagte Drachtsma, «also bis heute abend, Commissaris.»

«Bah», sagte der Commissaris, steckte sich eine neue Zigarre an, hob das Handtuch vom Boden auf und ging wieder ins Bad.

De Gier telefonierte mit dem Polizeipräsidium.

«Wir haben ihn», sagte er zu Adjudant Geurts, «er ist ein Halbbruder der toten Dame. Ein Familiendrama, sehr traurig.»

«Hat er gestanden?»

«Nein, er hat den Verstand verloren.»

«Und du bist sicher, daß es der Halbbruder gewesen ist?»

«Er ist der Mann, der das Messer geworfen hat», sagte de Gier.

«Meine Glückwünsche. Und was ist jetzt mit eurem Mijnheer Holman, dem Mann mit der roten Weste? Wir haben ihn gebeten, heute abend noch einmal zu kommen.»

«Laßt ihn ruhig laufen», sagte de Gier.

«Weißt du das bestimmt? Er war sehr nervös, als wir ihn angerufen haben.»

«Er wird wohl das Finanzamt beschissen haben», sagte de Gier. «Ruf ihn an und sag, daß wir den Täter erwischt haben.»

«Gut», sagte Geurts, «ruf mich mal kurz an, wenn du wieder in Amsterdam bist. Dann treffen wir uns bei einer Flasche Schnaps. Sietsema und ich möchten gern alles wissen.»

«Gut, aber vorläufig komme ich noch nicht. Die Sache ist noch nicht ganz abgeschlossen.»

«Was meinst du damit, ‹noch nicht ganz abgeschlossen›? Ihr habt den Mann doch geschnappt.»

«Ja», sagte de Gier, «aber es ist ein eigenartiger Fall.»

«De Gier, du machst daraus eine Vergnügungsreise. Du liegst sicherlich irgendwo am Strand.»

«Ja. Wir dürfen mit dem Polizeiboot fahren und mit einer Yacht. Und ich habe einige nette Mädchen kennengelernt. Heute abend gehen wir zu einer Party. Zu einer wilden Party. Auf der Insel wimmelt es von FKK-Typen. Wenn es sich machen läßt, werden wir heute abend alle splitternackt bei Vollmond herumlaufen. Hier ist man nicht so engherzig wie in der Stadt. Die Mädchen sind sehr leicht zu haben. Man braucht ihnen nur zu sagen, was man will. Und wenn sie Lust darauf haben, sind sie einverstanden. Und die Männer sind nicht eifersüchtig. Freie Menschen.»

«Wie kommt es nur», fragte Sietsema, der mitgehört hatte, «daß sie immer die hübschen Fälle bekommen und wir nie?»

«Quatsch nicht», sagte Geurts, «wir haben ebenfalls hübsche Fälle. Denk an die alte Dame, die von den Arabern zusammengeschlagen worden ist, und an den Mann mit dem Haus voller gestohlener Fahrräder. Und als du heute nachmittag nicht hier warst, ist noch ein anderer Fall dazugekommen.»

«Was für ein Fall?»

«Heute mittag ist ein Mann mit Verletzungen in ein Krankenhaus eingeliefert worden. Mit ernsten Verletzungen. Schädelbasisbruch, gebrochener Arm und noch etwas mit seinen Eiern. Er hat dem Arzt eine seltsame Geschichte erzählt. Und der Arzt hat ihm nicht geglaubt und uns angerufen.»

«Was für eine Geschichte?»

«Der Mann behauptet, er sei Student und wohne in einem Kellerraum. Gestern abend war er auf einer Party und hat sich dort betrunken. Heute morgen wollte er ausschlafen, als um elf Uhr geläutet wurde. Noch etwas unsicher vom Trinken, ging er durch den Korridor zur Eingangstür. Er hatte nichts an. Der Mann hat eine Katze, die ziemlich verspielt ist. Sie lief hinter ihm her und hat ihm an den Eiern einen Schnitt beigebracht.»

«Komm, komm», sagte Sietsema.

«Das sagt der Mann, und er hat einen Riß an den Eiern. Der Arzt bestätigt, daß es ein tiefer Riß ist.»

«Das soll ja passieren», sagte Sietsema.

«Ja, aber das ist erst der Anfang. Der Kerl ist vor Schreck hochgesprungen und mit dem Kopf gegen ein Gasrohr unter der Decke gestoßen. Dabei soll er sich die Kopfwunde zugezogen haben.»

«Schädelbasisbruch?»

«Ich bin kein Arzt, aber nach dem Bericht hat er einen Riß im Schädel und eine starke Gehirnerschütterung.»

«Ach, hör doch auf. Das hast du dir ausgedacht.»

«Ich denke mir nichts aus. Jemand hat ihn dort gefunden, bewußtlos mit einer miauenden Katze, und hat die Ambulanz gerufen. Die Sanitäter haben ihn auf der Krankentrage festgebunden und wollten ihn ins Auto legen, als er wieder zu sich kam. Sie haben ihn anscheinend gefragt, was passiert war, und das hat er ihnen erzählt. Und dann haben sie so gelacht, daß sie die Trage fallen ließen und er sich den Arm brach.»

«Wenn de Gier nicht in Schiermonnikoog wäre, würde ich schwören, die Geschichte stammt von ihm, aber wenn du es sagst, wird es wohl wahr sein.»

«Es ist wahr», sagte Geurts.

De Gier spazierte auf dem Seedeich der Insel entlang. Es herrschte Ebbe, der schlammige Meeresboden war überall zu sehen. Tausende von Vögeln suchten nach Futter im Schlamm. Ihre weißen Silhouetten kontrastierten mit den bleigrauen Wolken, die sich am Horizont aufgetürmt hatten. Die Inselbewohner hatten sich in ihre Häuser zurückgezogen, um Tee zu trinken und Kuchen zu essen. Die Welt um ihn herum war still. Nicht einmal die Vögel gaben in ihrem Eifer, soviel Nahrung wie möglich aus dem Schlamm herauszuwühlen, irgendwelche Laute von sich. Er blieb stehen und sah sich um. Die Sonne, die durch ein Loch in den Wolken schien, konzentrierte ihre Strahlen auf ein Pferd, das aussah, als sei es in Feuer getaucht, ein brennendes weißes Pferd, das auf einer dunkelgrünen Weide herumstolzierte. De Gier seufzte.

De Gier sah auf die Wolken. Das Loch in ihnen schloß sich. Nur noch ein dicker Strahl orangefarbenen Lichts traf auf das Pferd, das sich aufbäumte und mit den Vorderhufen schlug, als spüre es, daß es ein Teil des Mysteriums war.

«Guten Tag, Mevrouw Buisman», sagte de Gier, «wie geht es Ihren Patienten?»

«Komm rein und trink eine Tasse Tee mit», sagte die dicke Frau, die mit ihrer weißen Schürze tüchtig und fröhlich aussah. «Dein Freund schläft tief, aber er ist ziemlich krank. Der Arzt sagt, er habe eine leichte Lungenentzündung und Fieber. Er wird eine Weile bleiben müssen, aber ich denke, er wird sich bald besser fühlen. Vielleicht geht das Fieber morgen schon zurück.»

«Gut. Und was macht Ihr Mann?»

«Der Arzt hat ihm die Schrotkörner aus der Brust geholt. Glücklicherweise saßen sie nicht tief, aber er ist grün und blau.»

«Ich bin froh, daß Rammy sein Gesicht nicht getroffen hat.»

«Das hätte Rammy nie getan», sagte Mevrouw Buisman. «Der arme Kerl wollte nur, daß mein Mann nicht näher kommt.»

«Armer Kerl», sagte de Gier. «Aber derselbe Rammy hat seiner Schwester ein Messer in den Rücken geworfen.»

Mevrouw Buisman schenkte Tee ein und öffnete die Gebäckdose. «Ich weiß», sagte sie.

«Sie mögen ihn, wie?»

«Ja, ich kenne ihn schon lange. Er kam oft auf eine Tasse Tee vorbei und saß auf dem Stuhl, auf dem du jetzt sitzt. Der Mann hat eine schwere Last zu tragen, und ich hoffe, man behandelt ihn gut in der Klinik. Er hat

Angst vor Menschen, weißt du. Eigentlich hat er nur die See und die Vögel gern. Vielleicht hätte er weiter zur See fahren sollen. Wenn er einmal etwas erzählte, dann immer von seinem Schiff in Curaçao und seinem Kapitän, einem alten Säufer, der wie ein Vater zu Rammy war. Über seinen wirklichen Vater wollte er nie etwas sagen.»

«Sein Vater war nicht mit seiner Mutter verheiratet», sagte de Gier.

«Ja, das kommt natürlich vor. Es ist schlimm für die Kinder. Sie fühlen sich verloren und einsam auf der Welt.»

Eine Katze kam in die Küche, sah Mevrouw Buisman an und begann zu schnurren. Sie nahm das Tier auf den Arm und streichelte seinen Rücken.

«Alle lebenden Wesen brauchen Liebe, auch dieser dicke, dumme Kater. Ich muß ihn wohl zwanzigmal am Tag auf den Arm nehmen und ihm sagen, daß ich ihn mag und er nicht allein auf der Welt ist.»

«Mein Kater!» rief de Gier und sprang auf. «Darf ich mal eben telefonieren?»

«Wie geht es ihm?» fragte Mevrouw Buisman, als de Gier aufgelegt hatte.

«Gut, glücklicherweise. Mein Nachbar sorgt für ihn, wenn ich nicht in der Stadt bin, aber mein Kater ist eigen. Er will nicht essen, wenn ich nicht da bin, und er fällt jeden an. Mein Nachbar kann mit ihm fertig werden, er arbeitet im Zoo und weiß, was er tun muß, wenn Olivier sich schlecht benimmt. So heißt er, Olivier. Mein Nachbar bleibt immer freundlich, und dagegen kommt das Tier nicht an.»

«Siehst du», sagte Mevrouw Buisman, «genau wie Rammy. Er möchte Liebe, hat aber eine unangenehme Art, darum zu bitten.»

De Gier rührte seinen Tee um. «Kennen Sie Mijnheer Drachtsma, Mevrouw Buisman?»

Mevrouw Buisman kniff die Augen halb zu. «Ja, den kenn' ich.»

«Und Rammy, kennt Rammy ihn?»

«Jeder auf der Insel kennt Mijnheer Drachtsma», sagte Mevrouw Buisman.

Sie sah jetzt nicht mehr so freundlich aus. Ihr Gesicht hatte sich verhärtet. De Gier sah jetzt, daß sie einen Knoten trug, durch den sie eine dicke Haarnadel gesteckt hatte.

«Sie können ruhig reden, Mevrouw Buisman», sagte de Gier, «ich frage nicht aus Neugier, sondern weil ich Kriminalbeamter bin.»

«Aber du hast doch deinen Mörder, oder?» fragte Mevrouw Buisman.

De Gier knabberte an seinem Gebäck. «Es sieht so aus.»

«Ich habe vor kurzem nachgedacht und mich gefragt, ob Mijnheer Drachtsma die tote Dame in Amsterdam gekannt hat.»

«Ja, er kannte sie», sagte de Gier. «Sie war seine Freundin.»

«Arme Mevrouw Drachtsma.»

«Wußte Mevrouw Drachtsma nicht, daß ihr Mann ein Verhältnis

hatte?» fragte de Gier.

«O doch», sagte Mevrouw Buisman gereizt, «das wußte sie. Sie kam hier ebenfalls gelegentlich auf einen Tee vorbei und sprach dann darüber. Sie müsse Verständnis für ihn haben, sagte sie dann. Er habe soviel Energie, und ihm genüge eine Frau nicht. Sie sagte auch, daß sie es nicht so sehr schlimm finde, wenn er nur keine Frau mit auf die Insel bringt.»

«Hat er das gelegentlich getan?»

«Vielleicht. Er hat das große Segelboot und damit oft Freunde und Bekannte in Lauwersoog abgeholt. Und seine Frau mag das Wasser nicht. Sie hat noch nie einen Fuß auf das Boot gesetzt.»

«So», sagte de Gier.

«Mijnheer Drachtsma ist kein netter Mann», sagte Mevrouw Buisman, nachdem sie tief Atem geholt hatte.

«Warum nicht?»

Sie schenkte Tee ein, und sie sahen sich an, während sie in der Tasse rührten.

«Der Mann erinnert mich immer an Taumelkraut. Du kommst aus der Stadt, nicht wahr? Du weißt gewiß nicht, was Taumelkraut ist.»

«Nein, von Pflanzen verstehe ich nicht viel. Ich weiß nur ein wenig über Vögel.»

Mevrouw Buisman lachte. «Ja, mein Mann hat mir eure Abenteuer von heute morgen erzählt.»

«Oh, aber ich fand es sehr lustig», sagte de Gier hastig. «Nur der Adjudant Grijpstra, meine ich, fand es nicht so gut, weil er sich krank fühlte und wir natürlich immer an den Mordfall denken mußten.»

«Das verstehe ich gut. Aber ich werde dir erklären, was Taumelkraut ist. Wenn einige Pflanzen hier gegen Ende des Jahres sterben, dann werden sie ganz trocken und spröde. Dann ergreift sie der Wind und bricht sie an den Wurzeln ab, und sie fangen an zu taumeln und zu purzeln. Ein sehr seltsamer Anblick. Sie scheinen es so eilig zu haben und geben sich so energisch, aber sie sind tot. Sie werden gegen Hecken und Sträucher geweht, manchmal ist der Garten voll von ihnen. Am Ende fliegen sie aufs Meer und ertrinken, falls etwas Totes überhaupt ertrinken kann. Seelenlose, lebende Wesen.»

De Gier hatte seine Tasse auf den Tisch gestellt. Er starrte Mevrouw Buisman an.

«Ja?» fragte er. «Glauben Sie, daß Mijnheer Drachtsma keine Seele hat?»

«Seele? Von Seelen weiß ich nichts. Ich bin nicht religiös. Seele ist nur ein Wort wie alle anderen Wörter und bedeutet eigentlich nichts. Ich wollte nur sagen, daß Mijnheer Drachtsma ein harter Mann ist, der immer seinen Willen durchsetzt, von hier nach dort springt, ohne jemals glücklich dabei zu werden. Er kauft immer große Boote und behält ein Auto nie länger als ein halbes Jahr. Immerzu zimmert und mauert und malt jemand an seinem Haus herum. Er ist ein unzufriedener Mann, der vielleicht nicht einmal lebt. Das meinte ich.»

«Wer lebt denn wohl?» fragte de Gier.

«Oh, viele Menschen leben. Mein Mann zum Beispiel. Aber er ist ein liebevoller Mann.»

De Gier lächelte.

«Nein, so nicht», sagte Mevrouw Buisman und kicherte. «Wir sind nicht mehr die Jüngsten. Ich meine, er hat lebende Wesen gern und auch tote Dinge. Vor kurzem habe ich gesehen, wie er auf dem Dach stand, aufs Meer schaute und nach den Vögeln und den Wolken. Und ich ging zu ihm und sagte ‹Buisman›, aber er sah mich an, als ob er keine Ahnung habe, wer ‹Buisman› ist. Er war so von allem erfüllt, was um ihn war. Aber mit Drachtsma könnte man so etwas nicht machen. Der weiß immer genau, wer er ist. ‹Drachtsma› ist das schönste Wort, das er kennt, und er sucht immer nach Möglichkeiten, es noch schöner und größer und wichtiger zu machen. Und inzwischen wird er durch all seine Wünsche hin und her geweht wie das Taumelkraut durch den Wind.»

«Und eines schönen Tages wird er ins Meer geblasen, um dort zu verschwinden», sagte de Gier.

Mevrouw Buisman ging, um nach ihren Kranken zu sehen, bei denen sie eine Weile blieb. De Gier rief das Hotel an und hörte, daß der Commissaris ihn um sieben Uhr in der Bar erwarte. Er hatte noch eine halbe Stunde Zeit.

«Mevrouw Buisman», sagte er, als sie wiederkam, «wissen Sie, ob eine besondere Beziehung zwischen Rammy und Drachtsma bestand?»

«Ja, darüber habe ich nachgedacht», sagte Mevrouw Buisman und lächelte.

De Gier sah sie fragend an.

«Nein, nein, ich mußte über meine beiden dicken Babys lachen. Dein Mijnheer Grijpstra kann gewaltig schnarchen, weißt du, und mein Buisman piepst dazwischen. Ich verstehe gar nicht, daß sie sich nicht gegenseitig wecken. Also Rammy und Drachtsma, wie? Ich meine, ich hätte eine Art von Annäherung zwischen den beiden bemerkt. Drachtsma hat immer viel Interesse am Reservat gezeigt und der Gemeinde Geld für Hecken und für den Vogelschutz gegeben. Und das interessierte Rammy natürlich. Mijnheer Drachtsma hat Rammy auch schon zu Hause aufgesucht. Und einmal, als sie tief in ein Gespräch versunken waren und ich zufällig hinter ihnen ging, hörte ich, wie Drachtsma ihm etwas über Satan erzählte. Ich fand das damals seltsam, denn was hat der Teufel mit dem Vogelreservat zu tun. ‹Wenn Satan von irgendeinem Menschen Besitz ergreift, Rammy›, sagte Mijnheer Drachtsma, ‹dann muß er, wer es auch sein mag, vernichtet werden. Satan ist als Geist nicht so gefährlich, aber wenn er einen Körper zur Verfügung hat, kann man gegen ihn nicht mehr bestehen›.»

«Das haben Sie wörtlich gehört?» fragte de Gier.

«Wörtlich», sagte Mevrouw Buisman, «aber ich bin schon seit 24 Jahren mit einem Polizisten verheiratet und weiß, daß ihr so eine Aussage nicht gebrauchen könnt. Wenn man Mijnheer Drachtsma allein auf Vermutungen hin festnehmen will . . .»

«Nein», sagte de Gier, «das habe ich auch nicht vor.»

«Was willst du denn?»

«Ich bin neugierig», sagte de Gier, «und will alles wissen. Vielen Dank für den Tee, Mevrouw. Grüßen Sie Grijpstra und Ihren Mann, wenn sie aufwachen.»

«Lauf nicht so schnell», sagte der Commissaris. «Meine Beine sind nur halb so lang wie deine. Wir haben Zeit genug. Drachtsma erwartet uns erst um Viertel nach sieben.»

«Was halten Sie von der Geschichte, die Mevrouw Buisman erzählt hat, Mijnheer?»

«Taumelkraut, he», sagte der Commissaris, als sie am Tor zur Villa Drachtsmas standen und sie ihren Gastgeber kommen sahen. «Ich habe vor kurzem etwas über Taumelkraut gelesen, eine hübsche Geschichte. Vielleicht kann ich sie gleich verwenden.»

18

Obwohl das Essen ausgezeichnet und die Weine von den allerbesten Jahrgängen waren, hatte de Gier das Mahl nicht genossen. Er saß Mevrouw Drachtsma gegenüber, und ihr harter Ausdruck auf dem Gesicht, die dicke Farbschicht darauf, die fast zerbrach, wenn sie zu lächeln versuchte, die zusammengekniffenen dünnen Lippen hatten seine Verdauung durcheinandergebracht, so daß er sich schwer fühlte, als hätte er den Magen und die Eingeweide voll mit schnelltrocknendem Zement.

Die Einrichtung der Villa hatte seine Stimmung auch nicht gehoben. Er hatte ein Übermaß an Luxus erwartet, den es zwar gab, aber alles, was er um sich herum sah, war irgendwie lieblos. Sie haben den Krempel einfach irgendwo abgesetzt, dachte de Gier, wie Lastwagen in einer Betongarage.

Nach dem Eis mit warmer Schokoladensauce war die Gesellschaft zum Kamin dirigiert worden, wo sie die übervollen Bäuche in Ledersessel fallen lassen konnte. Ein alter Mann in gestreifter Jacke machte mit einem Silbertablett die Runde. De Gier nahm ein Glas Cognac, lehnte aber die Zigarre ab. Aus Protest drehte er sich eine Zigarette, wobei er reichlich Tabak verschüttete.

«Ich bin vorher schon einmal auf Ihrer schönen Insel gewesen», sagte der Commissaris, nachdem endlich seine lange Zigarre nach vielen vergeblichen Bemühungen brannte, «aber das war im Herbst, im Spätherbst.»

«Das ist für uns eine schöne Zeit», sagte der Bürgermeister. «Natürlich ist die Insel immer schön, aber ich finde sie kurz vor dem Winter immer am herrlichsten. Dann sind die Touristen alle fort, so daß Schiermonnikoog uns allein gehört. Wenn man dann am Strand etwas findet, kann man es allein betrachten, ohne daß man von einer Menge bedrängt wird.»

«Genau das habe ich auch getan», sagte der Commissaris, «ich bin am Strand spazierengegangen. Es war eine seltsame Atmosphäre, die Natur schlief, die Bäume waren kahl und tot, einige Möwen kreischten hoch in der Luft. Hinter mir war ein Schwarm Krähen. Jedesmal, wenn ich stehenblieb, setzten sie sich hin und krächzten laut, als ob sie mein Tun und Lassen besprachen.»

Der Commissaris konnte gut erzählen. Die Gäste stellten ihre Unterhaltungen ein und beugten sich vor, damit sie der leisen Stimme besser folgen konnten. Drachtsma lehnte am Kamin. Er hatte die langen Beine übereinandergeschlagen und die Hände in die Hosentaschen gesteckt, aber er machte keinen entspannten Eindruck.

«Und dann sah ich das Taumelkraut. Ich stand an einer Stelle, wo der Strand breit ist, sehr breit, in der Nähe des Wassers, und schaute von dort aus zu den Dünen hinüber, als ich das Taumelkraut herunterkommen sah, rollend, vom Wind geschoben. Es war groß, es hatte bestimmt einen Durchmesser von drei Metern, und es war auch nicht nur eine einzelne tote Pflanze, aber das wußte ich in dem Augenblick noch nicht. Ich wußte, daß es Taumelkraut gibt und seine Bewegungen absichtlich sind, geplant, ja, das kann man sagen, es hat seine Bewegungen vorher geplant. Es hat spezielle Wurzeln, die erst spät in seinem Leben wachsen und nicht in die Erde eindringen. Sie treffen auf den Boden auf und halten sich daran fest, während sie weiterwachsen. Die Wurzeln dienen als Arme, als muskulöse Arme, mit denen die Pflanze sich hochstemmt, wenn die Zeit gekommen ist. Sie drückt und drückt, bis der Stengel abbricht. Dann ist die Pflanze frei und rollt fort, sobald der Wind sie packt. Und im Rollen begegnet sie Artgenossen, mit denen sie ein Knäuel zu bilden beginnt. Das geschieht nicht immer. Meistens ist das Taumelkraut nur eine einzelne Pflanze, aber es kann sein, daß sich viele Pflanzen begegnen und der Knäuel gigantisch wird. Und einen solchen riesenhaften Ball sah ich an dem Abend, und er kam direkt auf mich zu. Der Wind war stark, fast ein Sturm, und ich sah das Kraut immer näher kommen. Als ich erfaßte, daß es mich angreifen würde, rannte ich weg, zuerst nach links, aber dann, als das Kraut ebenfalls seine Richtung änderte, nach rechts. Es folgte mir jedoch auch weiterhin. Es federte sich vom Boden ab, winkte mit seinen gelben Tentakeln, ergriff mich und drückte mich in die See hinein. Ich war so verängstigt, daß ich meinte, in die Augen des Monstrums zu blicken. Wahrscheinlich habe ich vor Angst geschrien.»

Der Commissaris betrachtete seine Zigarre. «Sie ist schon wieder aus», beklagte er sich. «Hat jemand Feuer?»

Drachtsma gab ihm Feuer. «Aber Sie leben noch», sagte er, «also hat das Monstrum Sie doch noch freigelassen. Welches Glück.»

«Ja», sagte der Commissaris, «aber das war nicht die Absicht des Krauts. Ich habe das Ereignis nie vergessen. Ein sonderbarer Vorfall. Mich fasziniert immer noch, daß ich von einer Leiche angegriffen wurde, von einem Ding, das selbst keinen Willen mehr haben konnte. Die Pflanze hatte natürlich alles vorher geplant, ehe sie starb, und sie hat ihre eigene Leiche zusammen mit den Leichen von Artgenossen als Waffe benutzt.»

«Nun, nun», sagte der Bürgermeister und nippte lächelnd an seinem Cognac, «Sie erzählen es ganz schön, und ich glaube gern, daß es so gewesen ist, aber dennoch meine ich, Sie übertreiben ein bißchen. Die Pflanze hatte nie etwas geplant, würde ich meinen. Eine natürliche Handlungsweise, mehr ist es nicht. Taumelkraut purzelt umher, weil es sich fortpflanzen muß. Wenn der Wind das Kraut über die Dünen jagt, verliert es seinen Samen. Es ist merkwürdig, daß dies erst nach seinem Tode geschieht, und ich gebe zu, es ist ein phantastischer Anblick, wenn sich das Kraut über unsere Landschaft bewegt, vielleicht ist es sogar ein furchterregendes Schauspiel, aber dennoch würde ich keine böse Bedeutung darin suchen wollen. Nein.»

Die Gespräche wurden wieder aufgenommen. Der alte Mann servierte Kaffee. Doch allmählich standen die Gäste auf und gingen zur Tür. Der Commissaris und de Gier folgten dem Beispiel. Sie bedankten sich bei der Gastgeberin für das herrliche Essen. Aber Drachtsma fing sie ab und bot ihnen ein letztes Glas an. Mevrouw Drachtsma entschuldigte sich und wünschte gute Nacht. Die drei Männer standen am Kamin und nippten an ihrem Cognac.

«Das war eine gute Geschichte, Commissaris», sagte Drachtsma, «Ihre Geschichte vom Taumelkraut.»

Die Kriminalbeamten warteten, aber er wollte anscheinend nichts mehr sagen.

«Das eine Wesen tötet das andere mit Hilfe eines dritten Wesens», sagte der Commissaris.

«Das Taumelkraut benutzte seine eigene Leiche, um ein lebendes Wesen zu töten», sagte Drachtsma.

«Oder andere Wesen», sagte der Commissaris. «Ein lebendes Wesen kann ein anderes lebendes Wesen benutzen oder mißbrauchen, um wiederum ein anderes Lebewesen zu töten. Es ist eher ein Beispiel für Gedankenstärke. Geschäftsleute benötigen sie. Sie sitzen eigentlich nur hinter dem Schreibtisch und stellen sich etwas vor. Dann gehen andere daran, diese Vorstellung zu verwirklichen. Und die Gedankenstärke des einen wird die anderen weiterhin inspirieren und zwingen, ein gestecktes Ziel zu erreichen. Die Stärke wird durch ein Gehirn aufgebaut, das nach einer Gelegenheit sucht, nach einem Vehikel . . .»

De Gier setzte sein Glas hörbar auf den Tisch. «Und Maria van Buren stirbt», sagte er. «Guten Abend.»

Drachtsma sah den Commissaris an. «Ich hatte erwartet, Sie würden diesen letzten Satz sagen», sagte er leise.

Der Commissaris war schon an der Tür, aber er kam zurück.

«Hier ist meine Karte, Mijnheer Drachtsma, die Telefonnummer steht darauf.»

Drachtsma steckte die Karte in die Brusttasche seines Sakkos; er sah die Polizisten an.

«Nein», sagte er, «Sie werden doch nicht wirklich erwarten, daß ich mir die Mühe mache, Sie zu belästigen.»

19

Ein halbes Jahr später, als die Gehirne und Erinnerungen der Beamten, die mit dem Fall Maria van Buren befaßt waren, längst wieder mit vielerlei anderen Vorfällen beschäftigt waren, läutete das Telefon des Commissaris.

«Drachtsma», sagte eine kaum hörbare Stimme, «erinnern Sie sich noch an mich?»

Der Commissaris brauchte einige Sekunden zum Überlegen.

«Ja, Mijnheer Drachtsma, ich erinnere mich an Sie.»

«Ich würde gern eine Erklärung abgeben», sagte die schwache Stimme sehr langsam und sehr vorsichtig. «Ich wäre Ihnen sehr verbunden, wenn Sie mich besuchen könnten.»

«Ja», sagte der Commissaris, «aber wo sind Sie jetzt?»

«Auf der Insel», sagte Drachtsma.

«Können wir es nicht aufschieben, bis Sie in Amsterdam sind?» fragte der Commissaris. «Es ist eine ziemlich weite Fahrt nach Schiermonnikoog, und wir haben hier jetzt viel zu tun. Ich dachte, Sie kommen wegen der Geschäfte regelmäßig nach Amsterdam.»

«Jetzt nicht mehr», sagte die schwache Stimme. «Ich bin krank, sehr krank, und habe die Insel seit Monaten nicht mehr verlassen.»

Der Commissaris sah zum Fenster. Der Regen trommelte an die Scheiben.

«Wann geht das nächste Boot?»

«Wenn Sie Ihr Zimmer jetzt verlassen, können Sie das Boot bequem erreichen und mit der Nachmittagsfähre zurückfahren. Es kostet Sie nur einen Tag, aber Sie würden mir einen großen Gefallen erweisen, wenn Sie kämen.»

«Gut», sagte der Commissaris.

«Schade, daß Grijpstra nicht mitfahren wollte», sagte de Gier. Ihr Wagen fuhr über die Utrechtsebrug. De Gier steuerte das Auto auf den linken Fahrstreifen und brachte die Tachonadel genau auf 100.

«Das kannst du ihm nicht übelnehmen», sagte der Commissaris. «Die freie Natur hätte ihn das letzte Mal fast erwischt, und ich glaube, die Insel kennt er allmählich. Er mußte damals noch für einen Monat bleiben, weißt du noch?»

«Ich habe es nicht vergessen», sagte de Gier. «In dem Monat mußte ich mehr Überstunden machen als in den anderen Monaten des Jahres zusammen.»

«Sei dankbar», sagte der Commissaris.

«Ja, Mijnheer», sagte de Gier, der nicht wußte, was der Commissaris damit meinte.

Mevrouw Drachtsma öffnete ihnen die Tür. Sie hatte ihr Gesicht nicht zurechtgemacht und sah alt und müde aus, aber sie strahlte eine gewisse Wärme aus.

«Ich bin froh, daß Sie gekommen sind», sagte sie. «Mein Mann erwartet Sie. Er hat Lungenkrebs, und der Arzt meint, daß es bald mit ihm zu Ende geht. Er wollte nicht ins Krankenhaus auf dem Festland. Eigentlich müßte er bestrahlt werden, aber er behauptet, die Bestrahlung werde die Tortur nur verlängern.»

«Seit wann ist Ihr Mann schon krank, Mevrouw?» fragte der Commissaris.

«Der Krebs wurde vor drei Monaten festgestellt, er ist ganz schwach geworden.»

IJsbrand Drachtsma lag in einem großen Krankenhausbett aus Metall. Drei Kissen stützten Kopf und Oberkörper. Sein Gesicht hatte die Farbe von Elfenbein, die Augen lagen unter den borstigen Brauen tief in den Höhlen. Der Commissaris und de Gier berührten vorsichtig die weiße Hand, auf der sich die Adern wie blaue Würmer krümmten.

Drachtsma hustete und holte tief Atem. Er versuchte zu sprechen, aber es gelang ihm nicht gleich.

«Taumelkraut», sagte er schließlich und hustete bei jeder Silbe, «wissen Sie noch?»

«Ja», sagte der Commissaris, «aber strengen Sie sich nicht an, Drachtsma. Ich denke, ich verstehe Sie auch so. Wenn Sie beim Sprechen Schmerzen haben, sollten Sie es besser unterlassen. Wir werden noch für eine Weile bei Ihnen bleiben, wenn Sie möchten.»

Drachtsma lächelte und schüttelte den Kopf. «Nein, ich muß sprechen. Sie hatten recht. Es ist alles so gewesen, wie Sie es sich gedacht hatten.»

Der Commissaris wollte wieder etwas sagen, aber Mevrouw Drachtsma legte ihm die Hand auf die Schulter.

«Lassen Sie ihn bitte sprechen, Commissaris. Ich weiß schon, was er sagen will. Er hat es mir erzählt, und ich habe ihm verziehen. Ich habe ihn verstanden. Aber er will es auch Ihnen erzählen. Lassen Sie ihn nur, dann hat er seine Ruhe.»

«Ja», sagte Drachtsma, «ich wollte, ich könnte mit Rammy sprechen. Meine Frau hat die Klinik angerufen, aber er ist immer noch krank. Das ist meine Schuld. Ich habe ihn ausgenutzt, statt ihm zu helfen. Ich hätte ihm helfen können, aber das wußte ich nicht. Jetzt ist es zu spät. Schade.»

Er begann wieder zu husten. Mevrouw Drachtsma nahm seine Schultern in ihre Arme, er legte seinen Kopf an ihren Hals.

De Gier fühlte sich beklommen: Er wollte aufstehen und im Korridor eine Zigarette rauchen, aber die bewegungslose kleine Gestalt neben ihm hielt ihn auf seinem Stuhl fest.

«Es geht wieder», sagte Drachtsma und befreite sich von der Umarmung seiner Frau. «Kindisch, das war es. Ich bin immer kindisch gewesen. Wenn ich die Wahl hatte, bin ich immer auf meine eigenen Interessen bedacht gewesen oder was ich dafür hielt. Maria war mein Spielzeug. Ich wollte nicht, daß sie ein eigenes Leben führte. Die anderen Männer, das machte nichts, wenn sie nur sagte, daß sie mich mehr mochte. Aber sie sollte keine Hexe sein. Sie war eine gute Hexe.»

«Eine gute?» fragte der Commissaris.

«Eine gute, böse Hexe. Sie beherrschte ihr Fach. Die Kräuter halfen dabei natürlich, aber es hat sie viel Mühe gekostet. Viele Reisen nach Curaçao, viele Sorgen, viel Konzentration, von nichts kommt nichts. Sie hat ihr Bestes gegeben. Sie war ein guter Lehrling. Sie konnte mich rufen, wann sie wollte. Wenn ich spürte, daß sie mich rief, kam ich, sogar am Wochenende in meiner Freizeit. Ich war ihre Marionette geworden.»

«Und dann haben Sie sie umgebracht?»

Drachtsma nickte.

Seine Frau gab ihm eine Tasse Tee und half ihm trinken.

«Ja, ich ließ sie töten. Durch ihren eigenen Bruder. Ich war stolz auf meine Idee. Ich konnte Menschen immer leicht beeinflussen. Ein paar Gespräche mit Rammy, das richtige Wort am rechten Platz, und er war meine Marionette geworden, die in Amsterdam funktionierte, während ich hier am richtigen Faden zog.»

«Ja, ja», sagte der Commissaris freundlich.

«Verzeihen Sie mir?»

«Ja», sagte der Commissaris.

«Und die anderen? Ich hätte in meinem Leben viel tun können, ich habe alle Möglichkeiten dazu gehabt, aber ich habe sie nicht genutzt.»

Der Commissaris sagte nichts.
«Sie können nicht im Namen der anderen sprechen, wie?»
Mevrouw Drachtsma gab ihrem Mann noch einen Schluck Tee.
«Shon Wancho», sagte der Commissaris.
Drachtsma nickte. «Ja, der Hexenmeister.»
«Kennen Sie ihn?»
Drachtsma schüttelte den Kopf.»Nein, ich wollte nicht mit nach Curaçao. Und ich glaube nicht, daß sie mich mitnehmen wollte.»
«Was meinen Sie . . . war er ein schlechter Mensch?»
Drachtsma schüttelte den Kopf.
«Nicht schlecht? Dann ein guter Mensch?»
Drachtsma nickte. «Ja. Er hat sie gewarnt. Sie hat es mir selbst gesagt. Sie sprach im Schlaf von ihm.»
«Was hat er ihr denn beigebracht?»
«Einsicht», sagte Drachtsma und hustete, «nur Einsicht.»
«Und sie konnte selbst bestimmen, was sie damit anfing?»
«Ja. Magische Einsicht, starke Einsicht.»
«Und was sie damit tat, dafür war sie selbst verantwortlich?»
«Ja», sagte Drachtsma.

Es gab anscheinend nichts mehr zu sagen. Der Commissaris sah Mevrouw Drachtsma an und zeigte mit dem Kopf zur Tür.
«Ja, Commissaris», sagte Mevrouw Drachtsma.
De Gier stand auch schon an der Tür, als Drachtsma ihn rief. Er ging zurück und beugte sich über das Bett. Die weiße Hand kam langsam hoch und umschloß de Giers Handgelenk.
«Nicht gewinnen», sagte Drachtsma und schloß die Augen. «Gewinnen ist kindisch.»
De Gier wollte gehen, aber die Hand hielt ihn fest.
«Brigadier», flüsterte Drachtsma.
De Gier beugte sich wieder nach vorn.
«Brigadier!»
«Ja, Mijnheer Drachtsma.»
«Du darfst nie gewinnen. Du bist noch jung. Du kannst dir noch viel abgewöhnen. Versuche nie zu gewinnen.»
«Ja, Mijnheer Drachtsma.»